韓国文学の源流
短編選
1
1918–1929

B舎監とラブレター

韓国文学の源流　短編選1

B舎監とラブレター

This book is published with the support of the Literature Translation Institute of Korea (LTI Korea).

装幀・ブックデザイン　成原亜美（成原デザイン室）
装画　松尾穂波

B舎監とラブレター　もくじ

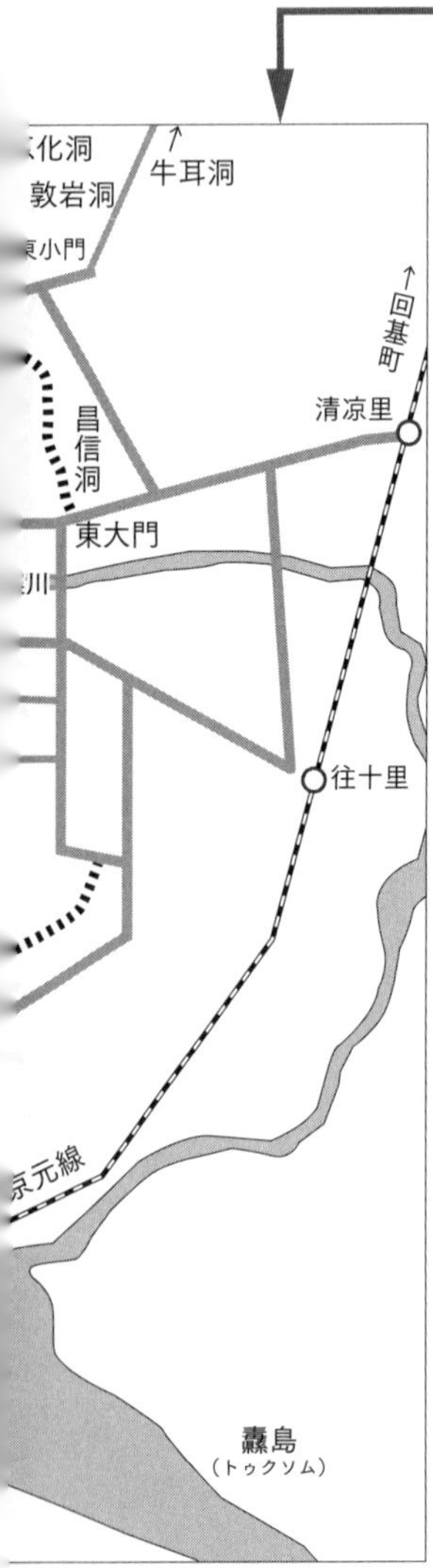

化洞
牛耳洞
敦岩洞
小門
回基町
清凉里
昌信洞
東大門
川
往十里
元線
纛島
（トゥクソム）

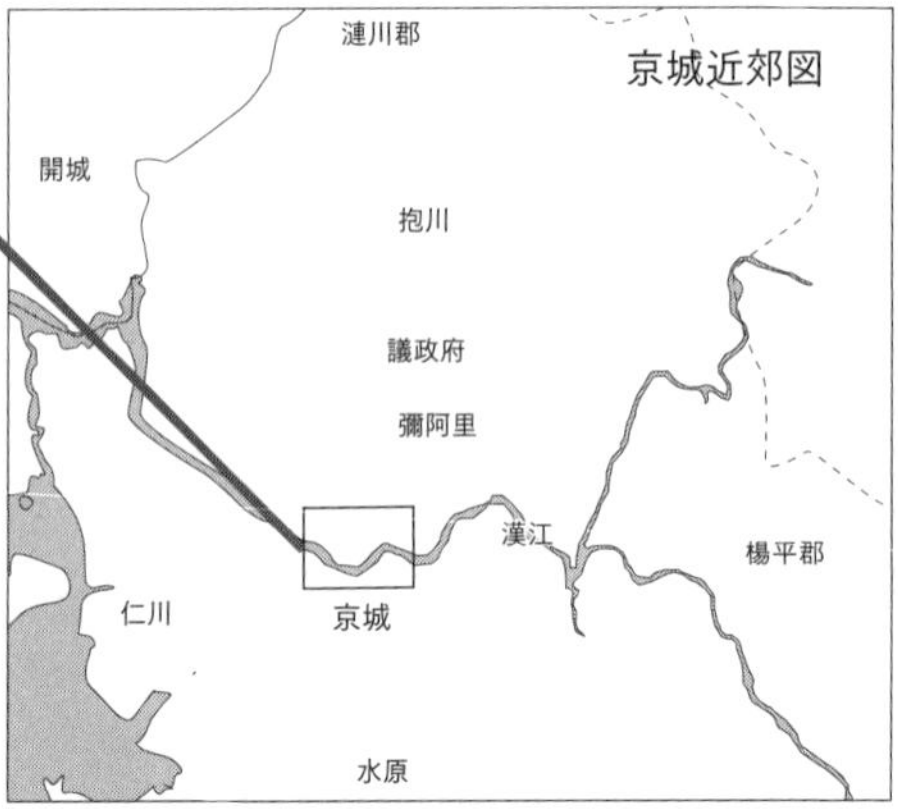

京城近郊図
漣川郡
開城
抱川
議政府
彌阿里
漢江
楊平郡
仁川
京城
水原

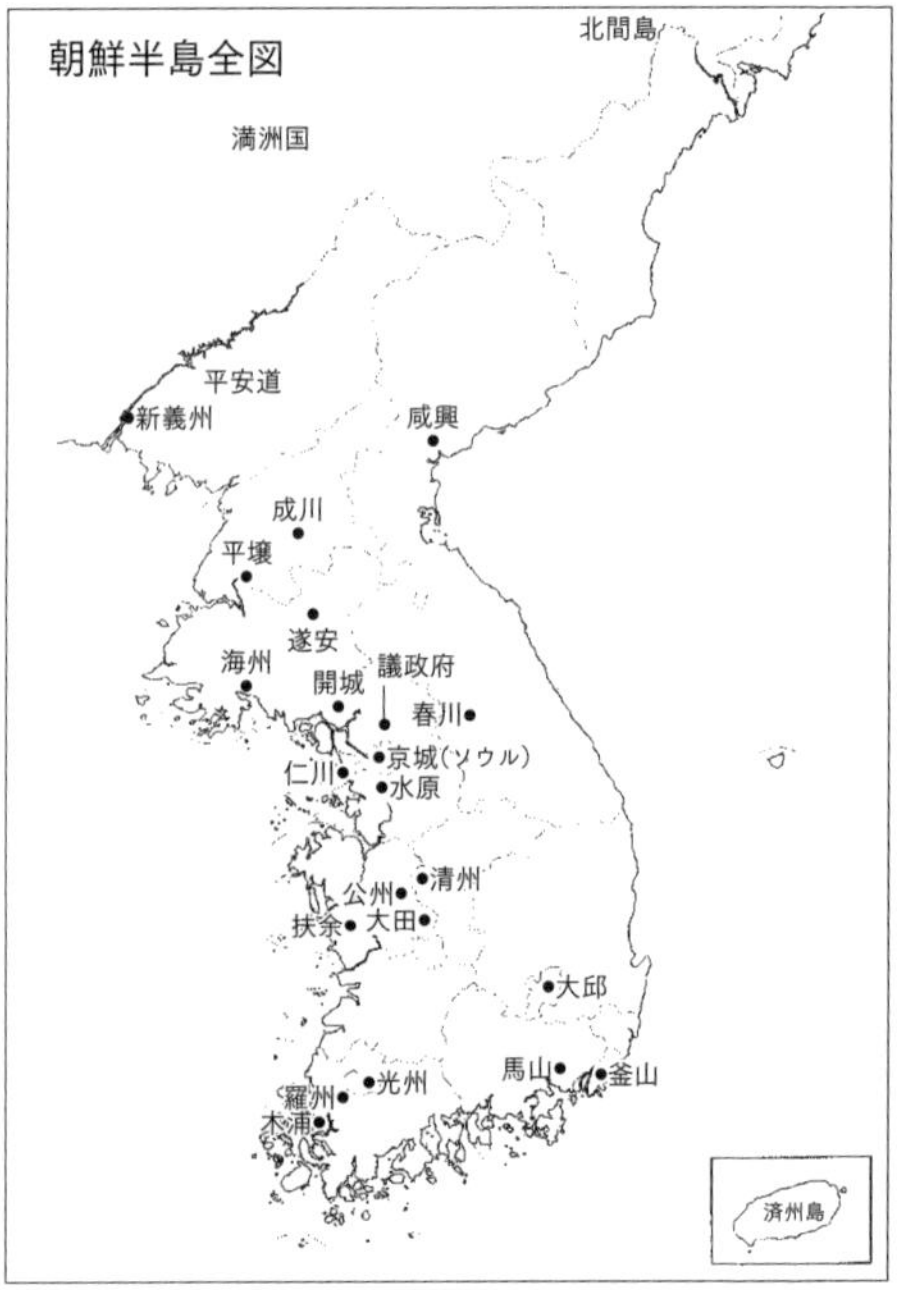

朝鮮半島全図
北間島
満洲国
平安道
新義州
咸興
成川
平壌
遂安
海州
開城
議政府
春川
京城（ソウル）
仁川
水原
清州
公州
扶余
大田
大邱
馬山
釜山
光州
羅州
木浦
済州島

1920年代の京城（現ソウル市）中心図

地図は3点とも1920年代の現地地図を参考に作成しています。

凡例

一、本翻訳は、目次順に『瓊姫（外）‐凡友批評版 韓国文学：36‐1‐羅恵錫、二〇〇六』（凡友社）、『ファスブン』（文学と知性社、二〇〇八）、『韓国小説文学大系9、赤いネズミ 外』（東亜出版社、一九九五）、『脱出記』（文学と知性社、二〇〇四）、『運のよい日』（文学と知性札、二〇一二）、『間借り客と母』（文学と知性社、二〇〇八）、『廉想渉全集9、初期短編：一九二一‐一九三六』（民音社、一九八七）、『金東仁全集2、狂炎ソナタ 外』（朝鮮日報社出版局、一九八八）、『韓国文学全集43、唖の三龍 羅稲香中短編選』（文学と知性社、二〇一四）、を底本とした。

一、〔　〕は訳注、または編注に加筆したか修正を加えたものである。

一、ゴシック太字で印した箇所は、原文が日本語をハングル表記で表した箇所である。

一、本文中の××は、原文が伏字になっていることを示す。

一、本文中の距離「里」は日本の長さ（十分の一）に直した。

一、本文中のウォンは円《ウォン》とした。日本統治時代の一ウォンは一円である。

一、本文の年齢は数え年と思われるが、そのまま訳出した。

一、原文中に現在の観点からは差別的または不適切な表現があるが、作品の背景を示すものと考えそのまま訳出した。巻末の解説もこれに準ずる。

瓊《キョン》姫《ヒ》

경희

羅恵錫　ナ・ヘソク　나혜석

オ・ファスン 訳

1918

1

「ずいぶんと梅雨が続きますこと」

そう言いながら煙草に火をつけるふくよかな夫人は、久しぶりに訪れた査頓《サドン》［結婚した両家の親同士や親戚同士の間柄。日本語では相舅（あいやけ）］の奥方である。

「ほんにねぇ。この長雨では、子どもたちもばてちゃいませんか。この間、奉公人をそちらに遣わすこともままなりませんでね」

と応じ、向かいに座ってやはり煙草に火をつける、白髪交じりで額には皺を二、三本刻んだ夫人はここ、李鉄原《イチョルウォン》宅［李は夫の姓、鉄原はかつて夫が郡守をしていた地の地名］の奥方である。

「滅相もない。こちらこそご無沙汰してしまって。お陰さまで孫たちは元気にしておりますが、母親が数日前からお腹を壊しましてね、でも今朝は起きてきたので」

「この暑さは尋常じゃありませんもの。ちょっとしたことでおかしくもなりますよ。それは娘がご心配おかけしましたね」

「もう良くなったようなので、一安心ですわ。それはそうと、下のお嬢さん、日本から戻ってきているそうで、さぞかしうれしいでしょうね」

査頓の奥方は、うっかりしていたことを思い出したかのように、そう尋ねる。

「遠くへ行かせて気がかりですが、それでも年に一度は戻ってくるので、安心ではありますがね」

主《あるじ》の金夫人は煙草の灰を灰皿にトントンと落とす。

「そうでしょうとも。息子でも心配でしょうに、結婚もしていない娘をそんな遠い所にやっては、なおのこと。それで、元気なんですの」

「ええ、取り立てて悪いところはないようですけどね。なんの苦労もしてないとは言いますが、親に心配させないためでしょうよ。ひもじくて大変な目にも遭ってるはずですよ。心なしか、顔もやつれたようですし」

と言うと奥に向かって
「ちょいと、西門内《ソムナン》の奥様がおまえさんに会いにいらしたわよ」

と声をかける。

「はあい」

そう答える瓊姫《キョンヒ》は、涼しい奥の板の間で、久しぶりに会った兄嫁と土産話に花を咲かせている。兄嫁は足袋《ポソン》を繕い、キョンヒは兄の背広に合わせて着るチョッキにミシンをかけながら、日本でいついつ、どこそこに行く途中で電車にひかれそうになり、いま思い出しても冷や汗が出そうだという話、冬には足を伸ばして眠ったためしがなく、そのせいで朝起きると足が突っ張るだとか、日本では一日置きに激しい雨が降り、それで学校に遅刻しそうになって踵の高い木履《ぽっくり》で急いで歩いたところ、転んで足の皮はむけるわ、傘はびりびりに破れるわ、服には泥がつくわでどれだけ恥ずかしかったか、という話、また学校の勉強の話、はたまた巷で見聞きした話のうち、いつか活動写真で見た、ある子どもが、父親が遊ばせてくれないことを恨み、父親を売り飛ばしてしまえ、ということで広告を書いて自宅の門外の大きな木に貼り出しておいたところ、ちょうど親を失い放浪していたその子と同じ年頃の六、七歳ほどの兄妹が、最後に残った二文を手に、広告通りにその家の父親を買おうとして扉を叩く、というくだりを話していたところだった。兄嫁はわれ知らず縫い物を膝の上に投げやり、「あははは」とそれは愉しそうに聞き入っていたものだから、「それで、どうなったのよ」と訊くと同時に顔をしかめ、

「早く戻ってきてちょうだいね」

と切に願うのだった。

傍で洗濯物に糊づけをしながらじっと聞いていたシウォルもやはり残念そうに舌を打つ。

「ええ、ええ。すぐに戻ってくるわね」

キョンヒはそう返事をすると、自分の話を面白がってくれることがうれしく、笑顔でいそいそと茶の間へ向かう。

キョンヒは査頓の奥方に折り目正しく座礼し、挨拶をする。ここ一年の間は座礼をする機会がなかったが、先日、家に到着するなり父と母に対して行った。したがって今度の座礼は手慣れたものだった。キョンヒは内心、日本でのお転婆ぶりを考えると、いまの自分はなんて淑《しと》やかなことかと、可笑しくなった。

「あらま、かわいかったお顔がすっかりやつれちまって。ずいぶんと苦労したようねぇ」

夫人は慈悲深い声色でそう言うと、キョンヒの手首をつかんでもみる。

「お姑さんにこっぴどくこき使われてるような手だわ、こりゃ。女学生は絹のような手をしてるもんだけど、なんだね、この手は」

「もともと肌がきれいじゃないからですよ」

キョンヒは肩をすぼめる。

「服を自分で手洗いして、ご飯まで炊いて食べてるそうですからね」

キョンヒの母はまた煙草に火をつけながらそう言う。

「あら、それじゃなにかい、家でもやったことのないことを、他所《よそ》に行ってまでしてるっていうのかい。それが日本の学校の規則なの？」

査頓の奥方は仰天する。キョンヒは無言のままだ。

「とんでもない。自分で苦労を買ってるんですからね。人に言われてするような子ですか。学費だってたっぷり仕送りしてるっていうのに、この子ったら、忙しいほうが楽しいんだとか」

金夫人は何とはなしに、昨晩、夕食の座で娘から聞いた話をする。

「まあ、苦労を買って出るとはね」

査頓の奥方はキョンヒの額にはらはらと落ちてきた髪を両耳にかけてやり、着物《チョゴリ》の上から背中をさすり、頬も撫でてやる。

「日本じゃ、冬でも火をくべないそうじゃないかい。おかずだって申し訳程度にちょこっとしかくれないっていうけど、それでよく我慢できるね」

「ええ、温突《オンドル》はありませんけど、慣れればなんでもないですし、おかずも必要な分だけくれるので、足りないってことはありませんよ」

「とにかく大変だね。ところでおまえさんの姉さんはしばらく体調を崩して来られなかったけど、今晩あたりは来られるはずよ」

「ええ、ぜひ寄越してください。ずっと会いたかったので」

「そうだろうよ。おまえさんが帰ってきたって聞いて、このあたしだって会いたかったのに、姉妹《きょうだい》ならなおのことだろうね」

この夫人は遠くから嫁いできたこともあり、親兄弟への恋しさを身に染みて感じていたため、その言葉には深い同情が込められていた。

「また戻るのかい？　この辺で切り上げてさっさとお金持ちの家にでもお嫁に行って、子どもを産んで楽に暮らしたらどうだい、なにもわざわざ苦労することもないだろうに」

知らないがためにそうできないでいることを諭すかのように、キョンヒにそう言うと、向かいのキョンヒの母に目をやり、「そうは思いませんか」と言いたげな面差しだ。

「ええ。でもいまの勉強は最後まで終わらせませんと」

「そんなに勉強してなんになるのさ。男じゃあるまいし。官職にでも就くつもりかい。このご時世では、男だって勉強したところで、なんの役にも立たないっていうのにね……」

この夫人はひどく気がかりなようだ。また、女子《おなご》を日本にまで行かせて勉強させているこのうちの夫婦の気が知れず、それほど勉強して何をするつもりなのか、もどかしいばかりではあったが、ほかでもない査頓の家のことなだけに、腹の中ではいつも「あんな娘をどこの誰が連れていくんだい」と毒づくものの、できるだけ知らん顔を通してきたが、今日は好機を得て待ってましたとばかりに口に出したのだった。

キョンヒはキョンヒで、この夫人に「早くお嫁に行きなさい。勉強なんかしてどうなるの」と一度は言われると思っていたので、心の内では「案の定」と納得した。また、昨日訪れた母方のおばに言われたことや、会うたびに心配顔の父方のおばの言葉とも一致していた。そして去年の夏に聞かされたことを今年もまた聞かされている。キョンヒは言い返したくてうずうずしていた。

「人として大切なことは衣食だけではなく、学び、知識を得ることです。お宅のように夫といい息子といい、妾が四人もいるというのも学がないからで、そのことを託《かこ》つおばさまも、無知であることが罪なのです。ですから女が嫁ぎ先で夫に妾を作らせないようにすることも、妻のいる男が妾を作らないようにすることも教えてやるべきなのです」と言ってやりたかった。しかしこの夫人は必ずや、今朝、顔を出したおばあさまのように「昔は女は学なんてなくとも寿富多男［長生きして豊かで息子が多いこと］だったわよ。女は東西南北も知らないほうが福が寄ってくるってもの。女がいくら勉強しても行きつくのはおさんどんさ。男が妾の一人や二人いなくてどうする」なんてことを言うに決まっている。キョンヒは牛に経文［馬の耳に念仏］、口に出したところで甲斐のないことで、そのことでまた寝つけない夜を迎えることを思った。それに、一度口にしたらさらにもどかしくなるに決まっていて、話が長引いては、奥の間の兄嫁を長い間待たせてしまうことにもなるので、一切口をつぐむことにした。ましてや、この夫人は口が悪く、一言言うと十倍に膨らませて女学生の話として触れ回って悪口を言うことに長けていることも知っていた。したがって、一生懸命説明しても、そのまま聞き入れてもらえないのも承知だった。それに、いつだったか、キョンヒは姉に「おまえ、うちのお姑さんの前ではなんにも言わないでちょうだいよ。特に結婚の話は一切しないでね。『女学生たちは平気で婚家の話をする。世も末だね、あたしたちの時代は結婚もしてない娘が結婚の話をするなんてありえなかったさ』なんて言われるからね。どこかで女学生たちの悪口を聞きつけてきちゃ、あてつけのようにわたしに聞かせるもんだから、妹のあんたのことを言われてるようで、ほんとやんなっちゃうわよ。日本に行ったら娘をだめにするとかしないとか、聞いてられないわよ。だからいいわね、くれぐれも気をつけるのよ」と言われていたことも思い出した。この夫人に何を言われるか、ひやひやものだった。というわけで、他の話題に移る前に奥の間に退散することにした。

「兄さんのチョッキが急に必要になったようで、いま縫いかけなので、そろそろお暇《いとま》いたします」

と、そそくさとその場を後にし、奥の間に向かいながら、深く息をつく。

「ずいぶんと遅かったじゃないの。それで、その父親はどうなったの」

兄嫁はその間、足袋の片方を仕上げ、もう一方の前部の縫いつけに取り掛かるところでキョンヒを目にすると、膝の上に投げやり詰め寄ってきて先ほどの話の続きを促す。一方のキョンヒは眉をひそめ、ふくれっ面だ。シウォルは洗濯物を畳みながらキョンヒの顔に目をやると、すぐに察した。

「お嬢様、西門内のお宅の奥様にまた結婚のことを言われたようですね」

今朝、祖母が引き揚げた後にキョンヒが茶の間で「お嫁に行かないって言ってるわけでもないのに、何度も聞かされて、もううんざり」とひとり言を言うのをシウォルは台所で聞いていた。いまもよく聞こえはしなかったが、そういう話だったのだろうと見当はついた。だからお嬢様のご機嫌が斜めなのだと。キョンヒは笑顔を見せた。そして裁縫に戻り、話の続きをする。

茶の間では夫人同士、酒を酌み交わし、煙草をふかしながらキョンヒの話を続ける。

「あの子はお裁縫もするんですの？」

「ええ、裁縫もなかなかのもんでしてね。男物の上着は無理でも、自分の着る物ぐらいは作って着てますよ」

「それはそれは、いつの間に裁縫なんて習ったのかしら。背広のチョッキまで作るだなんて。ほかの学生も誰でもするのかしら」

　この夫人は女学生など、針の使い方も知らないものだと思っていた。特にキョンヒのように、ソウルだの日本だの、飛びまわって勉強しているお転婆で男勝りの女学生が、自分の服を手作りすることに少なからず驚いた。しかしやはり腹の中では、裁縫といってもひどい代物だろうよ、と高《たか》を括った。金夫人は、娘を自慢するようだが、訊かれたのでしぶしぶ答える。

「じっくり習う暇なんてありゃしませんよ。それでも分別がつくと、自然とそういう気になるようでしてね。教えてもいないのに、自分から進んでやるようになったようで。難しい勉強をしていると、目覚めるものなのですかね」

　金夫人はそこまで言うと、一呼吸おいて再び先を続ける。相手の夫人の耳には空言《そらごと》のようにしか聞こえない。

「背広のチョッキは去年の夏に、南大門《ナムデムン》外で日本人の女講師が教えていたミシンの教習所に毎日のように通って習ったんですよ。甥や姪っ子たちの洋服やら、帽子やらを作ってあげたり、兄の夏物の服まで仕立ててましたよ。日本語ができるもんで、先生と仲良くなって、ほかの生徒には教えないようなことまで教えてくれたそうですよ。昼間は教習所に通い、帰ってくると夜遅く、十二時過ぎまで習ったことを描き写したり、寸法を書き込んだりしてましてね。何をしているのかと思ったら、後に訪ねてきたミシン会社の責任者が『これまでは日本語しかなくて婦人方に教えるのに一苦労だったのが、お嬢さんが作ってくれた教本のおかげで楽になりました』とこう言うじゃないですか。それで何をしていたのかやっとわかりましてね。勉強したらしたで、無駄ではないようですね。そればかりか、礼儀正しい日本の人たちにもどれほど手厚く扱われていることか。あの子が帰ってきてることをどこで聞きつけたのか、先日もその責任者がわざわざ訪ねてきましてね。日本で卒業したら、どうか自分の会社に来てほしいって言われたそうですよ。初任給に千五百両〔一両は〇・〇二円〕は約束するからって。少しずつ上げて、三年で二千五百両にはするってね。普通は女なら七百五十両ももらえればいいところだそうですが、あの子は日本にまで行って勉強してるからでしょうね。そうそう、あれもあの子がミシンで縫ったものなんですよ」

と言うと、向かいの壁に掛けてある額に入った、前には小川が流れ、背景は木々が生い茂る村の風景の刺繍を顎で指した。キョンヒの母は娘についてここまで話すつもりは毛頭なかった。しかし話の流れで月給の話題にまで及び、いつの間にかここまで話すことになった。金夫人はほかの夫人、特にこの査頓の奥方よりはずっと先進的な夫人である。元来、人の陰口を好むような性質《たち》でもなく、女たちが寄ってたかって女学生たちのあら探しをして悪口を言おうものなら、そんなことはないと反論することも多く、それは娘のキョンヒを健気に思うからでもある。女学生は針仕事もできない、洗濯もしない、家事などまったくできないなどというのは、どれも言いがかりのように聞こえた。しかし勉強をして何になるのか、なぜキョンヒは日本にまで行って勉強をするのか、卒業したらどんな使い道があるのか、金夫人もやはりかつては他の夫人たち同様、わからなかった。

奥さん連中から、娘にそんなに勉強をさせてどうするつもりなのかと尋ねられたときには、「さあ、いまは女も勉強しないといけない時代のようですよ」と、いつも息子に言われている言葉でお茶を濁したが、金夫人は気づいた。勉強をすればするほど厚遇され、月給も上がるということを。ぴかぴかの背広に金の腕時計を身につけた品のいい紳士が、わざわざ小娘を訪ねてきて何度もお辞儀をする様や、終日、ひと月三十日の間中、気を緩めることもできない普通学校［朝鮮人の通う小学校］の教諭でも、月給は多くて六百二十両、たいていは五百両であるところを、「あくせくせずに、一年に屏風の一双でも出来のいいものさえ作ってくれれば、月給は四十円お出ししますから」と言うのを聞くと、金夫人はやはり勉強は必要であり、どうせなら中途半端にするのではなく、日本に行かせるくらいでないといけないこともわかった。また、ある日の晩にキョンヒが「勉強するならとことんしないと。そうでないと人に認めてもらえませんし、一人前になれませんもの」と言っていたことを思い出し、納得もした。

　金夫人はようやく、息子がなぜキョンヒを日本に行かせることをあれほど主張したのか、いまは女も男のように学ばなければならないことを確かに理解するようになった。金夫人はこれまで、人に「娘にそんなに勉強させてどうするんです」と言われるたびに、背中に冷や汗が滲み、顔が赤らみ、息子さえいなければいますぐにでも連れ帰ってきて嫁に出したい気持ちでいっぱいだった。しかしいま考えると、息子がいてくれたおかげで、親が娘を無理に嫁がせることもせず、まことにさいわいだったと思うのだ。それに、これからは誰になんと言われようと、女も学べば自覚するようになり、教えもしない裁縫にも興味を示し、どうせなら日本にまで行かせて勉強させてこそ、一人前になるということを自信を持って説明できるような気がする。だから今日、査頓の奥方を相手にいつの間にか話がここまで及んだ金夫人の態度にもまったくためらいの色はなく、表情には喜びを湛《たた》え、目では「私はこれほどの栄光と成果を享受している」と語っていた。

査頓の奥方は半信半疑ではあったが、ともかく最後まで聞いていた。初めは当然、虚言だろうと思い、心の中では「あんたは年頃の娘を放っておいて、そろそろ嫁にやれるか心配になって嘘の自慢話でもしてるんだろうよ」と、話をしている金夫人の目や口元をしげしげと見ていた。ところが話が長引くにつれ、まんざら嘘でもないような気がしてきた。

特にミシン会社の責任者が訪ねてきたというくだりや、丁重に扱われていること、男でも郡主事《グンジュサ》［地方の下級公務員］程度では及びもつかない二千両の月給を提示されたことを聞くと、まさか、ここまで嘘をつくはずもないだろうと思えるのだった。夫人はいまも、まことのことと思いたくはないが、戯言のようにも思えなくなった。また、壁に掛けてある刺繍にしても、この目で見ているばかりか、絶え間なくミシンを踏む音が耳に届くのも事実だ。夫人の気持ちはどうも穏やかではない。何か大きな過ちを犯したような気分でもある。良心が白状させた。「あたしが女学生を色眼鏡で見ていたようだ。ほんに、この家の娘のように女子《おなご》にも勉強させなければ。うちに帰ったら、放っておいた孫娘たちを、明日からでも早速、学校へ行かせよう」そう心に決めるのだった。目の前がもやもやし、耳が詰まるようでもある。何も言えず、ただ目を瞬《しばたたか》かせていた。若人《わこうど》たちの、皿も割らんばかりの楽しそうな笑い声が、裏庭から吹いてくる涼しい風に乗り、茶の間にも響き渡る。

2

「お嬢様、この暑いなか何をそんなになさってるのですか」

縁側の端に餅の入ったもろぶたをよっこいしょっと下ろし、汗を拭う。顔はあばただらけで髪は団子にしてまだら模様の絹の手拭で無造作に覆った、四十がらみのこの餅売りは、一日に一度は決まってこの家に立ち寄る。

「退屈だから遊んでるのよ」

キョンヒは前掛けをして縁側の下に立ち、おぼつかない手つきで葱を切る。

「キムチの漬け方はまたいつ覚えたんですか。毎日のようにお邪魔してますが、お嬢様の遊んでる姿は見たことがありませんよ。本を読むか、そうでなければ何かお書きになるか、お裁縫をしていなければ、こうしてキムチまで漬けて……」

「女が女のすべきことをしていて、何がそれほど不思議なのかしら」

「お嬢様が特別なんですよ。普通の女学生はそんなことしようとも思いませんよ」

餅売りは膝を打ち、キョンヒの目の前に座る。キョンヒはにっこりする。

「それはおまえさんの誤解よ。女学生だって同じ人間じゃない。女学生だって着る物着て、食べる物食べて生きてるんですから」

「ごもっともですとも。しかしお嬢様のような女学生は他にはいませんよ」

「それじゃ、ずいぶんと褒められたんで、お餅を二十両分ほどいただこうかしらん！」

「まあ、そんなふうにお思いですか。餅を売りつけるためなんかじゃありませんのに」

ぶよぶよの両頬の肉が垂れ下がる。そして、おまえさんはあたしをそんな目で見ているのかい、と言いたげな失望感で分厚い唇が突き出る。キョンヒは横目で見ながらその失望を見て取った。

「そうじゃないのよ。そんなにおだてるもんだから、うれしくなっちゃって……」

「おだてたわけじゃありませんよ、事実ですから」

そう言うと再び距離を縮め、あははは……と大声で笑う。

「もう何年も毎日のようにこうして売り歩いてますがね、お嬢様のように昼寝ひとつせずに、いつでも何かおやりになってる娘さんは初めてですよ」

「おまえさんが来る前に寝て、おまえさんが帰ったらまた寝てるのを知らないのね」

「またまた、そんな可笑しなことをおっしゃる。餅売りは朝昼晩問わず訪れるもんで、学校に通う学生のように決まった時間にやって来やしないでしょ。そうじゃないかい？」

そう言うと、傍で石臼で糊を挽いているシウォルに目をやる。シウォルは、

「まったくですよ。お体でも壊さない限り、一度たりとも昼寝をされたことはありませんから」

「ちょいと、こんな所で油売ってて、お餅腐っても知らないわよ」

「かまいやしませんよ」

餅売りの声は沈んでいる。餅売りはこのお嬢様が「それで、どうなったの」などと合いの手を入れてくれさえすれば、話したいことは山ほどあった。自分の餅屋で餅をついている雇い人から聞いた、最近の新聞に載っていたという、ある女学生が学校に行くと言って家を出たきり何日も帰ってこず、そこで捜索したところ、ある男にそそのかされて妾になっていたという話、ある宅では女学生を嫁に迎え入れたものの、足袋を繕うのに縫い方もわからず、足袋を台無しにしてしまったことや、ご飯を炊いたら半分は焦がしてしまった話など、四方八方へと売り歩いていて、毎日のように聞こえてくる女学生の陰口には事欠かなかった。そこでこうして座りこんでおしゃべりでもし

ようとしたのだが、キョンヒの口ぶりがあまりに冷たくよそよそしいものだから、餅売りの意欲は泡が消え入るようにしぼんでいった。餅売りの気持ちは何かを失ったかのように、わけもなく寂しい。もろぶたを両手で押さえると、素知らぬ顔で野菜を切るキョンヒの姿を下から上へと見やったり、茶の間の棚の上に載せてある膳の数を数えてみたりするなど、そわそわと心ここにあらずといった体《てい》だ。

「白餅五両分に小豆餅を二両半分ほど置いていっておくれ」

金夫人は品のよい敷物の上で団扇《うちわ》を扇ぎながら横になっていたが、娘のキョンヒが好きな小豆餅と息子がよく食べる白餅を置いていくよう申し付け、懐から金を出す。ぼんやりしていた餅売りは我に返り、言われた分の餅の数を何度も数え直して渡すと、あたふたと餅のもろぶたを頭に載せて出て行こうとするのだが、この宅を出入り禁止になっては商売にならないと思い、「お嬢様、また明日お目にかかります。ホホホ」と言って門の外に出ると、大きく息を吐く。生三八「生糸で織った中国産の絹の一種」の外套《トゥルマギ》に結び紐を縫いつけていたキョンヒの兄嫁にキョンヒ、シウォルまで互いの顔を見やり、無言でにやにや笑う。キョンヒはうれしかった。何かを成し遂げた気分だった。もう二度と餅売りが人の陰口を言うことはないだろうと思うと、いい教育でもしたような気になった。キョンヒは包丁を手にしたまま腰を下ろし、物思いに耽《ふけ》るのだった。

「なんでもできるんだねぇ、おまえさんは」

愁いを帯びた面差しでぼんやりと両の手を組んで座り、ぼそっとそんな言葉を投げかけて再び口をつぐむと、山をも揺るがさんばかりのため息をつく女人。人知れぬ深い憂いや寂しさがあるようだ。この女人は二十年近くもこの家と往来のある間柄で、キョンヒや兄妹たちは彼女をおばさん《アジョモニ》と呼び、彼女はキョンヒたちを実の甥や姪のようにかわいがっている。だから、暇をもてあました時も、つらいことがあった時もこの家に来ては楽しく過ごしていく。ところが、この人の顔にはいつも暗雲が垂れ込め、うれしいことや楽しいことがあっても、最後には決まってため息をもらし、その積もりに積もった憂いの原因を知ると、いかなる人間も同情せずにはいられないのだった。

　この女人は年増の寡婦で、若くして夫に先立たれた時は悲しみに暮れたが、それでもたったひとつの楽しみは、千幸万福と言える一人息子の壽男《スナム》の存在だった。息子も日に日に成長し、年々、年を重ねていく。冬には寒くはないか、夏には暑くはないか、夜毎、床に就いてからも、ぐっすり眠る息子の丸々としたお尻を何度もさするほど、それはそれは大切に育ててきたが、その息子も十六歳にもなると、方々から縁談が持ちかけられるようになった。壽男の母は嫁をもらい、自分だけがその幸せを味わい、ひとり幣帛《ペベク》［婚礼の後、新婦が新郎の両親に捧げる儀式のこと］を受けることを思うと、床の中で涙を流す日も増えていった。しかし、泣いてばかりいて息子の福が逃げていってしまってはいけないと、できるだけ悲しみを喜びと思うようにし、涙を笑顔に変えようと努めた。また、倹《つま》しく切り盛りしながら財産や宝石類などを貯め、嫁を迎えた暁にはそれを譲るつもりでいた。唯一無二の息子の結婚には、忌み嫌うことも望むことも多かった。そのせいでか、姑が嫁を選ぶと息子は不幸になるとも言われていたため、壽男の母は一切を仲人《なこうど》に任せ、相性の良し悪しだけにこだわり婚姻を決めた。嫁を迎え入れ、息子と嫁の間に玉のような娘に金のような息子が生まれ、にぎやかで楽しい家庭を築くことを毎日のように想像し、心待ちにしていたというのに、その嫁こそが今日のこの嘆息の因《もと》だった。十七で嫁いできてこの八年というもの、姑に着物《チョゴリ》ひとつ仕立ててやる気遣いもなく、嫁のことを思うと、恨み骨髄に徹するのであった。壽男の母は生来、素直で穏やかな人柄であり、この嫁に対しても優しく接し、教育しようとあらん限りの努力を尽くし、人知れずもどかしい思いもしてきた。こうすれば良くなるのでは、ああすれば成長するのではないか、ひとり、工夫もし、諭し教えたことも数限りない。ところが昨日が今日のようで、明日も見込みはなく、針を持たせては居眠りし、ご飯を炊かせては粥にするという始末。おまけに年を取れば取るほど何を考えているのかさっぱりわからないというのも嘆かわしい。そんな調子で時には切なく、ほとほと呆れ果てた壽男の母は、ここに来るたびにこの家の嫁が姑の着物をかいがいしく繕っている姿を見るにつけ、なぜ自分は嫁に、あんなふうに着物のひとつも着せてもらえないのかと嘆息し、キョンヒのまめまめしい姿を見ては、なぜうちにはこんな風にてきぱきした嫁がこなかったのかと嘆き悲しむ。それも人として無理からぬことであろう。こうしてぽつねんとキョンヒがキムチを漬ける様子を眺め、餅売りがしゃべり倒した後にようやく、ぽつんとつぶやいた先ほどの言葉の後にため息をこぼす姿はなんとも哀れなものだ。下を向いて野菜を切ることに集中していたキョンヒだが、この人の悲しみの原因を重々承知していたため、その嘆息を聞くにつれ、深い同情の念がわいてきた。キョンヒはそれと同時に、このような朝鮮の家庭の、さまざまな不幸の形が目に浮かぶようでもあった。力を込めて包丁でまな板を叩くキョンヒは、何か一大決心でもしたかのようだった。キョンヒは堅く心に誓った。

「わたしが築く家庭は、決してそのような家庭にはしない。わたしだけでなく、わたしの子孫、友人、門人たちの築く家庭も、決してこのような不幸にはさせまい。そうよ、決してそうはさせまい」と。キョンヒは足早に向かう。中の台所で汗だくになりながら糊をこしらえるシウォルの元へと。

「わたしも手伝うわ。竈の上で糊をかき混ぜる？　それとも焚口で火をくべたらいいかしら？　何をすればいいか、言ってちょうだい。どっちもできるわよ」

「とんでもないです、この暑いのに」

シウォルはこの暑さの中、ひとりで糊をかき混ぜ、火をくべるのに苦戦していた。「ほとほとやんなるよ」と自らの身の上を嘆き、ぼんやりと麦藁をかき集め、くべている時だっただけに、お嬢様のその一言は暑中のそよ風のようで、つらさも吹き飛ぶようだった。シウォルはひとり「お夕飯にはお嬢様のお好きなとうもろこしを、どこかでいいものを手に入れてお出ししよう」と決めた。そしてやむなく、

「では、火をくべてくださいな。あたしがかき混ぜますから……」

「そうね、難しいことは年季の入ったおまえに任せるわ」

キョンヒが火をくべ、シウォルが糊をかき混ぜる。上からはグツグツ煮え立つ音が、下からは藁がパチパチはねる音がし、まるでキョンヒが東京音楽学校の演奏会で聞いたオーケストラのようでもあった。また、竈の奥で藁の先に火がつき、しだいに激しく燃え盛ると同時に、焚口付近では再び鎮まりゆく様などは、ピアノの端から端を奏でる際の低音から高音へと続く音律のようでもある。必死に混ぜているシウォルはこんな愉快な世界があることを知らず、自分は多少なりともこの絶妙な美的感覚を有することに幸せを感じるのだった。しかし、自分よりも数十倍も数百倍も美感に敏感な人もいることを思うと、おのれの目をくり抜き、おのれの頭を叩き潰してしまいたいような気持ちになる。赤い炎が瞬時に青褪めていく。嗚呼、これでも人と言えるだろうか、こんな身にご飯を食べさせるのも惜しい。キョンヒは思わず「笑っちゃうわ」と口走っていた。

「お嬢様はいったい、何がそんなに可笑しいというのです。洗濯をされると、垢で汚れた水が流れ

るのが楽しいとおっしゃり、床の雑巾がけをされれば、まだ拭いていない床が白く見えるのが楽しいと、庭の掃き掃除では塵が積もるのが楽しいとおっしゃる始末、揚げ句の果てにはご不浄に蛆虫《うじむし》がわくのも楽しいとおっしゃるのではないでしょうね？」

キョンヒは内心、「そうよ、そこまで楽しいと思えて本物よ。でもわたしの目はいつになったらそこまで開眼し、頭はいつになればそれほど発達するのだろうか、まったく憐れで情けないものね」と思う。

「そうだ、洗濯と言えば、洗濯はいつするつもり？」

「なぜです？　あさってにはするつもりですが」

「じゃあ終わるのは夕方遅くになるわね？」

「ええ、そうだと思いますけど」

「早く終わっても小川で油でも売っといで。お義姉《ねえ》さんと夕飯こしらえておくから、ゆっくり帰ってきてお食べ。わたしのご飯炊きの腕前見せてあげるわよ。うふふ」

シウォルも一緒に笑う。なんて人情味のあるお方なのかと。誰かが自分に甘いマクワウリでもくれたら、真っ先にお嬢様に差し上げよう、と心の中でひとり思う。実際、シウォルはそんなありがたいことを言われるたびに、申し訳ない気持ちでいっぱいでどうしていいかわからない。口はあってもどう表現すればいいかわからず、お嬢様の好きな果物はよく知っており、自分にお金さえあれば買って差し上げたいところだが、お金はないので買うことはままならず、そこで行く先々でとうもろこしや杏などをもらっては、お嬢様に捧げた。このようにキョンヒとシウォルの仲が格別なのは言うまでもなく、今回、キョンヒが日本から帰省した折にも、シウォルの息子の点童《チョムドン》には、本家の子どもたちよりも上等なおもちゃを土産にくれ、そのことをシウォルは死ぬまで忘れまいと思っていた。

「それはそうと、おまえとやることがあるんだけど」

「なんですか？」

「なんでもわたしの言うとおりにしてくれる？」

「ええ、なんなりと！」

「それじゃ言うけど、井戸端がどうしてあんなに汚れてるのかしら。汚くて見てらんないわよ。だから明日から、洗い物が終わったら、毎回わたしと一緒に井戸の周りも洗い流すのよ。おまえひとりでやれって言ってるんじゃないからね、いいわね？」

「ええ、ええ、あたしひとりで毎日やりますよ」

「ううん、わたしと一緒に……楽しくよ、アハハ」

「また楽しくですか？　アハハハ」

　台所が騒がしい。茶の間で聞いていたキョンヒの母は、「また始まったかい」、そう思う。

「まあ、いったい何があんなに可笑しいんだろうね、あの子が帰ってくると一日中三人寄ってはああして笑ってるもんだから、うるさくてしょうがないわよ。若いときは箸が転がっても可笑しいとは言ったもんだけど、ほんとにそうみたいだね」

　壽男の母にそう言う。

「笑うことほどいいものはありませんよ。お宅に来ると、生きた心地がするもんですよ」

　壽男の母はまたも、はあ……とため息をつく。縁側でひとり縫い物をしていた嫁は、笑い声がす

ると片足には靴を、もう片方には草鞋《わらじ》をつっかけて台所の敷居をまたぎながら、

「なになに？　わたしにも……」

とせがむ。

3

「おい、もう寝てるか？」

李鉄原《イチョルウォン》は自室からやってきて、寝室の扉を開けてキョンヒと金夫人が寝ている蚊帳《かや》の中に入ってくる。金夫人は驚いて起き上がる。

「どうしたんです。お加減でもお悪いんですの？」

「いや、ただ眠れなくてな……」

「どうしてまた」

　このとき、茶の間の壁に掛かった自鳴鐘が一度、鐘を鳴らす。

「横になってじっくり考えたんだが、おまえと相談しようと思ってな」

「なんですの？」

「キョンヒの結婚のことだよ。心配で眠れんさ」

「わたしも同じですよ」

「今度の縁談はなんとしてでもまとめねば、これほどの家は他にはないからな。相手の父親は昔か

らよく知ってる男だし、息子も申し分ない。長男だからあの多額の財産も相続することになるし、キョンヒはああいう大家《たいか》の長男の嫁に向いてるじゃないか……」

「そりゃ、わたしだって、これほどの相手はいないと思いますけどね、当の本人があれほど嫌がっているのを、どうしろと言うのです。どうしても嫌だと言うのに無理に結婚させて、後で不吉なことでも起きたら、いくら親とはいえ恨まれますわよ……」

「そん……な、不吉なことなんて。人柄もいい、収穫も数千石《ごく》はあるだろうし、これ以上、何を望むというんだ。女子《おなご》の十九はもういい歳だろうに」

　金夫人は押し黙る。李鉄原は舌打ちしながら後悔する。

「わしが間違っておった。女子を日本にまでやるとは。女が嫁に行きたがらないなど、言語道断だ。他人《ひと》に知られはしまいか、恐ろしいもんだ。すでにいい結婚相手を何人も逃してるじゃないか。ったく……」

「結婚させるなら、いつさせるおつもりですか？」

「すると言うのなら、いますぐにでもさせるさ。今日だって催促の手紙を寄越して来たんだが……娘とはいえ、ここまで勉強させたものを、昔のように親同士勝手に決めるわけにもいかず、すでに三日も説得しとるが、まったく言うことを聞かんのだから。女のくせに頑固なことといったら。相手のおじからは甥っ子の嫁に是非、と何度もせがまれてな……」

「それで、なんて答えたんです？」

「恥ずかしくて、娘に聞いてみるだなんて言えんだろ。そうでなくとも年頃の娘を日本にまで行かせたことでああでもない、こうでもないと陰口叩かれてるっていうのに。考えとくと言ったさ」

「それでは、あちらでは待ってるんじゃないですか」

「ああ、今年の正月に持ち上がった話だというのに、近所の小娘に振り回されて妻を娶《めと》ることもできないとはな……」

「あれま、それじゃすぐにでも結論を出さないといけませんね。でも本人は今の勉強を終えるまでは死んでも結婚はしないって言いますし、おまけにそんなお金持ちの家にお嫁に行って楽して暮らすつもりは毛頭ないって言うじゃないですか。だから妹の嫁入りの時も、あの子のために用意しておいた上等な服をすっかりあげてしまいましてね。絹のスカート《チマ》をはいたって、憂いと悲しみはあるって言って。それもあながちはずれてはいませんよ」

金夫人は、自身もこれまで何不自由なく暮らしてきたが、夫が若いときは放蕩して気を揉んだことや、鉄原《チョルウォン》の郡守として赴任した折には妾を二、三人囲い、人知れず涙を流したことを思うと、キヨンヒがそんなことを言うたびに、口には出さないが内心では、おまえの言うことも一理あると思ったものだった。

「小癪《こしゃく》なやつめ。だから女に勉強をさせては生意気になるばかりでいかん……。世間知らずが……。だいたいな、順番が逆になる家がどこにある。妹が先に嫁に行くとは、姉はどれほど出来が悪いのか。金判事《パンサ》「朝鮮王朝時代の従一品の官職」の家でも我が家の事情を知るから縁談を持ちかけてきてくれたんだ、そうでなければ誰が妹に先を越された娘をもらう気になるか。よし、今度という今度はなんとしてでも……」

夫人の話を聞いていて納得しかけたものの、李鉄原は姉妹の結婚の順序が逆になったことを思うと、急に気が滅入る。それに、考えれば考えるほど、この金判事の息子を逃したら、家柄といい財産といい、二度とこのような相手には巡り会えない気もした。そのため、今度の縁談は、有無を言わさず強制的にでもまとめようと決意する。李鉄原は、つと立ち上がる。

「女の分際でそんなに勉強をしてどうする。もうじゅうぶんだ。日本になんて誰がやるもんか。今度という今度はわしも黙っとらん。この縁談は逃さんぞ。明日もう一度言い聞かせて、それでも聞かないというなら、すぐにでも嫁がせてやる……」

憤懣やるかたない。金夫人は「そうなさってください」とも「おやめください」とも、なんとも返事ができないでいる。ただぼんやりと、風病［中枢神経系統の異常で起きる、めまいや痙攣などの症状の総称］で床に伏すたびに、キョンヒを結婚させる前に死んでしまうのではないか、ひやひやしたことを思いながら、

「確かに、ひとり残ったキョンヒを自分が死ぬ前に嫁にやってしまわないことには、死んでも死に切れない」

と思うばかりだ。

李鉄原は立ち上がったかと思うとまた腰を下ろし、声を落として訊く。

「だが、日本に行ったからといって、駄目になったようではないな？」

「とんでもない。むしろ前よりまめまめしくなりましたよ。朝だって一番早く起きてきますし。床の間の拭き掃除から庭の掃除までぴかぴかにしてますわよ。そればかりか、お餅をこしらえるとなると臼《うす》まで搗いて……だからシウォルなんて、もう大喜びで……」

金夫人は実際、日々、キョンヒの働く姿を見るにつけ安心するようになっていった。キョンヒを日本に留学させてからというもの、人に非難されるたびに、口に出すことはないが、心の内では常に不安が伴った。キョンヒがもしも日本に行ったことで横柄になったり、勉強していることを振り

かざして男子のように上げ膳に据え膳にでもなったら、恥ずかしくてよそ様に顔向けができない、と心配になるのは母たる者の娘を思う当然の情である。キョンヒが日本から帰郷した翌日、さっそく前掛けをして台所に入ろうとした際には、久しぶりにゆっくりしに来たのだからと止めはしたが、内心、安堵の吐息をもらしていた。

　身内の間では知られたことだが、キョンヒは床の雑巾がけ、屋根裏の押入れの整理にかけては以前から右に出る者がいなかった。キョンヒがソウルの学校に通っていた頃も、一年に三回、休みで自宅に戻ってくるたびに押入れは隅々までぴかぴかになった。また、金夫人も、キョンヒがやらないと満足できなくなっていた。そのため屋根裏が汚れていたり、押入れがごちゃごちゃしてくると、キョンヒの帰省の日が近いことを感じた。そしてキョンヒが帰ってきた翌日になると、キョンヒに会いに来たいとこたちであれ、祖母や伯母であれ、誰もが一度は押入れをのぞいては、「押入れの新粧《しんそう》だね」、「まあきれい」などと褒めそやした。これこそが、帰省する前の晩のうちからキョンヒをうれしくさせ、また、家に帰る一番の目的でもあった。

　金夫人は今回、キョンヒが日本から帰省しても、これまで年に三回はぴかぴかにしていた押入れに手をつけることはないだろうと思っていた。しかしキョンヒは、今度も家に着くなり両親へのあいさつを済ませると、その足で屋根裏の押入れを開けた。そしてその翌日、一日かけて掃除をした。

　ところが、今回のキョンヒの掃除の仕方は以前とはまったく異なっていた。かつてのキョンヒの掃除方法は機械的であった。東にあった祭器や壁に掛かっていた瓢《ひさご》をはたいたり磨いたりして元の場所に戻すだけだった。つまり蜘蛛の巣や埃を落とすだけが掃除のようなものだった。しかし今回は違う。建設的で応用的である。家庭学で学んだ秩序、衛生学で学んだ整理、また、図画の時間で覚えた色彩の調和、音楽の時間に勉強した長短の音律を利用しながら、これまでの置き場所とすっかり変えてしまった。磁器を陶器の横に置いてみたり、七楪飯床《チルチョプパンサン》［七種類の菜を揃えた膳立て］の器を漆器に入れてもみる。茶碗の下には茶碗よりも大きいどんぶりを置いてみる。銀の盆の上には黄色みがかった小さな瓢を添える。大きな甕《かめ》の中に瓶を入れる。それに、かつては屋根裏の暗闇の中で埃臭さに顔をしかめるばかりで、一日中汗だくになりながら掃除をするのは、家族からの称賛という報酬を得るためだった。しかし今度はそれも違った。キョンヒは暗闇の中で体を動かすことで運動になることが、大そう楽しそうだった。あえて箒《ほうき》を置いてねずみの糞を手にとって匂いを嗅いでみたりもした。そして一日中働いてもなんの報酬も望まなかった。ひたすら、自分のすべきことをするだけだった。

　こうしてキョンヒの一挙一動の内側では自覚が芽生え、意識的になるのと同時に目に見える活動も増していくのだった。だからキョンヒにはやるべきことが多い。万一、キョンヒの親しい友人がキョンヒの仕事を手伝ってくれるとする、するとそれはキョンヒのものではなくその友人のものになる。だから素晴らしいことを人よりたくさん得たいと願うのならば、自分の力でなんなくこなせるものはどんな些細なことであっても人に頼るものではない。なにもわざわざ人に奪われる必要もあるまい。嗚呼、さいわいだ。キョンヒの太ももには肉がつき、二の腕は太い。この肉が痩せ衰え歩けなくなるまで、二の腕に力が入らず垂れ下がるまで、すべきことは無限にある。キョンヒが得られることも無数にある。だから昼寝をしていては、その時間は何も得られない。一日中働いた後には、キョンヒは間違いなく少しずつ成長している。それに伴い得るものも増える。キョンヒはこうして糧《かて》を増やすために、朝から晩まで、成長したいという欲望により力いっぱい働くのである。

　李鉄原も娘の働く姿を毎日目にしている。また、内心、感心もしている。しかしこうして妻に訊いているのは、自分もやはり妻と同様に、息子に勧められてキョンヒを日本に行かせたものの、娘を駄目にしはしないか気が気でなかったからだった。だからこうして夜更けに夫婦ともども娘の結婚を心配し、娘の行く末を案じているのだが、一方ではほっとしたような笑顔も見せる。その二つの顔は愛情に満ちていた。いかなる知友や兄弟あるいは親孝行であろうとも、このような親が子を思い煩う心配、心の底からの喜びには及ぶまい。李鉄原は嫁の貰い手がないのではないか、と案ずる気持ちが少しは晴れた。しかし板の間《マル》に出て咳払いをし、「明日は何がなんでも縁談を進める」という決意の言葉を聞くと、誰にもその決断を覆させることはできないようにも思える。

鶏鳴《けいめい》暁を告げる。暗黒の闇が白色の世界へと移ろう。東の窓の障子がしだいに白み、蚊帳が端から少しずつ薄緑色の光に染まる。ぐっすり眠っていたキョンヒが目を覚ます。キョンヒは今日一日の仕事を始める喜びに浸り、いそいそと寝室を後にする。

4

時はきっかり正午、茶の間では昼食の膳が並べられている。キョンヒが父の書斎から戻ってくる。シウォルと兄嫁は食事をするよう強く勧めるが、無言で部屋に入ったきり四方の扉を固く閉ざす。キョンヒはすすり泣く。床に伏したかと思うと体を起こし、そうかと思うと立ち上がって頭を壁に打ちつける。柱にしがみつくとぐるぐる回る。キョンヒはどうしていいかわからず、もがき苦しむ。キョンヒの小さな胸は炎のように燃え盛る。掛けてある手拭の端で涙を拭い、こぼれ出る言葉は「アイゴー、どうすればいいの……」ばかり。そして、自分はこの家の穀《ごく》つぶしだから、さっさと他所《よそ》へ追い出そうとしているのだと恨めしさもわいてくる。まるで、この果てしなく広い世界には、この小さな身ひとつ寄せる場所もないように思えた。こんな役立たずのお荷物がどうして生まれてきたのかと思うたび、ようやく乾いた涙も再び雨のように溢れ出る。いま誰かがなだめようものなら、その人を相手に喧嘩もしかねない。そして相手の髪をむしり取り、血がほとばしるほど顔を引っ掻きそうな気勢でもあった。四方の扉が閉ざされた真っ暗な小さな部屋の中、じたばたあがくキョンヒの運命はいかに！

　キョンヒの前には現在、二つの道がある。それはぼやけてもいないくっきりと二手に分かれた道だった。一方は穀倉に米がたんまり積まれ、財産があって愛されかわいがられる、踏み心地の良い黄土の道であり、進むのも、目的地を見つけるのも難しくはない坦々たる大通り。もう一方は、腕が痛くなるほど麦をひいてようやく食事にありつけ、一日中、汗水垂らしながら人に使われてなんとかわずかばかりの金を稼ぐことができ、行く先々で虐げられ、愛情などもってのほかの、爪先に血が滲むほどの険しい獣道。その道の途中には真っ逆さまに墜落しかねない絶壁もあれば、尖った山頂もある。谷を渡り、丘を越えなければならず、くねり曲がった道でもある。進めば進むほど険しく、終点の見えない道。キョンヒの眼前に広がるこの岐路のうち、どちらかを選択し、いますぐにでも進まなければならない。今日決めた以上は明日になって覆すこともできない。いま決断しても、すぐに心変わりすることも往々にしてありえる。嗚呼、キョンヒの足はどちらの道に進むべきか。これは教師が教えることでも、友人が助言すべきことでもない。キョンヒ自らが決めなければならず、それでこそ納得し、たやすく変心することなく長続きするというもの。キョンヒは再び頭を打ちつけ、「アイゴー、どうすればいいの！」と途方に暮れる。

　キョンヒも女である。ましてや朝鮮社会で生きてきた女である。朝鮮の家庭の因習にどっぷり漬かった女だ。女たるもの温良柔順であること。それが社会への面目であり、女の命は三従の道にあり［女が従うべき三つの道。父に従い、夫に従い、夫の死後は子に従うこと］というのが家庭教育だった。立ち上がらんとすると周囲に抑圧され、動かんとすれば四方から非難され。優しく手を握り、忠告してくれる友といえば誰も彼もが「今まで通り死ぬまで楽に暮らせばいい」と異口同音。キョンヒの目は絹の着物を知り、口は薬膳鍋も知る。嗚呼、キョンヒはどちらの道を選んで然るべきか？　いかにして生きていくべきなのか？　まるで、道を悠々と這う蛇の尻尾を棒で突くと瞬時にとぐろを巻き、目をギョロギョロさせながら細長い舌を毒々しくペロペロ出すように、キョンヒはこうして思い煩うたびに、自分の体についた二本の腕と二本の足が胸の中へと、腹の中へと縮こまるかのようである。あたかも玩具売り場に陳列された頭と胴体だけのおもちゃのようだ。そして十三貫［一貫は三・七五キログラム］の体重が突如、一枚の紙のようになり、風に吹き飛ばされそうでもある。また、頭の中は何かに打たれたかのような衝撃を覚え、血の気が引いていく。目は瞬きもせず、壁に穴をも開けんばかりである。背中には汗が噴き出し、四肢は死人のように冷え切っている。

「アイゴー、どうすればいいの」

　キョンヒはおかしくなったかのようだ。なんとやらの一つ覚えのように、ひたすらこの一言を繰り返す。

　キョンヒは体に触れてみる。左手首を右手で、右手首を左手でつかんでみる。頭《かぶり》を振ってもみる。大きくもないこの小さな肉体……、この身をいかに駆使すべきか。この身をどこへ向かわせるべきなのか……キョンヒは再びおのれの体を上から下まで眺める。この身に絹のスカートを纏《まと》い、頭には翡翠のかんざしを挿そうかしらん。大家の総領嫁とは、どれほどの威厳かしら。新妻気分はきっと素晴らしいわよ。あちらのご両親にだってきっと愛される。うちでだって、いまのこの厄介者のような身が、どれだけかわいがられるだろうか。親戚たちからはどれほど羨望の眼差しが向けられるだろう。間違っていた。嗚呼、わたしが間違っていた。なぜお父様が「決めよう」とおっしゃったときに「はい」と言えず、「いいえ」と言ってしまったのか。嗚呼、なぜそんなことを。どういうつもりでそんな返事をしてしまったのだろう！　あれほどの富を拒むだなんて。これほどの縁談を逃して、後々どうするつもりなの。お父様の言うように、苦労知らずだからよ。世間知らずのせいね。「後で後悔するぞ」とおっしゃっていたように、すでに後悔先に立たずのようだわ。嗚呼、どうすれば。手遅れになる前にいまからでも書斎に行ってお父様に詫びよう。「わたしが間違っていました」と。よし。そうするわ。行くなとおっしゃる日本へも、もう行かないわ。この道のようだ、これこそが進むべき道のようだ。そうね、そうしよう。でも……。

「アイゴー、どうすればいいの……」

　キョンヒは瞳を見開く。体は千斤にも万斤にも感じられる。頭には大きな銅鉄の兜《かぶと》がかぶせられているように重い。縮こまった両腕、両足はいつの間にかにょきにょき伸びてくる。かと思うと再び全身がすくむ。何を思ってあのような大胆な返事をしてしまったのかと。お父様に「女は嫁に行って、子どもを産んで、義父母に仕え夫を敬えばそれでよい」と言われたとき、「それは昔の話です。いまは女も人と言います。人である以上は、なんだってできるはずです。男と同じようにお金を稼ぎ、男と同じように官職に就くこともできるのです。男同様になんでもできる時代です」と口答えしたことを思い、お父様がキセルを手に取り「なんだと？　おまえのような小娘に何ができる。日本にまで行って肝心な勉強はせず、大事な金を使ってそんなくだらんことばかり習ってきたのか！」と言う殺気立った目を思い出し、身をすくめる。

その通りだ。自分のような者に何ができる。人の言うことを真似ているだけではないか。嗚呼、人として生きるというのは、なんと難しいことなのだろう。男同然になんでもできる女というのは、平凡な女ではないはずだ。女が四千年来の慣習を打ち破るには、学問においても天才的でなければ無理であろう。ナポレオンの時代に、パリ中の人々の心を鷲摑みにしたスタール夫人のような抜群の理解力、饒舌かつ雄弁、そんな才知に長けた社会的人物でなければならない。生まれてはオルレアンを救い、死しては仏蘭西《フランス》を救ったジャンヌ・ダルクのように、百折不撓《ひゃくせつふとう》かつ犠牲をものともしない勇者であらねば。達筆な文筆家、明快な経済書の著者として名を馳せた、英国の女権論者の勇将であるフォード夫人［原文ではフォード夫人となっているが、実在の人物であれば、ミリセント・ギャレット・フォーセット（一八四七―一九二九）が該当し、フォーセット夫人とするのが正しいと思われる］のように弁論を巧みに駆使し、意志が強固でなければ。嗚呼、これほど厳しいとは。それほどの実力、犠牲の精神があって然るべきなのだ。

キョンヒがこれまでに学んだという学問をすべて寄せ集めたところで、驚くほどなんの成果もない。目の前で舞を舞い、唄を唄う人がいても心から喜べもせず、腹の底から笑うこともできない白痴のような感覚しか持ち合わせない。一言答えるのに赤面し、理路整然と話すこともできない口下手だ。多少のつらさに音《ね》を上げ、軽く叩かれれば慟哭する愚かな臆病者だ。この人に言われるがまま、あの人に言われるがまま、東風に身を任せ、西風に身を任せてみたものの、いまあるのはどうにもならない衰弱した意志ばかり。それでも人と言えるのか。こんなにも才能のない人間に何ができるというのであろう。こんな猫も杓子も知っているいろはを知る程度の学問、誰にだってできる三度の食事の際のさじの握り方を知る程の知識では、そもそも間違っていた。愚にもつかない虚栄心だった。古今の働く婦人たちに聞かれたら鼻で笑われる。まったくめでたい話である。「アイゴー、どうすればいいの……」

　これほど我が身を反省したキョンヒだが、いまとなっては自分を長男の嫁に迎え入れようとしている金判事一族も哀れに思えてくる。また、自分のようなうつけがそんな玉の輿に乗れるというのなら、頭を下げてはいはい、と二つ返事でこの身を捧げるべきものを、嫌と言うとは、我ながら呆れ返る。また、両親をはじめ、親戚中の祖母やおばたちが自分を見るたびに嫁の貰い手がないのではないか、心配するのももっともだった。

　キョンヒはこれまで、かんざしを挿した夫人たちを見るたびに大そう憐れに思えた。「あの人たちはなんにもわからず大人になったのね。夫への愛情も知らず、機械のように本能だけでああして禽獣のような暮らしをしているのだ。我が子を溺愛するというのは、ご飯をたくさん食べさせ、肉をたくさん食べさせることだと思い込み、優れた学問を学ばせることなど考えもしない。それでも人と言えるのかしら」といった傲慢な目で見てきた。しかしいまはどうしたことか、その夫人たちがみんな立派に見える。洗い物をしているシウォルの髪にもかんざしが挿してあり、それが自分よりましなようにも思える。塀越しに聞えてくる農民の子どもたちの泣き声さえも、自分よりずっと恵まれた別世界のように思える。いくら考えても自分はあの夫人たちのような大人にはなれず、自分の体ではあの子たちのような子どもを産めないように思えた。「結婚はこんなにも困難に見えるのに、なぜみんなすんなりできて、子どもたちを教育することはこれほど難しいように思えるのに、なぜみんなたやすく子育てができるのか」と思い、自分はなんでもない存在であり、あの夫人たちのほうが、おのれより数十倍も優れているとつくづく感じるのである。

「なぜああも、ものともせずかんざしを挿すようになったのだろう？　あれほどたくさんの子を産んでむつまじく暮らせるなんて。とても立派なこと」

　キョンヒは考えれば考えるほど、頭が下がる思いだ。そして自分はなぜこれほど結婚に踏み切れないのか、不思議でならない。「立派なのはあの人たち？　いえ、立派なのはわたし？　あの人たちこそ人と言えるの？　それともわたしのほう？」。この大きな煩悶がキョンヒを深い眠りから目覚めさせた。「それなら、どうすれば立派な人間になれるというの」という問いこそ、キョンヒの頭を重くさせる苦痛である。

「アイゴー、どうすればいいの、こんなことになるなんて……」

　一言増えていた。同時にキョンヒの頭のてっ辺がぐんと突き上がる。そして図々しい顔、大きな口、長い手足、そのどれもが消え失せ、穂先に火花を灯した細い麦藁のようなものだけが風にそよいでいるかのようだった。部屋の中は熱気を帯びている。思わず部屋中の窓を開け放つ。

　熱く強烈な光線が容赦なくどっと差し込む様は、合戦を前にした両陣営が棍棒を振りかざし「いくぞ……」と飛び掛るときのように、驚くほど強力に降り注ぐ。五色の鮮やかに咲き乱れる百日草の上には、アゲハチョウやモンキチョウが絶え間なく行き交う。梨の木の上にあるカササギがこしらえた巣には黒い雛の頭が見え隠れし、母鳥の烏《からす》が餌を運んでくるのを待っている。ホウキグサの木陰では犬が気持ちよさそうに寝ている。その腹は膨れ上がっている。垣根の下で幼虫を探し回る雌鶏の後ろには五、六匹のひよこがちょろちょろついて回る。キョンヒは魂が抜けたかのようにぼんやり眺めているが、つと、動き出す。

あれ！　あれは犬。あれは花であれは鶏。あれは梨の木。それからそこに実っているのは梨。あの空中を飛ぶのはカササギ。あれは甕であっちは臼。

このようにキョンヒは目につくものを手当たりしだい口に出してみる。横にある手箪笥にも目をやる。その上に畳んである絹の布団にも触れてみる。「それならわたしの名称は？　人！　そうよ人よ」。

キョンヒは壁に掛かった姿見に自分を映し出す。口を開き、目を瞬《しばたた》かせる。腕を上げ、足を振り下ろす。確かに人の姿をしている。そして昼寝をしている犬、獲物を探している鶏、はたまた鳥と自分を比べてみる。向こうはどれも禽獣、つまり下等動物であると動物学で習った。そして自分のように服を着、話をし、歩き、手を使うことができるのは万物の霊長である人間だと学んだ。であるなら、自分もその尊い人間であるはず。

嗚呼、返事は間違っていなかった。お父様に「あのうちに嫁に行ったら、いい服を着て、一生食うものにも困らんだろうに」と言われたとき、あの怖いお父様の前で、がたがた震えながらも初めて口答えをした。「お父様、顔子［孔子の一番弟子である顔回（がんかい）の敬称］の暮らしも一箪《いったん》の食、一瓢《いっぴょう》の飲にも楽在り［清貧な生活を送り楽しんでいるさま］、だったと言うではありませんか。一生、食べるだけで死んでしまっては、それは人ではなく禽獣です。麦飯であろうと、努力して自分の力で食べていくのが人ではありませんか。先祖が成した財をそっくり継いだ夫にただで食べさせてもらうというのは、うちで飼ってる犬となんら変わりませんわ」と。そうだ。食べて死ぬだけならそれは下等動物だ。ましてや自分で働くどころか、指一本動かさずして相続した先祖の財産を、どう使っていいかわからず酒や芸者遊びに無駄遣いをするような、人間とは言えない、禽獣同様に腹を満たすだけの金持ちの家では、数々の悲惨な出来事が起きている。獣だか人だかほとんど区別のつかないようなことも多い。そんな者たちは人の仮面を被り人のふりをした、ただの獣に過ぎない。あの庭の木陰で眠ろうとすれば、おまえにはもったいないと犬にも鼻で笑われるであろう。

　そうだ。苦しみが過ぎれば喜びがあり、すっかり泣いてしまえば笑顔になるのも、禽獣ではなく人間だ。禽獣にはできない思考をし、創造を成し遂げるのが人間である。人が得た米、人が食べ残した残飯を望む禽獣、与えられて喜ぶ禽獣とは違い、人は自らの力で探し求め、自らの実力で得る。これこそがまったく矛盾しない人と禽獣との違いである。微塵も疑いの余地のない真理である。

　キョンヒも人である。次に女でもある。すると女である前に人ということになる。また、朝鮮社会の女である前に、宇宙に存在する全人類のうちの女である。李鉄原、金夫人夫婦の娘である前に神の娘である。いずれにしても、誰がなんと言おうと人間の形象だ。その形象は紛れもなく人間の皮を纏《まと》った人間であり、内臓の仕組みも確かに禽獣と異なる人間だ。

　そうよ、人よ。人にしか見えない険しい道を拒むというのならば、他の誰がその道を目指さん！山頂に登って見下ろす行為も人のすること。そう、この腕はなんのために使い、この足はどこへ向かうためにあるのか！

　キョンヒは両の腕を広げた。両の足で跳び上がった。

　照りつけていた太陽の日差しがいつしか和《やわ》らぐ。藍色のチマのような色を帯びた空が、油然《ゆうぜん》と現れる雨雲に掻き消される。南風がそよそよと吹き始める。その風に乗って花粉と花の香りが運ばれてくる。眼前に稲妻が走り、頭上では雷鳴が轟く。じきに夏の驟雨《しゅうう》が降り出すようだ。

キョンヒは恍惚としている。キョンヒの背はにわかに、飴が伸びるようにぐんと伸びたように思える。そして目は顔いっぱいに大きくなったようだ。すると平伏し、合掌して祈りを捧げる。

神よ！　あなた様の娘はここにおります。父上！　わたくしの生命は祝福に満ち満ちております。

ご覧ください！　わたくしの目と耳はこうして動いているではありませんか。

天の神よ！　わたくしに限りない栄光と力をお与えください。

持てる力の限りを尽くして生きてまいります。

褒美をくださるなり、罰をお与えになるなり、どうぞ御心のままに。

白痴？　天才？

천치?　천재?

田栄沢　チョン・ヨンテク　전영택

カン・バンファ訳

1919

1

私は成人する前から、経験しなかったものはないと言えるほど、ありとあらゆることに携わってきました。幼いころは学校にも通いました。その後、役人の仕事もいたしました。イエスを信じて伝道もいたしました。ある会社で月給取りもやりました。それだけではありません。ある友人と連れ立って女を買いに行きもしました。ひとりで飴売りもやりました。また、客主《ケクジュ》［商品の委託販売や商人相手の宿泊業をする人］もいたしました。教師もやりました。電車の車掌もやりました。海を渡り、日本で留学生もやりました。田舎で農夫もやりました。はい――いっときは熱烈な愛国者にもなりました。鉱夫をやったこともあります。

そうするうち、三度目の、小学校の教師をやることになりました。

私はずっと、教師の仕事を毛嫌いしていました。なかでも小学校の教師は、子どものころから死んでもやるまいと思っていました。小学校の先生の糞は犬も食わないという諺《ことわざ》もありますが、事実、小学校の教師など人がやるべきものではありません。血気に逸る青年ならなおさらです。何でもかんでもやってきた私ですが、小学校の教師ほど避けたいものはありません。ですから、「世には多くの仕事があるが、先生が最も難しい」と定義し、いつも肝に銘じているのです。

私が三度目の教師として訪れたのは、平安道中和郡西面《ピョンアンドチュンファグンソミョン》［面は村の意］にある得英《トゥギョン》学校でした。あれほど毛嫌いし、あれほど避けたかった小学校教師を、ひとえに十二ウォンという月給に目がくらんで三度目にやることになったのは、どうにも仕方のないことだったのです。

得英学校は、中和西面で幅を利かせるパク氏一門が住む村に建てられたものでした。教室はもともと書堂《ソダン》［朝鮮王朝時代の私塾］として使われていた瓦屋で、町の裏山の尾根にどっしりとそびえ立つその姿は、数里内ならどこからでもすぐに目に入ります。

教師として雇われ、風呂敷包みを手に初めて得英学校へ向かっていたとき、遠くに見える漆喰造りの瓦屋を見つけて、私は早々に「あれが学校だな」と思いながら、いろいろな想像を巡らせました。あの学校には何人の生徒がいるのだろう？　私のように八方ふさがりになり、最後の手段として、いくばくかの月給のために勤める心根の腐った先生が何人いるのだろう？　なかには教育の使命を抱いてやって来た人もいたのだろうか？　ばかな、そんなやついるもんか！　……ハア、またやるのか！　と以前の苦労を思い出し、私は眉間にしわを寄せました。

生徒は少なくとも十五人はいるだろうから、なかには出来のいい「天才」もいるだろう。ひどく出来の悪い「馬鹿」もいるだろう。あるいは、ひねくれた悪ガキもいるだろう。手のつけようがないほど野蛮な子がいて、言うことを聞かず困ったことになればどうしようと心配にもなりました。いやしかし、そうではない。私のやり方次第で悪ガキに育つこともあれば、天才やすばらしい人材に育つこともあり、悪ガキが心を入れ替えて善良な子になるかもしれない。古来より農村から詩人や文士、偉人や傑士が多く生まれたというではないか。この村が「コッカーマス」や「フランクフルト」、「ケンタッキー」や「アイスレーベン」のようにならないと誰がいえよう。こんなことを考えるうちに、責任感で急に荷物まで重たくなったように感じられました。そしてわが身を振り返りました。私はふと、顔がかっかとほてるのを感じました。平素、教育学など一ページも勉強したことはありません。もちろん、児童心理学など目にしたこともありません。子どもの性格や個性を見分けられるほどの聡明な目も持ち合わせていません。私はただ、早くに父のおかげで、簡単な日本語と算術を少しばかり（やっと分数まで）学んだばかりです。それを頼りに、人様の大事な愛《いと》し子《ご》を預かって教育しようと、いや、楽して金十二ウォンにあずかろうと、人が汗水流して育てた穀物をあぐらをかいて食べに行こうとしているのだと思うと恥ずかしくて穴があったら入りたいぐらいでしたが、その日の夜八時には、おめおめと教頭のお宅を訪ねていきました。

「パク教頭」の案内で学校へ向かいました。夕食は教頭の家でごちそうになりました。食事は教頭の家でいただき、寝起きは学校でするわけです。

教頭が、修理に八十ウォンもかけて今や立派な学校になったと自慢する教室は、夜は教師が住まいとする部屋まで入れて約六坪、ひび割れた一枚のガラス窓が最も新式のものといえました。

教頭が帰り、ひとりで寝ようとすると、案の定少し怖くなってきました。前任の先生はひとりで寝ているところをヤマイヌに襲われたことなどなかったのか、あるいはこの小さな部屋で、夜中に梁で首吊りをしたのではないか、首吊りで死んだお化けははなはだ恐ろしいというが……。教頭だというじいさんは見るからに天下の古だぬきといった面構えだ。ネコの髭のような黄色い髭が、ひん曲がったかぎ鼻と唇のあいだの狭い範囲にまばらに伸び、濁った目はちらちらと相手をうかがうように落ち着かず、わけもなく空咳をくり返す様子は、誰の目にも古だぬきに映るに違いない……。初めてその顔を見たとき、「管理職を務めてきたけちんぼだから髭が黄色くなったのだ［黄色は黄金とお金を象徴する色であり、けちな人をノレンイ（黄色い人）とも呼ぶ］」と思いました。この町のお偉方はみなひどく傲慢だという話と、教師を乞食のように見下すという話を聞いていました。子どもまでもがそれに感化されて、教師を見くびり大いに軽んずるのだと、そして冬の学校はひどく寒いのだとも聞いていました。

そのため、首を吊って死んだり凍え死んだ者がいるはずだと思いました。凍え死んだ者は必ずいるだろうと。こうしている今も、塀に大きく空いた穴から空の星が見え、涼やかな秋風がそよそよと吹き込んできます。首吊りで死んだお化けが出たらどうしよう、冬が来たら凍え死ぬんじゃないか、そんなことを考えつつ、自分のような出来損ないを神様のように頼りにしている母と年下のきょうだいたちを思ううちに、いつの間にか眠っていました。

翌日の午後、暗い部屋に嫌気が差した私は、ひとり裏山へ足を運びました。秋空はまるで穏やかな湖のように澄みわたり、傾いた夕陽が遠い山裾の村を赤紫色に染めていました。山の頂まで上って村を見下ろすうち、向かいの町に、門が傾き、塀が崩れ、瓦がはがれてしまっている一角を夕焼けに浸している郷校《ヒャンギョ》［朝鮮王朝時代の官立の学校］を見つけ、感慨を抑えきれないでいたそのとき、足元のほうから「せんせえ！」という声が聞こえてきました。びっくりしてそちらを見ると、どこかで見かけたような子が息を切らしながら私を見つめています。丸くのっぺりした顔、白目がちで、にこにこ笑う様子がどこか異様でした。それは私を見て喜んでいるというより、得体の知れない奇妙な笑みともいうべきものでした。

「ごはん食えって！」という言葉に笑いをこらえられませんでしたが、その子がパク教頭の家の子であることにはすぐに思い至りました。私は「よし、行こう」と山を下りながら、「名前は何だい？」と訊きました。「チルソン」という返事でした。私は続けて「じゃあ、パク・チルソンかい？」と訊きました。その子は一度こくりと頷いたかと思うと、今度は首を横に振ったきり、口をぽかんと開けたまま私を見つめていました。私は内心思い当たるところがあったので、それ以上は訊かず、彼と手をつないでそろそろと山を下りていきました。

途中で、「年はいくつ？」と訊いても、彼はにわかに奇妙な表情を浮かべて答えようとしないので、もう一度訊きました。すると初めて唇をもぐもぐ動かし、やっと口を開いて、「うん、十三歳」と叫びました。

私はやさしく、重ねて訊きました。

「学校には行ってるの？」

「うん」

「何年生？」

という質問には答えず、ひひ、と笑うと、私の手を振り払って突然大きな声で、

「学徒よ学徒よ、青年学徒よ［「学徒歌」。韓国併合の悲しみを歌った唱歌の一節］」

と歌い、先に駆け出したかと思うと見えなくなりました。

自分が教えることになる得英学校の生徒として初めて出会ったのが、このおかしな子、チルソンでした。可笑しいやら不思議やらで、様々に思いを巡らしながら、ゆっくりとパク教頭の家へ下っていって夕飯を食べました。

2

話を聞いてみると、チルソンはパク教頭の妹にあたる未亡人の息子ということでした。

翌朝、朝ごはんを食べていると、昨夕私を呼びに来たチルソンが戸の外から私を見つけ、にこにことうれしそうに笑いながら敷居を爪で引っかいています。

私もうれしくなって、「チルソン、ごはんは食べたのか？」と訊きましたが、それには答えず笑ってばかりいます。

一日二日見守り、いろいろと伝え聞くうちに、次第にチルソンの事情がつかめてきました。チルソンの名字は「チョン」で「韓国では普通、子どもは父親の姓を名乗る」、もとより白痴に生まれたそうです。若くして夫を亡くした母親は、チルソンとその上の十六になる娘の二人を連れて実家に戻り、兄であるパク教頭のもとで暮らしていました。

パク教頭も初めはチルソンの白痴を隠していましたが、ある日とうとう自分の甥が白痴であることを認め、教えても無駄だとあきらめたのだそうです。

パク教頭の話によれば、妹の夫はもともと町内でも大金持ちの家の生まれで、十二歳で結婚したものの、その後とんでもない遊び人となり、連日のように徹夜で闘牋《トウジョン》「絵や文字が書かれた札を使う賭け事の一種」をするのは当たり前、気弱な母親は毎度のように金を出してやるのだが、それが父親の知るところとなれば雷が落ちるため、妹は嫁いでから一日たりともぐっすり眠ったことがなかったと言います。やがて夫は酒も飲むようになり、のちには大酒飲みに成り果てて、浴びるように酒を飲んで帰ってきては金を出せと怒鳴り、罪のない妻にむやみに手を上げるので、彼女はうら若き日々を涙ながらに過ごすしかなかったそうです。そのうち女遊びまで始め、ついには酒と女が祟って恐ろしい病にかかり命を落としたと言います。家産は、やはり酒好きだった彼の父親が早死にしたあと、チルソンの父親のせいでみるみる傾いてしまったそうです。

パク教頭にそんな話を聞いてから一週間ほど経ったある日曜日、退屈紛れに教頭と話でもしようと、まだ夕飯には早い時間でしたが、ぶらぶらと山を下りていきました。パク教頭は留守で、三十になるかならないかぐらいの若い婦人が中へ続く戸を開けてくれ、膳を運んできました。私はすぐに、チルソンの母親なのだと察しました。

若い婦人に膳を運ばせるのを申し訳なく思ったものの、恥ずかしくてまっすぐ顔を見ることはできませんでした。彼女は何か言いたげにしていましたが、頭を下げてそのまま出ていってしまいました。

食事が終わったころ、チルソンの母親が入ってきて、今度は室内に腰を下ろしました。そして長いあいだうなだれていた末に、やっと口を開きました。

「先生」

「はい」と私は恭しく返しました。

婦人は続いて、

「まことに申し上げにくいのですが……」

とまたも黙り込み、少しして、

「私にはあの子しかいないのですが、いくら言っても勉強をせず遊んでばかりいます。勉強をしようにも、教わったことがどうしても頭に入らないようで。だから先生方は、しまいに怒って匙を投げてしまうんです。まったく、どうしたらいいんでしょう」

　両目に涙を浮かべて、

「どうかあの子を一人前の人間に育てていただけ……」

と最後まで言い切れずに声を詰まらせました。私はつられて一緒に涙を流しながら、

「はい、ご心配なさらないでください。私がきっと育て上げてみせます」

　と答えました。

「あの子は……」

　と婦人は再び話し始めました。

「遊び方も変わってるんです。目に映るものは何でも壊したり、破いたり、こじ開けてしまって。なのでおじに叱られてばかりいます。かと思えば、器用に何かを作ることもあります。一度など、ナイフで何か削っていると思ったら、見ると銃の形をしていて、なかなかの出来栄えでした。ほかにも、踏み車なんてものを作るんだって、起きたそばからせっせと何かやってるんです。ほかの子が勉強してるってときに遊んでばかりいるのに腹が立って、ある日の夜、それを隠してやりました。そしたら、朝起きるとそれがないもんで、ご飯も食べずに泣いてばかりいるじゃないですか。仕方がないので返してやりましたよ。それから、ほかにも変わった癖があるんです。四角い箱型のものは何でも、死に物狂いで集めて部屋に溜め込むんです」

　私はそれを聞いて初めて、チルソンの後頭部が飛び出していることを思い浮かべ、普通の子ではないのだと思いました。そして、どうにかしてチルソンを教育しようと決心しました。婦人は、若い男がひとりでいる部屋で長話をしたことを恥ずかしく思ったのか、真っ赤な顔で立ち上がって膳

を下げていきました。その顔には、長い苦労の跡がはっきりと浮かんでいるようでした。しかし、耳の下の漆を塗ったような後れ毛や、その澄んだ目、赤い唇はむしろ青春の色を留めているようにも見え、娘時代、彼女がまだ乙女だったころは町の若者の胸をかき乱していたであろうことや、裕福な家の嫁だった痕跡がじゅうぶんに見てとれました。

3

母親の涙ながらの頼みを聞いて、私は、ことさら熱心にチルソンを教育しようと思いました。自分にあるだけの知識をふりしぼり、できる限りの時間を捧げて、やさしくあやしながら勉強を教えました。

ひとりで退屈していたこともありますが、チルソンがあまりに不憫で、毎日の散歩のときは手首をつかんで歩きながら気安く話しかけてやり、一度もとがめたりしませんでした。そのためか、人前ではいつもびくびくしていたチルソンですが、私の前ではにこにこ笑い、いつしか私のことを友だちのように受け入れていました。そうして、私の言うことなら何でもよく聞くようになりました。

ところがある日、外出から学校に戻って部屋に入ると、チルソンがひとりでそこにいたのです。私を見てさっと何かを隠し、にこにこ笑っていました。

「何を隠したんだ？　見せてごらん」

私は笑顔でそうなだめすかしました。チルソンは下に隠していたものを取り出しながら、

「これだよ、万年筆」

もしも私に財産というものがあるならただそれ一つ、それも私がこの上なく大事にしていた万年筆——東京で〇〇大学××科を卒業したとき、妹のように親しくしていた娘《こ》が思い出にと贈ってくれたウォーターマンの万年筆は、ばらばらに分解され、ずたずたに折られてすでに原形を留めておらず、もう使い物にならないのは明らかでした。

私は呆れるあまり、何か言おうにも言葉になりませんでした。内心では腹が立ち、怒りを覚えましたが、ぐっとこらえました。

翌日、私は笑いながら、

「どうして万年筆を壊して折ったんだい？」

と尋ねました。

「折って見てみようと思って。なんでどんどん絵の具が出てくるのか見ようと思って」

そう答え、チルソンは不思議そうに私を見つめるのです。私は仕方なくこう言いました。

「今度から、何か壊すときは私と一緒にやろう。ひとりでやっちゃ駄目だぞ！」

私はこのことを誰にも言いませんでした。

そうして午後、子どもたちを送り出してからしばらく本を読み、町へ下りていってチルソンを訪ねましたが、すでに出かけていませんでした。ひとりでぶらぶら町の外へ赴きました。そこには細い谷川があり、老いたヤナギが一本立っていました。

晩秋の夕暮れ、空は澄みわたり、辺りは鳥のさえずり一つ聞こえないほど静まり返るなか、誰かが美しい声で唱歌を歌う声が聞こえてきました。その声は、私が十七の夏に平壌《ピョンヤン》のサランという町《コウル》に行ったとき隣の部屋から聞こえてきた、どこかの学校の少女たちが歌う賛美歌にそっくりでした。あたかも鈴を転がすかのような、透き通った美しい声でした。驚きました。その声の主がチルソンのものだとは思いも寄らなかったからです。チルソンがそんなにすばらしい声を持っているとは知りませんでした。

　空の色、夕陽、澄んだ谷川、老いたヤナギ、そして無邪気な少年。まさしく絵のようです。少年は天使のようです。

　私はそっとシダレヤナギの方へ近づいていきました。チルソンは砂原にぺたんと座り、ちょうど群れを成して飛んでいく雁を見つめながら、楽しそうに歌っているところでした。私の目には、どうしてもチルソンが白痴のようには見えません。私は心の内で、「お前は自然の子なのだな、お前は詩人なのだな」という感慨に長いあいだ浸っていました。

　二度目に驚かされたのは次のようなわけです。

　チルソンは私を見つけてがばっと立ち上がり、

「せんせえ！」

と呼びました。

　私は何事かと思い、「どうしたんだい？」と訊きながら近寄りました。

「漕がなくてもひとりでに進む船を作ったんだよ、行こう、行こう！」

口を開けて手を叩きながら飛び跳ねるのです。

　私は嬉しくてじっとしていられないかのように、実際はある種の好奇心から、どれどれと身を乗り出しました。果たしてチルソンの脇に、おもちゃのような小さな船がありました。わたしはその造りを調べようともせず、もう一度試してみるよう頼みました。チルソンはその船を手に、「すいすい進むよ！」と水辺へ向かいます。背を向けてしばらくもたもたしていたかと思うと、いつの間に川へ浮かべたのか、船はすでにすいすいと水面を滑っています。

私はチルソンと一緒に手を叩いて喜びました。あとからわかったのは、「漕がなくても進む船」にはブリキと針金を使った仕掛けがあるようだということですが、頼んでも見せてくれませんでした。なので、私も無理やり見ようとはしませんでした。

4

私はかわいそうなチルソンのために力を尽くし、様々な研究もしてみましたが、これといった成果は得られませんでした。チルソンは相変わらず、不可思議な子のままでした。

しかしチルソンの母親は、折々に息子を頼むと頭を下げ、着る物や食べる物について家族同然に気を配ってくれました。母親によれば、パク教頭は明らかに自分の息子と妹の息子を差別していて、チルソンは日に一度は鞭で打たれるのだと言います。

そうこうしているうちに冬が訪れ、雪の季節になりました。私はある日の夕方、本に夢中になり、少し遅くなってからパク教頭のお宅へ向かいました。すると、チルソンの姿が朝から見えないのだと、町じゅうを探し回る騒ぎになっていました。

「大変だ！」

私は驚きました。

「先生、チルソンがいないんです」

母親の叫びを聞き、私の胸はぎくりと震えました。

頭を何かで殴られたような衝撃が走りました。私はパク教頭の家の作男をひとり連れて、母親と一緒に灯火を手に谷川へ急ぎました。母親はわれを忘れて、

「チルソン！　チルソン！」

と泣き叫んでいます。

いくら探しても谷川にはいませんでした。チルソンが船を浮かべていた谷川の水は変わらず静かに流れ続けていましたが、チルソンの行方はわからずじまいでした。その秋、チルソンが砂原に座って美しい声で歌っていた姿が頭に浮かび、その母親が息子を探す「チルソン！　チルソン！」というもの悲しい声が学校の裏山に響くのを聞いて、涙を流さずにはいられませんでした。私は夕食も喉を通らず、眠れぬ夜を明かしながら、チルソンのことばかり考えていました。

チルソンは、翌日の午後になってやっと見つかりました。見つかりはしましたが、チルソンは口も利けない冷たい軀《むくろ》と化していました。

翌日の明け方、町の人が平壌へ向かっていたところ、道端のヤナギの下にうずくまっているなきがらを見つけたそうです。それがパク教頭の甥のチルソンであることに気づき、戻って人を向かわせ、遺体を運んできたのだそうです。

私が学校から下りていくと、チルソンの母親は息子のなきがらに覆いかぶさり、放心状態でさめ

ざめと泣いていたかと思うと、時折チルソンを揺さぶりながら、

「チルソン！　チルソン！　起きてご飯をお食べ」

母親はほとんど正気を失っているようでした。一人息子を亡くした未亡人の悲しみは、とうてい正視に堪えられるものではありません。

最後に、言わずにはいられないことがあります。これだけは自白しておかねばなりません。チルソンがいなくなる前日、学校で、ある上級生の時計がなくなりました。そこで私は、生徒を一人ずつ呼んで身体検査をしました。その時計は結局、チルソンの服から出てきました。時計はすでに使い物にならない状態でした。私はそれがチルソンの癖であると知りながらも、以前私の万年筆を駄目にしてしまったことも思い出され、これまでの自分の努力が水の泡になったかのようで無性に腹が立ち、後先も考えず鞭でうんと打ち続けました。私が殺したも同然です。チルソンは、人の時計が欲しくて盗んだのではありません。チクタクチクタク動くのが不思議で、開けてみたくて盗んだことは百も承知でした。チルソンには他人の物も自分の物もないのです。友の時計も道端の棒切れも違わないのです。彼は、不思議なものがあれば何だって突き詰めたくなる熱心さを持っていました。私の万年筆を折ったのもそのためです。私はそれを邪魔したのです。私だけではない、周りの人々はみなチルソンの邪魔をしていました。私もそのひとりです。そんな町、そんな世界からチルソンは旅立っていきました。

それから、チルソンは普段から平壌に行くのだと口にしていました。ひとりで平壌に行こうとしたこともあったそうです。一銭も持たず、道も知らないのに平壌を目指したはいいが、日が暮れて、

木陰で石を枕に寝たという話も聞きました。それで二度目の挑戦をしたものの、寒さのあまりその場に座り込んでしまい、道端で凍え死んだのでしょう。

もう一つ付け加えたいのは、母親の衣装箱の中からチルソンの書いた文章が見つかったということです。

〈わってみたければわってみて、つくりたかったらつくって、それから、きれいなはこがたくさんほしいからぴょんやんにいく〉

こう書かれたものを私も見ました。

まんじりともせず輝いていた空の星たちだけが、木枯らしの吹き荒れる冬の夜、ヤナギの陰の雪の上にうずくまって、両手に息を吹きかけながらぶるぶる震えて死んでいくチルソンを見下ろしていたのでしょう。

哀れなチルソンは今、自分の邪魔をする母親も、自分を叱るおじや先生も、自分をからかう友もいないところへ、あの雲の上、星の上へ昇って、好きなことを好きなだけしながら心安らかにいるのではないか、そんなことを思います。

私はそれ以上得英学校にいるのが嫌になり、やっと三日だけ過ごしたのち、チルソンのお墓を一度訪れてから、荷物をまとめると、行く当てもなくそこを発ちました。これから何をして暮らしていくかもわからないままに。

(山村に寂々と暮らす師兄に、このお粗末な作品を捧げます)

猟犬

사냥개

朴英熙　パク・ヨンヒ　박영희

カン・バンファ訳

1925

1

夜も深まり、あらゆるものが重たい沈黙のなかに沈んでいたとき、ジョンホの家の主人部屋のほうでは、一匹の猟犬が突然大きく吠えた。静かな空は一変して、この犬のかすれた鳴き声をずっしりと響かせ、こだまするその声を空の彼方へかすませていく。星たちはびくともせず輝き続けている。

犬がまた吠えた。暗い夜に寝つけず喉が裂けんばかりに吠え立てる犬の声は、この広い家を取り巻く沈黙にも増して、恐ろしくも苦しげに聞こえた。広い中庭で寒風が砂埃を巻き上げ、死んだように静まり返った板の間に吹き込んでいく。全ては眠りについている。だが風だけは、隠された何かを探すかのように広い宇宙の隅から隅へと、ときには重々しく、ときには弱々しく吹き荒れているようだった。

この闇のなかで、犬はまたも吠えた。けたたましく吠えた。かように深くも暗い、厳かな聖なる沈黙から燃えたぎる怒りをぶつけられたかのように、空に向かって吠えた。

その声に、七、八坪のがらんとした部屋でひとり寝ていた主の老人、ジョンホはびっくりして起き上がった。目に見えない隙間から寒風がひやりと忍び込んできた。やけに明るい電灯が、煌々と明かりを放ち続けている。ジョンホはにわかに胸がどきどきし、髪が総毛立ち、知らぬ間にぶるっと身を震わせていた。折しもこの日は、小間使いまで暇を取っていた。といっても、ジョンホは日頃からこの広い部屋でひとりで寝ていたため、さほど気にも留めなかったが、夜更けに犬が吠えるなどとは奇妙で恐ろしく、不思議だった。一方で、犬が吠えるのが嬉しくもあった。それは他でもない、六十ウォンも出して買ったその猟犬がやっと番犬らしくなったということが、ジョンホの気持ちをいくぶん落ち着かせたのだ。

（あいつがああやってしきりに吠えれば、盗っ人ばかりかお化けさえ逃げていくだろう）と、ジョンホは胸の内で思い、また犬が吠えるのを待った。だがどういうわけか、彼の胸はざわめいた。そして、吠えてほしいと思うその犬は、もう吠えなかった。またもや恐ろしい沈黙がこの広い家を取り囲む。前にもまして恐ろしい沈黙だ。と、ジョンホの心はいたずらに震えた。時折、目には見えない赤い火の玉のようなものが彼の目の前に近づいてくる気がした。縁起の悪い奇怪な連想がにわかに浮かびはじめた。

……つと、どこから現れたのか、長身のぼろを着た者が刃物を手に立ちはだかっている。その蒼い刃はまぶしい電灯の明かりを反射し、今しがた何者かを殺めたその赤い血が最後の身もだえをしているようでもあり、命のしぼんでゆくひと筋の切ない悲鳴が内から聞こえるようでもあった。部屋には誰もおらず、ひとえにその刃だけが勝利を誓って時々刻々と、この単調で無味な沈黙を容赦なく突き刺そうとするかのようであった。

「俺の要求はよくわかっているだろう……」「現金で百万ウォン持ってる金持ちだって？　さあ！　この刃がきさまの命を刺す前に、この刃先に三千ウォン分の紙幣を刺すんだ！　早くしないか、俺様は忙しいんだ……」という声が徐々に掻き消えていくと同時に、ジョンホは悪夢を見たかのようにはっとわれに返った。それは、ジョンホが恐怖に怯えているときに見る幻だった。彼は三月《みつき》前のある夜、かような恐ろしい光景を目にしていたのだった。

（どうして吠えないのだろう？）とジョンホは内心びくびくしながら、震える手でそっと引き戸を開けた。風がびゅうと吹き込んだ。あたかも、戸の外でずっと待ち構えていたかのように。犬は真っ暗な縁側に座って、じっと空を見つめている。

（あいつは何だって寝ないんだろう？）と思いながら戸を閉め、再びだだっ広いその部屋の、オンドルの焚口に近いほうへ構えて座った。

（いやいや。怖がることなどない。あいつさえいれば、わしには何一つ心配することなどないのだ）と、しばらくは安心していたが、またも恐怖がむくむくと胸に湧いた。

（今日の昼間、田んぼを買うために銀行で三万ウォンを下ろしたことを、誰かが知っているとしたら？）と考えるうち、彼の両手にじっとりと汗がにじんだ。

（とっとと夜が明けてくれないものか！）胸の内でそう願いながら、これからどうするべきか頭を巡らせた。やがて（三万ウォン！）とまたもお金の無事が気になりはじめる。彼はやむなく納戸の鍵を開けて、そっと扉を開いた。暗闇の目が、ジョンホの目と一緒に金庫を見た。彼は誰もいない室内を、一度ぐるりと見回した。ことさらに向かいの隅をじっと見つめてから、しぶしぶ金庫を下ろす。そして、ポケットから鍵を取り出した。鍵穴に差し込むと、もう一度室内をぐるりと見回す。やはり誰もいない。鍵を回す。カチャリ、と響く金属音に、ジョンホの胸は槌《つち》で殴られたかのようにぎくりとした。手が震えはじめる。金庫（持ち運びできるものだ）の扉を開け、分けて束にしてある紙幣を数えてみる。手の震えは止まらない。数えてみると、確かに千ウォンずつの束が三十ある。彼はやっとのことで「フゥー」と胸をなで下ろした。そして金庫の扉を閉め、座りなおして考える。

（明日には三千五十ウォンがなくなる）と考えているうちは恐怖もしばし忘れ、金が惜しくて胸が干上がるようだ。五十ウォンはさておき、三千ウォンはどうしても明日の昼までにやらなければならないだろう。数日前に五人目の妾を迎えることになったとき、取り急ぎ三千ウォンを渡すと約束したのだった。加えて田んぼ三百石もやると約束した。だが田んぼはさておき、初夜を共にする代わりに渡すと約束した三千ウォンを、五日経った今も渡していない。そのため今夜、彼の五人目の妾は自宅へ逃げ帰ってしまった。こんな言葉を残して。

「何さこの嘘つき！　いいかげんにしてよ。その財産がいつまでも無事だと思わないことね。ああ、生きてるうちに一度くらいは目にしたかった！」と言っていたのを思い出し、ジョンホはまたも怖くなった。またもや孤独で恐ろしい沈黙を実感した。と、ジョンホはこんなことを思った。

……あやつめが髪を振り乱して血がにじむほどに唇を噛み、刃物を手に忍び込んできて、「わたしはお前のせいで、純真な処女の身を汚された。お前が田んぼとお金をくれるというから、貧しいわが家の両親は私を五人目の妾としてお前に捧げたんだ。それなのにお前は私の命までも吸い尽くしやがった。この刃を受けるがいい！」とジョンホのそばでわめく声が今にも聞こえそうだった。

そのとき突然、外で犬が駆け出す音がした。ジョンホは卒倒してしまった。

しばらくして、気がついたジョンホは座りなおした。自分でわかるほど汗びっしょりになっていた。今夜はどういうわけで犬が眠らず、これほど動き回っているのか！

皆に悪口を言われ、財産をよこせと詰め寄られるなか、ジョンホが頼ったのは一匹の猟犬だった。一度に五ウォンと使えないジョンホが六十ウォンという大金を払って、最も勇敢だというこの猟犬を買ったのだ。彼にとっては、自分の財産を守ることこそ生きる喜びであり、彼を笑顔にするものであり、この世の全てだった。ゆえに、猟犬が彼の財産をきちんと守ってくれるなら、それはまたとない友にして、またとない愛すべきものだった。

ジョンホは毎日のように言い寄られた。寄付金を、救済費を、はたまた年貢を、賛助金をと、あらゆる名目で金をせびられる。町でもけちなことで知られ、寄付は期待できないと承知しつつも、初めての人間は金が必要となれば、やはりまずジョンホの家へ向かった。このあいだも、二つの名目で金をせびる人がいた。一つは「飢饉救済費」、もう一つは「T町の私立小学校への寄付金」だ。学校への寄付として二十ウォン、飢饉救済費として三十ウォンとしたためた。だが口ばかりで、実際に払うことはなかった。寄付金を催促しにやってきたチョンスという者が玄関をまたいだ瞬間、主のジョンホが何と命令したのか、その猟犬が矢のように駆け寄ってわんわん吠え立て、服の裾まで噛みちぎったため、相手はやむなく退散した。また、飢饉救済費をもらいにきた者も、やはり同じような目に遭って逃げ帰った。それが昨日のことだ。ジョンホはふと、その二人が家を後にしながら「くそ、なんて野郎だ！」と血走った目で主人部屋をにらみつけていたことを思い出した。そのとき外から、犬の走る音と「チュウチュウ」という鳴き声が聞こえた。その瞬間、ジョンホの恐怖はさらに増し、次のような幻が浮かんだ。

（……この町のほとんど朽ちかけた藁屋からは、飢え死にした冷たい骸《むくろ》がひっきりなしに運び出されている。いつかわしは、飢え死にした数万のお化けに取り囲まれるかもしれん）……だしぬけにそんな考えが頭をかすめ、ジョンホを苦しめる。恐怖にとらわれたジョンホは、部屋の中をもう一度見回す。その瞬間、外で冬の枯れ枝が「サアー」といちどきにさざめいた。ジョンホは、（あの白い壁は全てお化けなんじゃないか？）と思うと、死んでも壁のほうを見たくなかった。だから彼は、自分の手をじっと見つめた。白い電灯に照らされた自分の指ばかり見下ろしていると、なぜか指はだんだん白くなっていく。すると、のちには白いのを通り越して、痩せた屍の骨のようになった。ジョンホは急に恐ろしくなった。自分は屍なのではないか、そう思われるほど怖かった。そうして彼は、恐怖をぐっと押し殺してこぶしを握ってみた。ジョンホは今、自分の目が何を見れば怖くないか必死に考えていた。何かがさっと縁側に上った。ジョンホは驚いて腰を抜かした。こんな幻が現れた。

……飢饉救済費と寄付を求めてやって来た二人がそれぞれの手に拳銃を握り、「お前はこれほどまでにわれわれを苦しめた。受けよ！　この復讐の弾を！」と言っている。ジョンホには、それが、今日に限って眠らない猟犬の影だとはわからなかった。

「ああ！　恐ろしや！」と顔を真っ青にしたジョンホの胸に、人恋しさがつのった。何かと束縛したがった本妻でさえも恋しい。夜に会えばうるさく金をねだってきた三人目の妾も恋しい。三千ウォンをくれないからと逃げたあの若い妾が今ここにいてくれたら、三万ウォンだってくれてやりたい気持ちだ。だが彼女らは、一人として彼のそばにいなかった。互いに眠れないでいるのは獰猛な犬、いや、飢えて腹を空かせた犬のみだ。

（いくら何でも、今夜この金を持ってここで寝る気にはなれない）という気持ちが芽生えた。

（本妻に預けて、わしもそこで寝よう）という思いが数年ぶりに湧いた。それほど今夜は怖かった。本妻は妾たちのように信じられなくもなかったからだ。彼は仕方なく、震える足で無理やり立ち上がった。金庫は脇に挟み、黒いトゥルマギ［朝鮮固有の外套］を羽織った。そして、裏の板の間へ出る戸をそっと開けてみた。闇ばかりが果てしなく目の前に広がる。だがその全てに耐え、もしや縁側のそばに誰か立っていはしないかと胸をひやひやさせながら、一歩、また一歩と進んだ。おぼろげな星の光にぼんやりと映し出された自分の影が、またとなく恐ろしい。庭に降り立った。母屋へと続く塀に沿って、これから盗みに入ろうとする人のように十歩ほど進んだとき、突然「ハァッ――」と走り寄るものがあった。ジョンホはその場にしゃがみこんだ。それはジョンホの猟犬だった。犬は、恐怖で縮み上がった黒いトゥルマギ姿のジョンホを自分の飼い主だとは見分けられない様子で、彼に向かって吠え続けている。なかでも、罪なき盗っ人であるジョンホの脇に挟まれた黒い金庫に向かって。まるで、その金庫を置いていけというように。だがジョンホは、その意味に気づかなかった。金庫を脇に挟んで立ち上がり、またも数歩進もうとした。犬は彼の服の裾に嚙みついた。ジョンホは今度もなすすべがなかった。「わしはお前の主人だぞ」と犬に伝えたかったが、無駄だと思い、手を振って追いやろうとした。それは、心配は要らないから行って寝ろという意味だったが、犬はその意味を汲み取れず、ついにはジョンホに飛び掛かった。こうなってはジョンホにも打つ手がない。仕方なく、飛び掛かってくる犬を一発蹴った。すると犬は妙な声を上げながら、この見知らぬ盗っ人の首に横から嚙みついた。彼はその場に倒れた。それを見た犬は何に興奮したのか、もう一度首筋にかぶりついた。

今や血が滴り落ちている。この闇夜に、赤い血だけが鮮やかに、静かに、土に染みこんでいく。けちな飼い主に出会って何日も肉にありつけなかった犬は、その血を一度、乾いた舌でぺろりと舐めた。こんな恐ろしい状況のなかで、犬ははしゃいでいた。広い庭であちらからこちらへと跳ね回っては、倒れた彼を噛んだり舐めたり……。犬はかつて猟をしていたときのように、獲物でもしとめたときのように、主を脚でもてあそんでもみるのだった。そうして犬は暗闇に向かい、かすれた声で吠える。寒風が刺すように吹き抜けていく。

昏倒したジョンホは、そのまま事切れてしまった。あらゆる恐怖とあらゆる不安と共に、この地上から去ってしまった。

2

翌朝遅くにジョンホの死体が発見されたとき、犬は姿を消していた。ただ、庭の片隅には赤い氷が広がっていた。その上には黒い金庫があった。

*

死因は誰にもわからなかった。金庫の中の三万ウォンが知るのみだ。

3

その夜、犬が眠らずにうろつき回っていたのは、腹を空かせて食べ物を探し、ネズミを噛み殺していたからだった。忠実に家の番をした犬は、ついには主人までも殺してしまった。その行方は二度とわからなかったが、もしも生きているなら、果てしなく広がる大地を自由に駆け回りながら腹をいっぱいに満たしていることだろう。

昼間は太い鎖に首を絞めつけられ、夜だけは首輪を外される、そんなつらい生活を送ることも二度となかっただろう。

人力車夫

인력거꾼

朱耀燮

チュ・ヨソプ　주요섭

ユン・ジョン 訳

1925

夜二時にようやく寝床に着いたアッチン［中国語で「ア」は苗字や名前の前につけて親しみを込めて呼ぶ接頭語］は、まだ日が昇らぬうちに寝ぼけまなこをこすりながら起き出した。寝床といっても、粗雑な掘っ立て小屋にぼろとわらを敷いただけの豚小屋のようなものである。そのなかでまだぐうぐう寝入っている、豚のように丸々した同居人を起こしてからアッチンは、勢いよく手鼻をかみながら歪んだ扉を開けて外へ出た。

眠っていた街が目覚める時刻である。上海市街の二百万の民が夜のあいだ排泄した大便を運び出す荷車《クルマ》が砂利を敷き詰めたでこぼこ道を四方八方にけたたましく走る光景が、アッチンの目の前に広がった。東の空に日が昇ろうとしている。早起きした近所のご婦人たちはもう通りに出て、日本人の使うお櫃《ひつ》に似た肥桶《こえおけ》を洗っていた。目の粗い真竹の筅《ささら》が慌ただしくリズミカルな音を立てる。アッチンと岩のような図体の太っちょは申し合わせたように揃って長い欠伸と背伸びをすると、すぐ向かいの餅屋に入った。通りに面した側の左隅に板を組み立てた棚があり、上に置かれた原始的な風情の黒い素焼きの器いっぱいに、大豆油で揚げた細長い油炸鬼《ヤウザーグァイ》（朝がゆのおかずとして食べる餅）が入っている。その隣には揚げたての美味しそうな焼餅《シャオビン》が無造作に盛られ、朝早くから匂いを嗅ぎつけた数匹のハエたちがぶんぶん飛び回りながら、塩気のきいた香ばしい味を心ゆくまで堪能していた。棚のすぐ後ろには、朝鮮の水甕のような形をした腰ぐらいの高さのかまどがあり、餅を焼く人が下の方の四角い焚口でふいごをぱたぱたさせながら水をふつふつ煮立てている。釜の木蓋の下では、生地を細長くこねて片側にごまを数粒まぶした焼餅が土釜で砂風呂をしているよう。それらが十分に蒸されて尻に焼き色がつくと、餅を焼く人は爪が三寸ほども伸びた手を伸ばして一つずつ取り出し、前の棚のハエたちの盛り場に投げてやるのだった。餅釜の左には、長いかまどに釜がかけられ、大豆油のなかで油炸鬼がふわふわと膨らむ。そしてやはり大通りに面したこちら側の片隅では、四角いかまどの上に満月のように大きくてまん丸いブリキの蓋をした深い釜が四、五個ほどかけられている。かまどの中央には直径二寸ほどの鉄筒があり、釜番が時折丸い小さな蓋を開けて、かまどのそばに積まれた濡れた石炭の粉を十能ですくって流し込む。するとその穴から黒い煙と真っ赤な炎がちらちら噴き出すのをブリキの蓋をして遮り、右手に真鍮の水杓子を取り、左手でこちらの釜蓋を持ち上げて、ぐつぐつ煮立つ湯をすくいあちらの釜にちょろろっと流し入れては、また左の釜の水を右の釜に入れる。こうしてちょろちょろ音を立てながらせわしくすくって移してをしばらく繰り返してから、かまどを取り囲んだ若い娘さんや老婆たちのブリキの水筒（アヒルの嘴のようなものがついている）やたらい、鉄のやかん、磁器の茶瓶などに硬貨二枚につきひと杓子ずつ、勢いよく沸き立つお湯を入れてやるのだ。

　アッチンとチュル（豚）というあだ名を持つ彼の同居人は、薄暗い台所へ入り、垢で汚れた服を身にまとった仲間たちが円卓を囲んで椅子に腰かけているのにまじって、餅を二つずつ食べどろっとした汁を飲み干すと、チャリチャリ鳴る腰巾着から小銭を六枚取り出して円卓の上に置き、手鼻をかんで床に飛ばしながら店を出た。

二人は無言で歩いた。小石が敷かれたごつごつした狭い路地を抜けて線路沿いに長らく進み、再び小さな路地へ折れて少し入ると、人力車屋の前にたどり着いた。そこにはすでに大勢の車夫たちが集まっていて、広い倉庫にびっしり何列にも並んだ人力車を一台ずつ引いて裏戸から出て行く。アッチンも劇場のチケット売り場の窓口のような所へ行き、今にも擦り切れそうな紙にくるまれた大洋［清朝末期に西洋の銀貨制度に倣って作られた貨幣で、「銀元」と呼ばれた。大洋は一元にあたる銀貨］一枚と八十銭を一日分の人力車の借り代として先払いし、チケットを一枚受け取って薄暗い倉庫に入ると、順番に回ってきた人力車を一台引いて通りへ出た。

彼はしばらくその場に立ち尽くして足早に行き交う群衆を眺めていたが、やがて人力車を後ろからガタガタ押しながら近づいてきた太っちょにこう言った。

「今日はなんだかついてない気がするなあ！　昨夜の夢が妙に気にかかるんだ！」

太っちょはそれに答える間もなく向かい側から手招きする西洋人の女を見つけ、ほかに取られまいとひとっ飛びに駆けつけて人力車を下ろし、女を乗せた。

アッチンは半分ほども忘れてしまっておぼろげな夢をどうにか思い返そうとしながら、停車場のほうへ向かった。

ちょうど南京からの最終列車が明け方の停車場に着いたところであった。斉燮元が盧永祥を攻め込むという風説［斉燮元と盧永祥は清朝が滅亡した後に中国の領土を分割統治していた軍閥で、それぞれ江蘇省と浙江省を支配していた。一九二四年九月から十月まで起きたこの戦争は「江浙戦争」と呼ばれる。初めは盧永祥の軍隊が優勢だったが、斉燮元が反撃に成功し、十月十五日に盧永祥は上海を失った］がさかんに囁かれていた頃で、これが最後の汽車になるかもしれないと蘇州や昆山から流れてきた避難民たちで広い停車場ははち切れんばかりに溢れかえっている。正門は各地から押し寄せた避難民が失くした荷物の山で交通が止まり、左右の門から流れ出る群衆は守衛の軍人の検問を受けながら押し合いへし合いうごめいていた。

アッチンはこの機会を逃すまいと、しきりに辺りを見回しながら機会を狙っていた。あちらの片隅でちょうど老女と若い婦人、そして裕福そうな若い男がようやく検問を終えて、セメントの地べたに積み上げられた行李、真竹の櫃、籠など数十個もの荷物のそばで汗を拭っている。アッチンはすぐにそちらへ駆け出そうとしたが、駅前の巡査に「この野郎！」と怒鳴られて大人しく引っ込み、物惜しそうにそちらばかり見ていた。山のような荷物を抱えてお上りさんのようにきょろきょろしていた若い男は、ついに荷物をよく見ているようにと女たちに言うと、人力車を呼びに駅の構外へ出て来た。アッチンは人力車を片隅にほったらかしにして稲妻のように駆けつけた。すでに四、五人ほどの車夫が走り寄って若者を取り巻いていた。

「どちらへ行かれますか？　どちらまで？　旅館へ参りましょうか？」

若者はどうしてよいか分からない様子で長いあいだもたもたしていたが、やっと上海の言葉ではないどこかの方言で、旅館まではいくらかと訊いた。

「四馬路までは六十銭でさあ」と、一人の車夫が楽しそうに笑って答える。

若者はまたもや戸惑った末に、

「二十銭なら行こう。それ以上ならやめとく！」と、蚊の鳴くような声で呟いた。三、四人の車夫がとんでもないという風に一斉に叫ぶ。

「こちとら、そこまでの割引はしませんで」

「そいつは田舎もんだい。上海の言葉もしゃべれねえ」と、別の車夫が大声を上げる。彼らはこの田舎者を大いに冷やかしてやろうと、やはり六十銭を出せと口々に言いだした。しばらく押し問答が続き、ついに人力車一台につき四十銭（相場の四倍）で話が付いた。アッチンも朝飯前から棚からぼた餅のような話だと喜び勇み、早朝の好運を祝って笑いさざめく仲間の車夫たちにまじって駅構内に入り、行李を一つ運び出した。彼は大きな行李の上に、おすそ分けしてもらったものの食べ残しと思しきおかずをくるんだ包みを載せて、先頭切って真っ直ぐに走り出した。

四馬路にある旅館はどこも避難民でいっぱいだった。そこで彼らは、荷物を引いてあちらこちらの旅館を長いこと彷徨い歩いた挙句、とある傾きかけた小さな旅館で、部屋はもうないが一日二十元で応接室に寝泊まりすることでやっと話がまとまった。車夫たちは散々駆けずり回ったことを口実に粘り強く喧しく言い立てて、ついに一人につき大洋一元ずつを絞り取った。アッチンも左手の掌に載るつやつやの大洋銀貨を眩しそうに眺めながら佇み、上衣の前裾で流れる汗を拭った。

人力車の梶棒を乱暴に引いてもう一度大通りへ出るときには、

「やったぞ！　夢で運が悪けりゃ、現実では運がいいんだな」と独り言をつぶやき、内心ではのちほど酒場で一杯ひっかけるつもりで胸を躍らせながら、そのつやつやした大金を腰巾着に大事にしまい込んだ。

本当にその日はとびっきり運が良いのか、大通りに出るとすぐに、裾のゆったりしたズボンにつばの広い笠のような帽子をかぶったアメリカ海軍の兵士を一人乗せてパレスホテルまで送った。海軍によくある癖なのだが、無造作につまんで渡されたお金を数えてみると、二十銭が一枚、ほかにも小銭が十二枚もある。

彼はあまりの嬉しさに、にこにこしながら鉄道の線路を渡って人力車の停留所に入り、車を置いて梶棒にゆったり腰かけた。それから行商の子を呼ぶと、小銭を二枚出して焼餅を二つ買い、お茶でのどを潤しながら美味しくいただいた。

日の高さからしてすでに正午近いと思われる頃、またアッチンの順番が回ってきた。パレスホテルのドアボーイのインド人が小槌を振りながら「車夫！」と呼ぶ声を聞いて走り出そうとしたアッチンは、すっくと立ちあがりざまにばたりと倒れてしまった。

アッチンの後ろでスズメのような眼をきょろきょろさせていたトンガリが稲妻のように脇から走り出て、客を乗せるために駆けつけた。

アッチンは起き上がろうとして、知らずのうちに「ううっ」と呻いた。停留所で雑談を交わしていた仲間たちが十人ほど彼を取り巻き、どうしたのかと訊いた。アッチンはやっとのことで体を起こすと人力車に腰かけ、「ぐえっ」と今しがた食べたものをそっくり吐いてしまった。仲間たちは半ば驚き、半ば面白がって、ははっと笑いながら彼を見下ろしていた。アッチンは頭がぼうっとして体が気だるいのを感じた。五分、十分、十五分、なんとか元気を出そうとしてみたが無駄だった。

仲間のうちでは年配にあたる、顔にあばたのある初老の男がとうとう同情するように近寄り、すっかり冷たくなったアッチンの手を揉んでやりながら声をかけた。

「ほれ、この路地を曲がって四川路青年会に行くと、ただで病気を診てくれるお医者様がおいでだから、そこへ行ってみなされ。一昨日おらの孫が急に調子が悪うなって、そこで薬を二袋もらって来て飲んだら元気になっての。すぐに行ってみることじゃ」

アッチンは無意識に頷いた。あばた爺の言うとおりにした方がよいのだろうと、ぼんやりした頭で考えた。だがどうだ！「どうりで昨夜の夢は不吉だった！」ある恐ろしい考えが稲妻のように頭をよぎった。ピカッと電気に打たれたようにアッチンは飛び上がった。彼は人力車も何もすっかり忘れて身一つでそこを飛び出すと、ひとっ走りに南京路に駆け込んだ。

どのようにしてここまで来たのか、思い出せなかった。道行く人に尋ね尋ねて、嫌な顔をされながらも、とにかくここまでたどり着いたのだ。部屋のなかにはアッチンのほかに三、四人の労働者が先に来て座っていて、無言で互いに顔を見合わせていた。そのうちの一人はどこかで荷車《クルマ》にはねられたのか、血がぽたぽた滴る腕を上にあげて、低く唸りながらぶるぶる震えていた。アッチンは長いあいだ壁に背をもたせかけて座っていたが、やがて徐々に意識を取り戻した。今では意識ははっきりしていたが、体がガクガクと震えて止まらなかった。

医者はどこへ行ってしまったのだろう？

小間使いと思しき人がほうきを片手に入って来た。アッチンはほとんど本能的に、

「先生はどこへ行かれたのです？」と訊いた。小間使いはそれには答えず、部屋のなかをひとしきり掃いてから背伸びをして、

「先生は二時からなんでね。どこへでも行って、二時に戻っておいでなさい！　二時まではいらっしゃらないのが決まりなんだ」と言い、また部屋のなかを掃き始めた。アッチンはほうきの届く先から舞い上がる埃にまみれながら、歯茎をカタカタ鳴らし震える声でまた尋ねた。

「今、何時頃でしょう？」

「十一時」と、小間使いは時間を空で覚えているように即座に答えた。

まだ三時間もある。しかしここで待つほかない。こんな体ではどこへも行けやしない。どうしてこんなに体が震えるのだろう？

ずいぶん長いあいだぼうっとしていたアッチンの意識が次に戻ったとき、体が震える症状はすっ

かり治まり、ただ頭をこん棒で殴られたあとのような鈍い感覚があった。腕の折れた人は依然として呻いており、ほかの人たちは自分とは一切関係がないというふうに天井ばかり見つめていた。何か恐ろしいことを暗示しているかのような沈黙だった。靄がかかったようなアッチンの耳には、ブップー、ブルルンと外を行き交う自動車の音が遥か遠くから聞こえるようだった。彼は沈黙が嫌だった。だからこの恐ろしい沈黙を破るのが自分の責任ででもあるかのように、「今、何時ですかね？」と、誰にともなく尋ねた。ひたすら天井を見つめていた人たちがしばし振り向き、表情のない濁った眼で彼を見ただけで、答える者はいなかった。アッチンはまたもや恐怖に打たれ、体をぶるぶる震わせた。

「やはり昨夜の夢は縁起が悪かった！」

扉が開き、こざっぱりしたスーツを身にまとった、金ぶち眼鏡の太った紳士が入ってきた。アッチンはこの方が医者に違いないと直感し、がばっと立ち上がった。

「先生、今日なんだか急に……」

「いや、いや！　医者はまだ二時間ほどしてから来るはずですよ。もう少しお待ちなさい！」と、若い紳士は急いで答えると、後ろの扉を開けて奥の部屋へ入っていった。そしてしばらくして、また出てきた。病んだ体と心を抱えた人たちが、彼の一挙一動をぼんやりと目で追う。

若い紳士は小太りの割に快活な性格だった。彼は小さな三脚椅子にどっかと腰かけ、革靴で床を一、二回踏み鳴らしてみせると、

「あなた方は医者に診てもらいに来ているのですか？　もうしばらくお待ちなさい。あ、あなたはどうして腕を怪我されたのですか？　どんなお仕事で？　小車を引いてますか？　それとも人力車？」と、一座の顔を代わる代わる見回し、お答え不要というようにひとりでべらべら喋り立てた。

また長い沈黙が続いた。そうして彼らの表情のない眼が紳士の体から天井に戻りかけたとき、紳士がまた大声を張り上げて話し始めた。

「この世は苦しいでしょう？　それは罪のせいです！　アダムとイブが罪を犯してからというもの、その罪がこの世に満ちてしまい、こんな苦しい世の中になったのです」と言い、まるで同意を求めるように群衆をざっと見回した。群衆の顔には、「何のことやら分からない」という、それでいて好奇心をそそられたらしい表情がありありと浮かんだ。アッチンも恐ろしい好奇心に駆られて耳を傾けた。しばし痛みすら忘れて。

「あなた方はお祈りをしたことがありますか？」と、紳士は一座に向かって訊いた。

　誰も答える者はいない。みな紳士の顔に熱心に見入ってばかりいた。紳士はそこでしばらく言葉を切り、ややあって「答えなくて結構」というふうに、

「祈りによって罪は赦しを得るのです。ヨハネによる福音書の第三章十六節に曰く、『神はそのひとり子を賜わったほどに、この世を愛してくださった。それは御子を信じる者がひとりも滅びないで、永遠の命を得るためである』とあります。神のひとり子であるイエス・キリストは、我々の罪を背負いゴルゴダの丘で十字架に磔《はりつけ》になられた。その血によって我々の罪を贖《あがな》われたのです。ですから、誰でもイエス様を信じさえすれば、この世ではこのように苦しくても、死んだあとは天国へ行き、金のハープを奏で、天使の群れとともに神を讃美しながら、生命の樹の実を食べて生きるのです」と、半ば演説調で興奮気味に長々とまくしたてる。そして再び一座を見回してから勢いよく立ちあがり、まるで祈りを捧げるように天を仰ぎ見て、

「おお！　愛する主よ、この哀れな民を救いたまえ。あなたの神々しき聖霊の炎で彼らの罪を焼き

払い、その心を感動させて神を信じたらしめ、豊かな恩寵を与えたまえ」と言うと、また視線を戻して、「みなさん、今日からイエス様の懐へ帰りなさい。イエス様は仰いました。『わたしの軛《くびき》は負いやすく、わたしの荷は軽い』この世の苦しみはみな忘れてイエスだけを真心で信じ、死んだあとには天国へ行って永遠の福楽をともに享受しましょう」と長い説教をし終えたあと、一座をもう一度ぐるりと見回してからゆっくり扉を開けて出て行った。

牛のような愚鈍な目で興奮した紳士の身振り手振りに熱心に見入っていた人たちは、またいっせいにぼんやりとあらぬ方向を見つめ、口では申し合わせたようにため息をついた。

アッチンはその紳士の言うことを一生懸命に聞いていた。しかし彼にはまるで合点がいかなかった。「死んだあとに金のハープを奏でながら」とか言うのを聞いて、「そりゃあ結構な話だ」と、内心羨んだりもした。だけれど、この世がアダムとイブの罪のせいで苦しいものになったとかいう話は、どうにも分からない話だと思った。それならばどうして人力車夫らはみなアダムとイブの罪の刑罰を受け、自動車に乗った洋鬼子《ヤングイズ》［清代末期から中華人民共和国成立までの中国において用いられた西洋人に対する蔑称］や、時折乗せる絹の服をまとった若い娘さんたちはアダムとイブの罪の刑罰を受けないのであろうか。俺たちのような人力車夫はいつもこんなふうに苦しんでいるが、絹の服に金の指輪をし、人力車や馬車や自動車に乗るあの人たちは、この世に苦労などまるでないように見えた。そして紳士が、

「あなたの神々しき聖霊の炎で彼らの罪を……」云々言ったときには内心、

「もし神がいらっしゃるなら、山盛りのご飯でも一杯与え、体の痛みを治してくだせえ」と願った。

紳士が出て行ったあとも、アッチンは長いこと彼の言ったことを聞き取れた限りで思い返してみた。「この世ではこのように苦しくても、死んだあとは天国へ行き、金のハープを奏で……」死ん

だあと金のハープを弾くためには、どうして生きているあいだは苦労しなきゃならないのか？　死んでから天使の群れと歌うためには、どうして生きているあいだは日々汗水垂らして肥った人を乗せねばならず、足蹴にされて巡査のこん棒で撲《なぐ》られなきゃならないのか？　死んだあと生命の樹の実を腹いっぱい食べるためには、どうして生きているあいだ、みんなが食べてる朝がゆにすらありつけず焼餅で辛抱しなきゃならないのか？　アッチンはついぞそれを理解できないのであった。あの紳士が言った天国というところは、自分たちのような人力車夫たちだけが行くところなのか？　ならば洋鬼子とスーツを着た若者と巡査らは死んだあとどこへ行くのか？　彼らも同じ天国へ行くのか？　もし彼らも天国に行くとしたら、彼らはこの世で苦労もしていないのに不公平ではないか？　そうだ。もし天国というところがあるなら、そこではきっとこの世で人力車夫だった自分たちは、さっきあの人が言ったように金のハープを弾きながら生命の樹の実をたらふく食べて遊び、この世で人力車に乗っていた人たちはみな人力車夫になってぼろを身にまとい、飢えに震えながら人力車を引いて俺たちを乗せてくれるに違いない！　そしたら俺は、「この野郎」と足蹴にして小銭を三枚ばかり投げてやり、イエスに会うために扉を開けて入っていくのだ。本当にそうなるのだろうかと、彼はひとり心の昂ぶりを覚えた。それで、あの紳士がまだいるなら、天国にも人力車夫がいるのかと尋ねてみたくなった。もしそうだと言われれば、彼は今すぐにでも死ぬつもりであった。そうして一刻も早く、その素晴らしい天国へ行くのだ。彼は好奇心に駆られ、引き戸で区切られた奥の部屋で何かの本をぶつぶつ読みながら番をしている使丁に声をかけた。

「ちょっと、爺さん、爺さんもイエスを信じますか？」呟きがぱたっと止まり、しばらく沈黙してから、

「ああ。どうしたんじゃい？」と答えが返ってきた。

「天国にも人力車夫がいますか？」
「人力車夫？　人力車夫がいたらそりゃあ天国とはいえねえ。いませんとも」

きょとんとしていた人たちも笑みを浮かべた。血が滴る腕をあげている老人だけが、万事面倒だというふうにただ折れた腕をぼんやり見つめていた。

アッチンはがっかりした。天国には人力車夫がいない。だとしたら、やはり苦労するのは俺たちだけだ。金持ちはこの世でも天国でも楽しいことばかりだ。

彼はそんな天国には行きたくなかった。天国に行っても、低いところにいる人が上に行き、上にいる人が下に行かないなら、何もわざわざ足を棒にしてまでそんなところへ行く必要もない。それならば苦しくても、この世で焼餅でも腹いっぱい食べ、体さえ元気なら三月《みつき》に一度二十銭の淫売屋にでも行ければ、そのほうがよほど幸せだと思った。

体がだいぶ軽くなってきたように思われたので、アッチンはいくら待っても現れない医者を待つのはやめにして、外へ出てしまった。しかし道行く人たちをよけながら賑やかな街へ歩み出たとき、彼はひとり大きな孤独を感じた。突然自分がこの世の外に締め出されたように思われて、アッチンは悲しくなった。近づく人、遠のく人たちがみな遠い別の世界に住む人たちのようにおぼろげで、自分は地球の外のどこか別の場所にひとり立ち尽くして、この人の群れを眺めているかのようだった。これは凶兆だと彼は震えた。

彼は足の導くままに、夢中で自分の家のあるほうへと知らず知らず進んだ。ヨンデマルの入り口に放り出してきた人力車のことなど思い出しもしなかった。それをなくしたら自分の身にどんな悲惨な結果が降りかかるのかさえ思い及ばなかった。自分でも何をしているのかわからないまま、草鞋を引きずりながら歩き、漢方の薬局に立ち寄って甘草の粉薬を小銭二枚分買ってぶら下げ、また歩いた。

　どれほど歩いただろうか、自分の家のある村の入り口までたどり着いたとき、色とりどりの旗を垂らした机に向かって座る眼鏡の占い師が目に入った。アッチンはある本能的な恐怖から、自然とその占い師のほうへ導かれていった。

　腰巾着から二十銭の銀貨一枚を取り出して占い師の前に投げやり、前に佇んだ。占い師は黄色い眼鏡越しに大きな目をぎろつかせてアッチンを見回し、小さな箱のなかに手を入れて丸まった紙を一枚取り出すと、それを広げて読んだ。そして机の下から大きな壮紙［厚みがあり丈夫で質が良い紙の一種］の本を一冊取り出し、爪が三寸も伸びた真っ黒い親指でページをめくり、とあるところを覗き込んでから本を閉じると、机の上のガラス板に筆で四つの字を書いてアッチンの前にすっと差し出した。それは、「天玄李紅」というものだった。しかしアッチンが漢字を読めるはずもない。だから彼は首を振った。占い師は能う限りもったいぶった態度で、官話［清朝末まで使われた標準語］に近い寧波《ニンポー》［中国浙江省の東部にある都市］の言葉で占いの講釈を始めた。ああだこうだとくだくだ続いた講釈をまとめると、大体このようなことであった。

「アッチンは今大きな厄に入っている。この厄を乗り越えれば、大きな楽が訪れるであろう」

　アッチンはあたふたと自分の部屋に倒れこんだ。占いでも大きな厄にあうと出た。ああ、ならば何かよほど悪いことが起きるに違いないと、彼は震えた。

　また悪寒がしてきて吐き気を感じ始めたが、何も食べていないので吐きはしなかった。アッチンの眼の前に、走馬灯のように彼の生涯がよぎった。幼くして田舎でよその家の小間使いとして働いていたときのこと、裏の家の鶏を盗んで食べたのがばれて三ヵ月のあいだ懲役に処されて散々ぶたれ、上海に来てしばらく工場で働いたが、八年前から人力車を引き始めたこと。

八年間、人力車を引いたことが思い出された。アスター・ハウス・ホテルで西洋人の紳士を一人乗せて半里も離れたオリンピック劇場まで行ったのに手にしたのは小銭をたった十枚きりで、あんまりだからもう二枚くださいとねだると足蹴にされ、巡査に殴られたこと。またある時は、深夜二時に大東旅舎で泥酔した高麗人《コウリ》［朝鮮人の別称］の紳士三人を二人の仲間と手分けして乗せ、フランス租界の宝康里まで一里もある道のりを送って行ったのに三人合わせて十銭の銀貨一枚ぽっきりしかもらえず、話にならないのでもっと出せと騒ぐと短いステッキで死ぬほど叩かれ、頭から血が出たものだから人力車も放り出してあたふたと逃げ出したときの光景もよみがえった。それから、客を乗せて静安寺路へ向かっていて、音もなく後ろから近づいた自動車にはねられて人力車は壊れ、脚も折れた挙句に自動車の運転手に足蹴にされ、インド人の巡査にこん棒でぶたれたことなども。

長いと言えば長かった八年間の人力車夫生活！　小さなこと、大きなこと、涙が出たこと、ため息をついたことなどが一つひとつ思い出されて、彼はおんおん泣いた。そしてふと喉の渇きを感じて身を起こそうとしたとき、全身がけいれんして「うっ」と声を上げてまた倒れ込み、そのまま意識を失った。

一日中人力車を引き、明け方になって家に帰った太っちょは、アッチンの死体を発見し、公部局に報告した。彼に導かれて、公部局の巡査と医者が検死のためにこの汚ならしい部屋に入った。

医者は部屋のなかで検死に取りかかり、イギリス人の巡査部長は中国人の巡査通訳を伴って太っちょにあれこれ聞いては小さな手帳に書き込んだ。

「アッチンはいつから人力車を引いてたんだ？」

「さあ、それも正確には知りません。この家で一緒に暮らし始めたのは三年前からです。そのころ僕が人力車を引き始めたので、一緒に暮らし始めたんです」

「それで、分からないと？」

「ええ、ええ。アッチンの言うには、この商売も今年で八年目ということでした、旦那！」

巡査部長は分かったというように頷き、検死を終えて中から出て来た医者に向かって笑みを浮かべながら、英語でこう言った。

「まあ、死に時が来て死んだんですよ。八年も人力車を引いたというんですから。平均より一年ほど早死にしたわけですがね、前回の公部局の調査によれば、人力車を引き始めてから九年でみんな死にますでしょう？」

医者は頷いて、

「八年から十年。毎日過酷に走るものだから……」

＊

公部局から派遣された人夫たちがアッチンの死体をぼろにくるんで運び出したあと、太っちょは長いことぼうっと座っていたが、勢いよく立ち上がってまた外へ出た。

その日の午後二時、人々は太っちょが何事もなかったように客を乗せて、エドワード路のほうへ元気よく進むのを目にした。むろん、彼が先ほど巡査部長と医者の交わした会話を（英語であったので）理解できなかったのは、彼にとっては幸いであった。五年から六年後にアッチンと同じ運命をたどることを知らないので、太っちょは流れる汗を拭いながら、アスファルトのきれいな道をひとりせっせと駆け抜けるのだった……まるであと百年も生きるかのように……。

朴《パク》乭《トル》の死

박돌의 죽음

崔曙海

チェ・ソヘ　최서해

岡裕美 訳

1925

1

夜は零時をとうに過ぎた。

隣家の鶏の澄んだ鳴き声が、黝《あおぐろ》い暁の光の中に流れる。高く青い空に夜光珠［闇の中で明るく光るとされる古代中国の宝石］をばらまいたように光る星々は、静かな大地に向かってなんらかの黙示を与えている。木の葉から朝露が滴る音が静やかだ。夏の夜だが、明け方の柔らかくも冷たい空気がしっとりと万象を音もなく取り巻く。

男なのか、女なのか、暗がりの中で見分けがつかないほの白い影が、洞契事務所［洞契は地域内の相互扶助を目的とする組織］の前の細い路地へあたふたと駆けてくる。

静まり返った早朝の露気に濡れる地面を響かせながら作られる足跡は、ひどく乱れている。バタバタという音響は家々の垣根を越え、屋根伝いに闇の中へ闇の中へと不規則に広がっていく。

どこかの家の犬が激しく吠える。別の家の犬もワンワンと吠える。キャンキャンと仔犬の鳴き声もする。

走ってくる影は、正直商店の裏の路地へさっと曲がって駆けていく。バタバタバタ……。
三、四軒の家を通り過ぎ、闇の中で灰色に見える大きな門の前で立ち止まった。荒い息が静かな空気を幽《かす》かに揺らす。その影が門にぴたりと重なる。かんぬきと門がぶつかってひっかかり、開かなかった。
「開けてください！」

何かに追われるようにおびえた声は、庭の暗がりの向こう、群青色の空の下に屋根の線がすうっと伸びる瓦葺きの家にぶつかった。

「開けてください！」

今度は門を叩き、押しながら大声を上げる。おびえているが細く澄んだその声は、女のものであることを直感させる。

「ああ、どうしよう？　中においででしょう？　早く開けてくださいな！」

絶望したように哀切な声を上げながら、門をドンドンと叩いたりガタガタと押したりし、地面に腹をつけて門の下から這い入ろうと四苦八苦する。門がきしむ音が周囲の空気を揺らした。

隣家の犬がひたすら吠えたてる。

鶏は羽ばたき、コケッコーと鳴く。

「どなたですか？」

中から寝ぼけ眼《まなこ》の女の声が聞こえる。

「ああ、起きたみたいね！」

這いつくばっていた女はすっくと立ち上がりながら、

「私です、開けてください！」

と言う。その声は先刻より少し落ち着いている。

「私ってどなた？　何事です？」

中から戸をぐいと開けたようだ。開いた戸が壁にぶつかる音が、垣根にコンと響いた。

「初試《チョシ》［科挙に合格した人、ここでは医者を指す］はいらっしゃいますか？　急病人がいるんです！」

真っ暗な家の中でマッチの光がちらつき、力なく消えるのが門のすき間から見えた。再びマッチの光が閃くと、カチャリとランプのガラスがぶつかる音と一緒に明るい光が表の方へ流れ出し、黒い地面をかすめて門を照らした。「えへん」という男の咳払いが聞こえた。むずかる子どもの泣き声がする。光がちらつき、部屋から寝ぼけた女が「あーあ」とあくびをしながら裸足でぺたぺたと出てきて門のかんぬきを抜いた。

「どなた？」

入ってくる人をのぞき込む。

「私です」

外に立っていた女は、門の中に入った。

「誰かと思ったわ。こんな夜中に何の騒ぎ？」

中から出てきた女は口をひくつかせた。

「あの、朴乭《パクトル》が病気なんです！　初試はどちらに？」

中に入った女は震える声でへつらうように言い、光に照らされて右頬が赤くなっている主人の妻を見つめる。

「いるにはいるけれど！」

主人の妻はふいと背を向けて中に入ると、

「あそこの奥さんよ！　医院や薬局なんてやるもんじゃないわ！　おちおち寝られやしない！」

大声を上げる。キンキンとした声はひどく冷たかった。やってきた女は縁側の下に立って下を向き、顔を上げるとふーっとため息をついた。

鼎厨《ていちゅう》〔台所〕からしばらくの間がさがさと音がしたかと思うと、仕切り戸が開く音がして、縁側にある窓が光で満たされた。

「えへん、お入りなさい！」

中身がからっぽのかぼちゃを叩くような男の声が聞こえる。外に立っていた女は縁側に上がった。戸を開けた。部屋から漏れる光が板の間を照らした。薬の匂いが鼻を刺す。

2

「うむ、それは気の毒だな。だが、行くことはならん……」

恰幅がよく、顔が脂でぬめぬめした医者（金《キム》初試）は、窓の正面に置かれた薬箪笥にもたれて座っていた。

「まあ、先生、そんな。早く来て診てやってください」

戸の前で恐縮しながら身を固くして座る女のやつれた顔には、ぎこちない笑みが浮かんだ。

「そうしたいのはやまやまなんだが、昨日から調子が悪くて出かけられなくてな、えへん、えへん、カーッ」

医者は口にくわえたキセルを取ると、出ない咳を無理やりひねり出し、痰を痰つぼで受ける。

「あの子（朴乭）、父親もいないかわいそうな育ちなのに、死んでしまったら大変じゃありませんか。あの子の命は先生にかかってるんです、助けてください」

医者は垢まみれの薄汚い女を一瞥《いちべつ》すると、

「何を言ってるんだ。閻魔大王でもあるまいし、わしが生殺与奪の権を握っているとでも？　天地がひっくり返っても行けそうにないな」

と言って煙草のけむりをふーっと吐き出し、額にしわを寄せながら天井を見上げる。白いけむりは雲のように渦を巻き、黒ずんだ薬袋がぶらぶらと吊り下げられた天井へ立ちのぼると、再びすっと広がって部屋の中を満たした。小便の匂いと薬の匂いで行き場のない部屋の中の空気は、いがらっぽい煙と混じって鼻がしびれるほど不快だった。

「どうかお助けください。ねえ？　このご恩は骨身を削ってお返ししますから！　さあ、早く診てやってくださいな」

「行けないものをどうしろというんだね？　外を歩いて風に当たるだけで死にそうなのに……人を助けるどころか自分が死んでしまいそうだ」

「外に出られそうに見えて？　昨日から夜通し苦しんでるのよ」

医者の言葉に続き、台所から妻がキャンキャンと叫ぶ。

女は深く頭を垂れて座ると、

「それなら、薬でも少し処方してもらえませんか」

と言う。

「薬材がなくてな、調合できないんだ」

医者は体を傾けてつやつやとした首をゆっくり回し、薬箪笥の方をおもむろに振り返る。

「薬代の心配はいりませんから、出してください！」

「材料がないのをどうしろと？　ほら、ご覧なさい！」

と言うと、からっぽの引き出しを抜いて床にどすんと置く。

「家に子豚がいますから、それをあさって市場で売ります。どうか処方してください」

「向かいの金主事《キムジュサ》［主事は男性の尊称］も昨日薬を買いに来たが、買えずに帰ったよ」

医者はあきれたように口を開く。

「出してもらえないんですね？」

落ちくぼんだ女の眼が、怪し気に男の顔を射抜いた。医者は、

「だからどうやって処方しろっていうんだ？」

と言いながら、女の送る視線を避けようとするように戸袋に飾った山水画を見る。

「ああ、私の朴乭は死んでしまうんだ！　こんなに非情な世界がどこにあるというんだろう？」

哀切な女の声は涙に濡れた。べったりと垢がついた頬を流れる涙が、ぼろ切れのようなチマ［韓服のスカート］に落ちた。

「ふう、疲れた。えへん！　もう帰りたまえ」

医者は欠伸《あくび》と伸びをしながら立ち上がった。女は涙をごしごしと拭うと、やにわに立ち上がった。

「あんまりじゃないですか！　金がないからって馬鹿にするもんじゃありません。死にそうな人を助けてもくれないなんて。せいぜいお元気で」

女の眼には妙な光が宿った。その声はえぐるように鋭く響いた。医者は胸騒ぎがした。

3

女は帰った。

近所の家々では鶏の鳴き声が騒がしい。隣からは犬が吠える声が聞こえた。

ポプラの葉からは、朝露が滴る密やかな音がする。

「訳のわからんのが来て、煩わしいことだ！」

女が帰った後、医者は門に鍵をかけて部屋に入りながらつぶやいた。

「あんな乞食どもに薬をやって金になりますか？　最初からやらない方がましよ」

主人の妻はふくれっ面で文句を言う。

「ふん、誰がやるものか」

医者は戸を閉めながら勝ち誇ったように鼻を鳴らす。

「薬なんて出してみなさい。こんな薬簞笥、斧で壊してやるから」

医者夫妻は再び灯りを消して寝床についたが、その後も落ち着かず、眠れなかった。

4

「うう、母さん！　腹が痛いよ！」

朴乭《パクトル》は歯ぎしりをして両手で腹を抱え、体をよじったかと思うと起き上がって座り、横になったりうつぶせになったりして七転八倒している。

「ああ、死にそうだ！　ぐえっ、ぐえっ」

酸っぱくねばねばとした黒い液体を鼻と口から吐く。吐くたびに彼は鳥肌を立て、胸をかきむしる。腹の中からはグルグル、グルグルという水音が途切れない。その音が激しくなり、止まったかと思うとブリブリ、シャーッと水のような下痢をする。麻袋の切れ端を適当に縫い合わせたぼろぼろのパジ［韓服のズボン］はもう糞まみれだった。

「ああ、どうしよう？　医院でも診てくれないし……なんてことだろう？」

母は吐いている朴乭の額を支えて背中をさする。

「どうしたんだい？　腹が痛いのかい？」

母は充血した朴乭の目を覗き込んだ。目を見開いて荒い息をする朴乭は、力なく横たわったまま頭だけでうなずく。母は朴乭の腹をあちこち押さえながら、

「ここか？　ここは痛くない？　うん、ここも痛いかい？」

とりとめもなく何度も訊く。

「頭は痛くないかい？　頭も痛いだろう？」

彼女は明るい灯火の中、高熱で赤黒く見える朴乭の額を押さえた。朴乭はふうふう言いながら頭を

上げようとして、再び吐きながら横になった。口と鼻からは、どろどろとした粘液がどっと流れ出た。

「うう！　母さん！　死にそうだ！　うう！」

朴乭はまた叫ぶ。彼のパジは脱げていた。ざらざらとした筵《むしろ》の上に横たわる彼の腹は、背中とくっつきそうなほど薄かった。彼は胸を叩き、かきむしり、首を伸び縮みさせながらあえぐ。

「おまえ、これじゃ死んでしまうよ！　うん、乭や、乭！　しっかりしなさい、ああ、薬も飲めないで！　鍼でも打ってもらえたらよかったのに！」

朴乭は青黒い顔で薄目を開けた。喉からは痰がからむ辛《つら》そうな音が聞こえた。

「ああ、裏の生員《センウォン》（旦那様）はどうして来ないんだろうね、乭や！」

朴乭は目を開けた。呼吸は早く、荒かった。

「母さん！　みかんが食べたい！」

「みかん？　はあ、みかんなんてどうすれば手に入る？」

母はため息をつきながら灯火を見つめる。その目には涙がたまっていた。

「それなら冷たい水をおくれ！」

「おやまあ、そんなに冷たい水ばかり飲んでどうするんだい？」

「うううう」

　朴乭は声を上げると、目を開けてぎりぎりと歯ぎしりする。

　裏の家の若旦那がやってきた。ほの暗い灯りの中にどんよりと沈む汚れた空気は、新たに入ってきた人の方へと押し寄せた。若旦那は台所に立ったままで、オンドル部屋を見上げながら額にしわを寄せた。

破れ、穴が開き、泥だらけになった筵の上でうめく朴乭と母の影は、混濁した空気とほの明るい灯りの中で幽霊のように見えた。

「どうして医者がいないんだ？」

若旦那は叱責するように吐き捨てた。

「金初試《キムチヨシ》に診てほしいと言ったら行けないって。こんな貧乏人を診てくれると思いますか？　薬も出してくれなかったんです！」

朴乭の母の声は夫に疎んじられた若い妻の嘆きの如く、何かを呪うように震えた。

「お灸でも据えてみたらどうかね？」

「そうしようかしら？　どこにどう据えればいいの？　生員がやってくださいな？　やってちょうだい。ヨモギはもらってきますから」

「あ、そんなことも知らないのか？　つむじに揉んだヨモギを置いて、火をつければいいんだよ！　そんなことも知らないでどうやって生きてきたんだか」

「やったこともない私に、どうしてそんなことが分かるんです！」

朴乭の母はぎこちない笑みを浮かべて若旦那を見上げた。

「消化不良か？」

「さあ、どうでしょうか？」

母は朴乭を見る。

「昨晩何を食べたんだね？」

「ゆでたじゃがいもを食べて……それからあんまり食べたいって言うもんだから、裏の家が捨てた鯖の頭をゆでて食べてからは何も食べてないのに！」

「ああ、それだ！　傷んだ鯖の頭を食べたら死んでしまうぞ！　そんな汚いものをなぜ食べたんだ？」

　若旦那は口をゆがめた。

「まあ、それ（鯖）のせい？　知らなかった！　ああ、どうしても食べたいというから食べさせたのに。だから私も頭とお腹が痛かったんだね！　でも、私はすぐに吐いてしまったから大丈夫だったわ」

　朴乭の母は、むちを手に怒る主人の前に立った若い召使のように若旦那を見上げる。

「うちにヨモギがあるから、持っていってお灸を据えなさい。まったく、腐ってぐちゃぐちゃになった魚の頭を食べただって？」

　若旦那は、後ろも振り返らずに出て行ってしまう。

「ああ、情けない世の中もあるもんだ！　吏員《イウォン》［下級役人］だけかと思ったらみんなそうなんだから！」

　朴乭の母の目にはまた涙が浮かんだ。胸が張り裂けそうだった。どうすればいいのか、ただ目の前が真っ暗だった。世の中の不幸を一人で背負い、身動きがとれずに真っ暗な落とし穴に少しずつ落ちていくようだった。

　しゃがみ込んで膝の上で手を組み、灯りをじっと見つめる彼女の目は、ガラス玉のように微動だにしない。垢まみれの鼻の下で真っ青になった唇は、焼き茄子のように乾いてしわしわだ。彼女の目には灯りが大きな水がめのように見えたり、小さな杯のように見えたり、いくつにも分岐したり、日差しのように上下左右にちらちらと広がったりもする。

「うん、そうだ！……ヨモギをもらいに行かなきゃ」

朴乭の苦しむ声に気を取り直した母は、急いで立ち上がった。

5

隣家の鶏が三回鳴いて夜が明けた。ほこりとすすで黒くなった窓が青みがかったかと思うと、薄明るくなった。壁にかけられた灯火は意味をなさないほど小さくなり、夜明けの光が暗かった部屋の中をじわじわと占領していく。

朴乭《パクトル》の呼吸は徐々に弱くなる。ぐったりとした手足は次第に硬直し、冷たくなる。皮膚を震わせていた脈拍は、冷めていく熱とともに少しずつ消えていった。もう嘔吐も収まり、下痢も止まった。真っ赤だった顔は蒼白になった。

「うーん、くっ」

つむじに据えたお灸が燃え、髪の毛と肌が焼ける音がじりじりとするたびに、ぴくりともせずぐったりしていた朴乭は閉じた目を力なく開け、哀願するように母を見つめながら苦しそうなあえぎ声を上げる。そのたびに喉から痰がからむ音がして、少し止まったかと思うと再びごろごろと鳴る。朴乭の呼吸は刻一刻と弱まっていく。それにつれて、首元から鳴る痰の音もだんだん小さくなる。

「ヒック」

朴乭はしゃっくりを一回した。同時に、首からぷつんという音がした。朴乭は声もなく目を見開いた。両の黒目が裏返り、白目だけが見えた。その顔色は真っ青だ。

「ト……ト……乭！　乭や！　おお、乭！」

母は朴乭の顔を見下ろしながら、冷たい胸を揺さぶった。

「乭や、乭、乭！　どうしたんだい？　ううっ」

母は泣きながら朴乭の胸に倒れ込んだ。

外を往来する人の足音が聞こえる。犬の鳴き声、鶏の鳴き声、鳥のさえずりが騒がしい。

6

朝の日差しが、穴が開き、破れ、すすけた窓を暖かく照らした。

垂木《たるき》が見える天井には黒くすすけた蜘蛛の糸がもつれ絡まりながら張り、ゆらゆらと垂れ下がっていた。崩れ、壊れ、手垢や南京虫の血がついた壁には、ぼろぼろの服が力なくかかっていた。ぶんぶんと飛ぶ蝿はその服に群がり、何かを一心に吸っている。家に入るとすぐに見える壁には、紐で縛ってぶら下げた棚がある。棚の上にはひびの入った茶碗と縁の欠けた汁碗がいくつか置かれていた。そこにも蝿がたかっている。台所には乾いた牛糞、藁の束、穴から拾ってきたような木片が散らばっている。

ふたのない釜には汁なのか粥なのか、どろどろとして生臭いものの上に大量の蝿がたかり、水を張った蝿取り器のようだ。

　ほこりがもやもやと漂うオンドル部屋の筵の上に、朴乭は静かに横たわっている。鼠の遊び場のように垢だらけのその顔は、鋳鉄のように青黒い。閉じた両目は落ちくぼんでいる。開いた口の中に食いしばった黄色い歯が見える。彼の服はぼろ布《きれ》も同然だった。横に座った母は胸を叩き、大きな声は上げずにしくしくと泣きながらも、朴乭の顔に頬を寄せたり、胸に手を置いたりする。しかし、朴乭は静かに臥せている。

「うう、ト……ト……乭！　ああ、私の乭！　死んでしまった！　薬ひとつ飲めず、お灸ひとつ据えられずに死んでしまった！　ああ、神様も無情だ。うらめしくて……なんて短い命だったんだろう？　アイゴー！」

　彼女は朴乭の胸にがばりと覆いかぶさった。彼の体と頭にたかっていた蠅の群れは、わっと飛び立っては再び寄ってきた。

　顔を上げて朴乭の青い顔を見下ろし、

「父親もなく、つらいことばかり引き受けて育って十二歳にまでなって……ああ！」

「乭や、ねえ、乭！」

　名前を呼ぶと再び倒れ込みながら、

「食べるものも食べられず、着たいものも着られずにいつもお腹をすかせて……いい思いひとつせずに死んでしまうなんて！　はあ！『母さん！　母さん！　僕も学校に通いたい』と言うのに、私のせいで行かせてやれなかった！　ううっ」

　彼女は起き上がって座った。

「ああ無情な神様よ、私の乭を、一人息子をなぜ連れていったんです？　私が誰かにひどいことをしたわけでもないのに」

彼女はまた朴乭を見る。

「乭！　食べたかったみかんも食べさせてやれなかったね。こんなふうになると知っていたら、たとえ一匹しかしない子豚でも、食べたいものを食べさせてやればよかった！　無駄にお腹をすかせて！　ふがいない親のせいでこんなことになったんだね！」

きのうまで目の前にいた、あんなにもまぶしかった息子が死ぬだなんて？　嘘のようでもあり、夢の中の出来事のようでもある。今にも「母さん」と呼びながら体をはたいて立ち上がりそうだ。彼女は、待ちわびた人の足音を聞いたようにぱっと頭を上げた。しかし、目の前には誰もおらず、ただ不運にも死体になって横たわる朴乭が見えるだけだ。

「乭や！」

彼女は寝ている子どもを呼ぶように叫んだ。朴乭は何も言わない。ああ、間違いない。死んだのだ。この子を土の中に埋める？　改めてそう考えるとまた涙があふれ、天地がぼやけた。自分がしっかりと握っていたあらゆる希望の綱がぷつりと切れた。もはや望みはないと思った。

彼女は、朴乭の頬に自らの頬を寄せながらその胸を抱いて倒れた。

彼女の胸は絡まりあった鉛の塊にちくちくと刺されるようで、喉元では糠を焼いたような匂いがぐるぐると回っている。胸が張り裂けそうなほど大声を上げ、後先考えずに暴れでもしなければ気が晴れそうになかった。喉元をほこりっぽい土の塊でふさがれ、息をする隙間もない筒の中に閉じ込められてぎゅっと押し込まれたように辛くて息苦しく、泣こうとしても声が出ない。

胸が詰まってじんじんしたかと思うと、喉元から生臭い匂いがわっと鼻を刺し、彼女はえずきながら肩をすくめた。その口から赤黒い鮮血が噴き出した。彼女は鉄の棒に突き刺されたような胸をかき抱いて気を失った。

喉へと流れ込む赤い光は、二人の体の上に丸い印をつけた。白っぽいほこりが、黄色い日差しの中でもうもうと沸き上がる。蝿の群れはますますひしめきあう。

7

「母さん！　うう！　ああ！　母さん！」

という声に朴乭《パクトル》の母はぱっと顔を上げた。戸を見る彼女の両目はひときわ光った。

この時、彼女の目に見えるものがあった。

昼なのか？　夜なのか？　夜のようでもあるが暗くはなく、昼のようでもあるが日差しが入らない陰気な場所だ。風は吹けども木の枝は揺れず、雨は降れども雨音はおろか、雨粒も見えないぼんやりした雨の中だ。肌がつやつやとして顔が赤黒い何者かが朴乭の首を絞め、引きずりながら藪の中へと走り去る。

「うわあ！　わああ！　か……母さん！　母さん！」

朴乭は石にぶつかり、棘《とげ》に裂かれて体中血まみれになった。血だまりの中から響いてくる彼のうめき声が途切れ途切れに聞こえた。

「ううん」

朴乭の母は体をぶるると震わせた。彼女はぱっと顔を上げた。寄り目になった両目には奇妙な光が宿り、窓を鋭くにらむ。彼女は豚を見て威嚇する犬のように歯を食いしばり、がばりと立ち上がると窓を蹴って外へと飛び出した。

ほこりで白くなった彼女の蓬髪は、頭を揺らすたびにばらばらと乱れた。口と鼻から血が流れた跡が濡れて光り、チョゴリ［韓服の上着］とチマの前は血だらけになった。

「おい、お前、私の乭を返せ！　ああ、乭！　乭や！　こら、この野郎！　うちの乭を返せ！」

彼女は落ちくぼんだ目で、何かを射抜くように見ながらあたふたと走っていく。

「おい、この野郎！　どこへ行く！」

彼女は洞契事務所の前の路地に走り出ると、さっと右に曲がって正直商店の裏の路地に駆け込み、手をぱちぱちと叩く。ざんばら髪がはらはらと乱れる。

「なんだ、どうした？」

「朴乭の母さんがいかれちまった！」

「一体、何があったんだ！」

道にいた人々は目を丸くして口々に言う。一匹の犬が吠えながら朴乭の母の後ろを追いかける。

「こら！　私の乭をどこに連れていく気だい？　おい、お前！」

走っていく彼女は、叫びながら歯ぎしりする。見開いた両目から奇妙な光が虚空を突き刺す。その姿を見た人は、誰もが鳥肌を立てて後ずさりする。

「おい！　この野郎！　放せ。あいつが乭を火の中に放り込もうとしてるんだ……ううう……なんてひどいことを……ああ、乭！」

「乭、その石をつかんで！　放すんじゃないよ！」

母は歯をぎりぎりと食いしばりながら数軒の家を通り過ぎ、大きな門のある瓦葺きの家に駆け込んだ。その門には、金丙元《キムビョンウォン》診察所と八分［漢文の書体］で書かれた看板が掛けられていた。

「あいつ……あの部屋に入ったのか？　おい！　殺してやる、もう逃げられないからな！　おい、私の乭はどこだ？　出せ！　私の乭を出せ！　乭をどこにやった？」

両目が落ちくぼんだ母は縁側の引き戸を蹴って家に押し入り、主人の金初試《キムチョシ》の胸ぐらをつかんだ。

胸ぐらをつかまれた金初試は目を丸くして、

「こ……こ……これは……どういうことだ？」

と言いながらおびえて奥の部屋に逃げようとする。

「この野郎！　お前が私の乭を引きずり込んで火の中に投げ入れたんだろう？　乭を返せ！　乭や！」

鋭く痛ましいその声に、周囲の空気はびりびりと切り裂かれるようだった。

「あ……あ……乭がどうしたんだ？　何事だ？」

朴乭という言葉に、金初試の心はびくりとした。彼はぶるぶると震えながら、彼女の手から体を抜こうともがく。二人の体はあちらに押され、こちらに倒れ、ぎこちない力士のシルム［朝鮮相撲］のようだ。薬箪笥は倒れ、おまるが横倒しになった。散らばった草薬［漢方薬］やどろどろした痰、尿が混じり合ってござに広がった。

「この女め！　薄汚い女！　人の家に上がりこんで何の騒ぎだ？」

顔をしかめて朴乭の母の元に駆けつけた妻が、血が流れた跡のある彼女の口とくぼんだ目を見ると、

「おやまあ、気でも狂ったのかしら！」

と言いながら後ずさりする。

金初試の胸ぐらを力任せにつかんだ母は、歯を食いしばりながら妻をにらむ。

妻は走り回りながら助けを呼んだ。

金初試の家の庭には子どもから大人までが集まった。しかし朴乭の母の様子を見ると、誰も立ち向かうことができない。

「おい、この野郎！」

朴乭の母は金初試のサントゥ［まげ］をつかんで彼の顔に口を近づけた。

「うわあ！　人殺し！」

床にばたりと倒れながら叫ぶ金初試の声が哀れに響いた。

何人かの男が部屋に駆け込んだ。

「こいつめ！　うちの乭を火の中に投げ込んだお前の肉を食ってやる」

朴乭の母は金初試の胸に馬乗りになり、彼の顔を食いちぎる。鼻、口、耳……二人の体は赤黒い血にまみれた。

「何があったんだ？」

「皆目《かいもく》見当がつかないや！」

外に立つ人々はけげんそうな顔で訊く。誰もが漠然とした恐怖に震えた。

「あんな奴（金初試）、死んでも足りないさ！　ひどいことをして……」

独り言のようにつぶやく人もいる。

B舎監とラブレター

B사감과 러브 레터

玄鎮健 ヒョン・ジンゴン 현진건

カン・バンファ 訳

1925

C女学校で教員を兼ねながら寮長を受け持っているB女史といえば、堅物の独身主義者にして筋金入りの耶蘇教徒として有名だ。齢《よわい》四十近いオールドミスの彼女は、そばかすだらけの顔に若々しさなどつゆほどもないばかりか、しわしわ、がさがさ、かさかさのつやのない肌は、かび臭い干しイシモチを思い出させる。

しわだらけの広くなった額や、嵩《かさ》が足りないせいでかんざしでまとめることも髷《まげ》を結うこともままならず、くしで適当になでつけた髪、襟足に尻尾のようにくっついているヤギの糞ほどの毛先、そのどれもが老いの影を隠せないでいた。尖った口をきっと食いしばり老眼鏡越しに冷ややかな目でにらまれると、寮生たちは縮み上がって身震いした。それほど彼女は厳格で容赦なかった。

このB女史が泡を吹くほど目の敵にしているのが、いわゆる「ラブレター」だ。女学校の寮だけに例によって手紙もたくさん届くのだが、学校の名前も広く知られており、また、美しい女学生が多いためかはわからないが、生きるか死ぬかという恋文が日に何通も送られてきた。寮生に届く私信はいちいち検査の対象になるので、その手の手紙もやはりB女史の手に渡る。甘酸っぱい内容を目の当たりにするたび、興奮した彼女は顔を赤くしたり青ざめたりしながら、手紙を持つ手がわなわなと震えるほど憤るのだ。

　わけもわからずそんな手紙を送られた生徒たちこそ、いい迷惑だった。授業が終わるやいなや、生徒は寮長室に呼び出される。腹が立って仕方がないというように、鼻息を荒くして室内を行ったり来たりしていた彼女は、入ってくる生徒を取って食わんとばかりににらみつけながら、一歩、二歩と鼻先まで迫り、ぴたりと立ち止まる。理由もわからないまま、しばらくなすすべもなく先生の顔色をうかがいながら恐れおののいていた生徒は、蚊の鳴くような声でおそるおそる、

「お呼びになりましたか？」

　と尋ねる。

「呼びましたよ、そりゃ！」

　先生は嚙みつきそうな勢いで一言投げ、とんでもなく不満げな様子でガタガタと椅子を引き、どかりと腰を下ろすと、そこに立ったままの生徒を見て、

「何をぼうっと突っ立ってるの？　お座りなさい！」

　と、またもや鋭い声を上げるのだった。

　先生と教え子は小さな机を一つ挟んで対座する。座ってからも、

「自分の罪状はもちろんわかってるでしょうね！」

　といわんばかりにじっと生徒を見据えた末に、やっと手紙を取り出して生徒の眼前に放り投げながら、

「これは誰宛てのものかしら？」

と尋問を始める。表に自分の名前が書かれてあるので、

「私宛てのようです」

と答えないわけにはいかない。すると今度は、差出人は誰かとたたみかけるように尋ねる。

こういった類の手紙の例に漏れず差出人ははっきりしないため、しばらくためらったのちによくわからないと言い返そうものなら、

「あなた宛てに届いたのに、わからないですって？」

と火を吐くように叱責したあと、今度は中身を読んでみろと言う。生徒が小さな声で無心に、だが蜜のように甘い文面を口にすると、B女史の怒りはいっそう高まり、何としてでも誰のしわざか聞き出そうとする。事実、見たことも聞いたこともない男性からのものであり、自分には何の罪もないのだといくら説明しても、耳を貸そうとしない。事実を話さなければ退学だ、名前も知らない女性に手紙を送るわけがない、何かみだらな振る舞いをしたに決まっている……。しまいには、一度ぐらいはどこかで会ったことがあるはずだが、どういうわけで男と知り合うことになったのかと問いただす。まかり間違って、学校で開かれた音楽会やバザーなんかで「ひょっとしたら」見かけたのかもしれないと、眠気に勝てず言ってしまおうものなら、男はどんな目で見ていたか、どんな表情だったか、何を言われたのかと根掘り葉掘り尋ね、脅し、いびり倒して十年寿命を縮めさせる。

　二時間以上も尋問したあげくに、男など信じるに値しない、自分たち女性を食いものにする魔物だ、恋愛は自由だとか神聖なものだとかいうのも全て悪魔のつくり話だなどと、口角泡を飛ばして説き伏せようとし、磨いてもいない床（ベッドを使っているため、部屋の床は板敷きだ）にじかにひざまずいて祈りを捧げる。目に涙まで浮かべながら、言葉尻ごとに「神よ」と付けて、悪魔の誘

惑に落ちようとしているこの子羊を救ってくださるようにといつまでもくり返すのだった。

　そして、二番目に彼女が嫌うのが、寮生のもとへ男が面会に来ることだった。相手が何をどう言おうと絶対に会わせることはない。実の両親、実の兄弟さえも、規則がどうとか授業中だとか、何かしらの理由を付けて追い返すのが常だった。それがもとで生徒がストライキを起こし、校長に諭されたにもかかわらず、その癖は治る気配がなかった。

　今秋、このB寮長が監督する寮で、妙なことが起きた。いや、妙なことが「起きた」というより「発覚した」というべきかもしれない。なぜかといえば、その妙な出来事がいつ「始まった」のかは誰にもわからないからだ。

　それは他でもない、夜も深まった午前一時ごろ、寮生たちが皆甘くも深い眠りについているとき、からから笑う声やひそひそつぶやく声がどこからともなく聞こえてくるというものだった。ひと晩、ふた晩と経つうちに、寝聡《いざと》い寮生の耳にその声が届くには届いたが、なにせ寝耳に聞いたものでしかない。裏山を転がる枯れ葉の歌だか、月明かりに翼をきらめかせながら飛ぶガンの鳴き声だろうと聞き流してしまう。さもなくばもしや鬼《トッケビ》のいたずらだろうかという恐ろしい気持ちが芽生え、友を起こそうともするがなかなか起きてくれず、やがて自分の考えがとてつもなくばかばかしく思われてくる。夜はどんな遠くの声も聞こえるもの、近所の家の話し声か、別室の誰かの寝言だろうとほっと胸をなで下ろし、そのまま寝てしまうのだった。

　だが、この謎が解けるときが来た。どういうわけか偶然、ある部屋に寝ていた生徒三人が一度に目を覚ました。一人目の娘がトイレに立とうとしてその声を聞き、二人目と三人目の娘を起こしたのだ。

「ちょっと、あれ。こんな夜中に何かしら？」

　一人目の娘は見開いた目に恐怖の色を浮かべて言う。

「昨日の夜、私もあの声を聞いて驚いたのよ。鬼でも出たのかしら？」

と、二人目の娘も寝ぼけ眼をこすりながら不審がる。そのなかで最年長というだけでなく（といっても十八にしかならないが）、いたずら好きで、人をからかうのが好きなことで知られる三人目の娘は、友人たちの言葉が信じられないというようにじっと耳を澄ませていたが、

「なるほど、怪しいわね。私もいつか聞いたことがあるような気もするし。まあ、どうせ眠れない子がおしゃべりでもしてるんじゃないの」

　そのとき、例の奇妙な声がころころと笑った。三人の娘は首をすくめて耳をそばだてた。ひっそりと静まり返った夜半、他には波打つものもない空気がその怪しげな話し声を、すぐ耳元で聞こえているかと思うほどはっきりと伝えてくれた。

「ああ、テフンさん！　それならどんなに嬉しいでしょう！」

　なまめかしい女の声だ。

「ギョンスクさんが喜んでくれるなら、僕のほうこそ嬉しい限りです！　ああ、ギョンスクさんただ一人に捧げる燃えるような心を、やっとわかっていただけたのですね？」

　情熱に浮かれた男の声に違いない。

　しばらくの沈黙があり……

「そろそろ放してくださいな。『キス』が長すぎるんじゃありませんこと？　誰かに見られでもしたらどうするおつもり？」

嬌態をつくる女の口ぶり。

「長ければ長いほどいいじゃありませんか？　僕は命尽きるまでキスをしても長いとは思いませんよ。ですが致し方ない、今日はこれを限りにしておきましょう」

　男の血を吐くような最後の言葉は、女のけたたましい笑い声に埋もれてしまった。

　それはどう聞いても、恋に酔いしれる男女のとろけるような睦言《むつごと》だった。監視の厳しいこの寮でまさかこんなことが！　三人の娘は顔を見合わせた。その顔には驚きと怯えの色もなくはなかったが、むくむくと好奇心が浮かびはじめていた。彼女たちの頭の中には一様に「ロマンチック」な画が浮かんでいた。寮にいる彼女に会いたくて学校の周りをぐるぐる回っていた彼氏が、燃え盛る想いを抑えきれずに夜更けを待って塀を飛び越えたのかもしれない。

　全ての明かりが消え、明るい月光だけが銀粉のように降り注ぐ窓が音もなく開くと、彼女は白いハンカチを振って彼氏を呼び入れたのかもしれない。活動写真に見るように、長い布を垂らして一方は上から引っ張り、一方はそれにぶら下がって上っていくシーンがくり広げられたのかもしれない。そうして恋人たちは、あんなふうに愛の言葉をささやき合っているのかもしれない……。

　夢うつつのような感情が、霞のようにぼんやりと、虹のようにまぶしく、三人の心と体を包んだ。三人の頬がかっかと火照った。奇妙な声がまた聞こえた。

「嫌よ、嫌。あなたみたいな人はお断りよ」

　今度は冷たく突き放している様子だ。

「わが天使、わが宙《そら》、わが女王、わが命、わが愛よ、僕を助けてください、どうか僕を救ってください」

男の切ない哀願……。

「見に行ってみない？」

いたずら好きな三人目の娘が、起き上がりながらそう提案した。他の娘たちもそれに賛成だというように立ち上がったものの、疑念と懼《おそ》れと好奇心が入り混じった顔を互いに見比べながらしばし躊躇した。だがついに、そっと戸を開けて外へ出た。米食い虫のような彼女たちのつま先はこれ以上ないほどの用心深さをもって、声のするほうへもそもそと這うように進んでいく。真っ暗な廊下を、深夜に目覚めた娘三人の白い影が音も立てずに動いている。

声のする部屋は難なく見つかった。突き止めてしまうと、まるで壁にぶつかったかのようにぴたりと歩を止めるほど、彼女たちは驚いた。なんとその声の出どころは、自分たちの部屋から数歩も離れていない寮長室だった！　あれほど男を毛嫌いし、唾でも吐きかけそうな勢いだったB女史の部屋だったのだ！

その部屋ではいまだに、男が拝み倒すように切々と愛の言葉を並べている――。

「わが天使、わが宙、わが女王、わが命、わが愛よ、僕を手こずらせないでおくれ。この胸をずたずたに引き裂いて殺すつもりかい？　僕の命を預かるその唇で……」

三人目の娘は思い切ってその部屋の戸を開けてみた。その隙間から、六つの目が部屋の中を覗き込んだ。何と奇怪な光景だろう！　明かりはまだ消えていない。ベッドの上には寮生宛てに届いたいわゆる「ラブレター」の封筒が取り散らかっており、その中身も開かれてあちこちに散らばっているなか、B女史がひとり――誰もいない部屋にぽつんと腰掛けている。誰かを抱き寄せるかのようにに腕を広げ、眼鏡を外した近視眼でじっと一点をにらみながら、その干したイシモチのような顔に言いようのない哀願の表情を浮かべて「キス」を待つかのごとく唇をうんと突き出したまま、男の声でさきほどの言葉をつぶやく。そうして一連の世迷い言が終わると、ひと息つく間もなく、急にふてくされたまねをしながら誰かを振り払うかのように手をばたつかせて、今度は冷たくはねつけるようなおなごの声になり、

「嫌よ、嫌。あなたみたいな人はお断りよ」

　と言ったかと思うと、ひとりで笑いころげる。そうして、はたと手紙を一枚（もちろん寮生宛ての「ラブレター」の一つ）手に取って顔にこすりつけながら、

「本気でおっしゃってるの？　そこまで私のことを？　自分の命ほどに愛していると？　私を、この私を」

　と向き直るのだが、その声には明らかに涙までにじんでいるようだった。

「ありゃま、何よあれ？」

　一人目の娘がささやいた。

「おかしくなっちゃったのね。夜中に起き出してひとり芝居なんて！」

　二人目の娘が相づちを打つ。

「やれやれ、かわいそうに！」

　と、三人目の娘はいつ浮かんだのかも知れぬ涙を拭うのだった……。

南《ナム》忠《チュン》緒《ソ》

남충서

廉想渉

ヨム・サンソプ　염상섭

ユン・ジヨン 訳

1927

火鉢を挟んで向かいに座る美佐緒《ミジャソ》は、息子の真心からの言葉に耳を傾けようともせず、煙草ばかりプカプカふかしている。

「……とにかく、そういう事情ですから今日中にでも家にお戻りください。お願いですから」

忠緒《チュンソ》はそう言って母の顔を見たが、美佐緒は押し黙っていた。（二人の会話はもちろん日本語である）忠緒のほうでも仕方なしに、葉巻き煙草に火をつけながらしばらく口を閉ざして座っていた。

「それじゃあなんだい、嫁の立場を考えて、ご機嫌を取りに帰ってきてくれというのかい！」

ようやく口を開いた美佐緒は、目を三角にしてキセルを畳《タタミ》の上に投げ出し、息子を見据えた。

「母さん、それは言いすぎじゃありませんか。妻の気苦労はともかく、実家のほうでも皆さん、とても心配しているんです。毎日のように人をよこして家の様子を窺ってるくらいですから。嫁が来て姑を追い出しただの、母さんが追い出されたのだのと騒がれてしまっては、何より世間体が悪いじゃありませんか。そりゃあ人様が何を言おうが自分の生活さえちゃんとしていればそれまでだとおっしゃるかも知れませんが、それでは家の雰囲気は険悪になる一方で、父さんの気持ちもますます離れていくばかりですから……」

忠緒はなるたけ母親の機嫌を損ねないように気を使いながら、穏やかに話した。美佐緒はまたも黙り込んで自分の湯呑みにだけお茶を注ぎ、ちびちび飲んでいたがやがて、

「それで、お前はどうしたいんだね？　本当にアメリカへ行く気なのかい？」

と詰《なじ》るように訊く。

「いえ、それが――まだはっきり決めたわけでもないんです。やっぱり母さんと相談して決めようかと思い、今日こうして急いで来たわけなんですが……」

「あたしに？　何を今更このあたしに相談すると言うんだい？　フン！」

美佐緒は驚いたというふうに息子の言葉を遮り、鼻で笑うと、

「……あたしゃ父さんやお前たちのことに口出しできるようなご身分じゃないけど、まあ、新婚旅行をかねてどこかへ行ってみるのも悪くはないだろうね！」

と言い、軽く白粉《おしろい》をはたいた小さな額に青筋を二本浮かべて、またせせら笑った。

忠緒はむっとして顔をしかめたが、何も言わなかった。

家にいたときも美佐緒は、朝目覚める時分から虫の居所が悪く、誰彼かまわずつかまえては当たり散らすのが常で、それは何も今に始まったことではない。忠緒は自分の母ではあるが無性に腹が立つときなど、

「それがブルジョワジーの、別《わ》けても遊民階級の、最後の娯楽の一つというものですかね」というふうに、面と向かって嫌味をぶつけることもあった。忠緒の結婚をめぐって一悶着あり、こうして別々に暮らし始めてからは美佐緒のそんな性質はいやがうえにもひどくなり、忠緒を見るたびに露

骨に意地の悪い言葉ばかり吐くようになった。

「人の気も知らないで、そんな皮肉を言うのはもうよしてください……それなら母さんはどうしたらいいと思うんですか？　家にいるわけにもいかず、出るのも駄目だと言われるなら――一体僕にどうしろと言うんです？」

　忠緒は長いあいだ何か考え込んでいる様子だったが、抑えていた憤怒がこみ上げたのかそう言い返した。

「あたしゃ家を出ろとお前の背中を押した覚えはないよ。父さんはどうだか知らないけどね……」

　美佐緒は唇を震わせて、鋭い目つきで息子と向き合った。

「しかし、僕がいると家のなかが四六時中穏やかでなく、この調子なんですから」

「するとなんだい、あたしのせいでお前たちが家を出るから、その代わり家に帰れということかい？」

　美佐緒はけんか腰になって金切り声で詰め寄る。

「それは母さんの思い込みですよ」

「思い込みなもんか！　お前たちの目には、あたしがお前たちを追い出してから家に帰るつもりで二の足を踏んでるように見えるのかもしれないけど、お前たちを目の上のたんこぶ扱いしてるのは、あたしじゃなくて父さんのほうなんだからね。父さんのことになると、とたんに人が変わったようにむきになって味方するけど、父さんはお前のことを……ああ、呆れてものも言えない」

　美佐緒はここぞとばかりに夫の悪口を言いかけたが、ため息をついて言葉を切った。

「父さんの味方だの母さんの味方だの、僕は一度たりともそんなことは考えたこともありませんよ。

ですからどう思われてもかまいませんが、僕が家を出ることになったとしても、それは決して誰かを恐れてだとか、邪魔者に思われて追い出されるわけではありませんよ……。とにかく僕は身一つで出ていってしまえばあとのことはどうなったって知りませんが、でも——母さんのことが、余計なお世話かもしれませんが——気にかかって……ただそれだけですよ」

「一体藪から棒に東京だのアメリカだの、そんな話は誰が持ち出したんだい？」

美佐緒はしばらく考え込んでからそう尋ね、言葉を続けた。

「まさか、父さんのほうからそんなことを切り出したわけはあるまいし……。勉学中の人間に家のことを任せるんだとわざわざ呼びつけて結婚までさせておいて、今になって邪魔だから出ていってくれとは、いくら自分の息子が相手でもさすがに面目なくて言えないはず……するとやっぱり、貞《ジョン》某《なにがし》というお嬢さまだか奥さまだかの差し金なのかい？」

貞某というのは、言うまでもなく忠緒の妻である貞姫《ジョンヒ》のことである。美佐緒にしてみれば、ともかくにも自分のお腹を痛めて生んだかけがえのない一人息子の可愛い嫁で、婚礼を挙げてふた月足らずの新嫁なのだが、顔を合わせたのは婚礼の日に幣帛《ペベク》「韓国の伝統的な婚礼において新郎新婦が家族や親族に挨拶をするための儀式」もなしにお辞儀《チョル》「朝鮮の伝統的なお辞儀の作法で婚礼や葬式、祭祀などで行う」だけ一度されたきりで、そのあとはいわゆる姑への挨拶伺いに来るというのもこちらから断って、訪ねて来るなと言ったのだ。美佐緒は嫁の名前すら覚えていないのか、いつも貞姫ときちんとは呼ばずに、「貞某というお嬢さん」と嫌味ったらしく呼ぶのが常であった。いくら片やそこまでの愛情はない女、片や自分を産んでくれた母といえども、やはり忠緒にとっては不愉快である。しかし美佐緒に言わせれば、貞姫という名前は日本人には発音しづらいうえに覚えにくく、なかなか呼び慣れないのだという。

「アメリカ云々の話はすべて僕が言い出したんです。実は、貞姫を連れて東京見物でもしてきたらどうだって父さんのほうから言われたのは事実なんですが、どうせならアメリカに二、三年ほど行きたいと言ってみたところ、それもよかろうが少し考えてみようとおっしゃるので、僕がひとりで計画を立てて準備しているところなんですが……」

「ほらごらん！　それでなんだって!?」

美佐緒は目を丸くしてやはり自分の思ったとおりだというように冷笑を浮かべながらも、こみ上げる怒りを隠せない様子である。

「あたしの言ったとおりじゃないか！　あの女と結婚するなんて、さすがに恥ずかしくてバツが悪いんだろう。だからお前たちを追い出すっきゃあないと思って、東京に行ってこいって背中を押したんだ。その隙にこそこそと挙式を済ませてしまおうってね。……それを自分からほいほいアメリカへ出かけてくれると言うんだから、それこそ渡りに船で、こんな嬉しい話もないはずさ。お前の父さんがどんな人間か知ってるだろう。ひと月数百ウォン出してお前たちをアメリカに遣《や》るものか！　まったく甘ったれだね！　お前だってもうおんぶにだっこの赤ん坊じゃないんだから、少しはものを考えたらどうなんだい！　上手いこと言い繕って、旅費くらいは持たせて追い出したあと、あの女に骨抜きにされてしまったら、学費の仕送りなんて望めるもんか。飢え死にしたいんなら、アメリカでもどこでも好きなところへ行くんだね……！」

「またそんな余計な話、もうよしてください。飢え死にしようがしまいが、僕にだって考えがあるんです！」

忠緒は眉をしかめて美佐緒の話を遮ろうとしたが、美佐緒はいっそう青ざめて喚き立てる。

「……余計な話だって！　今に見ててごらん！　お前の父さんにはあたしもこれまでさんざ踊らされてきたけど、今お前が家を出たら、もう二度と南家《ナム》には戻れないよ！　ビタ一文もらえるもんか。八重子《パルチュンジャ》「八重子（やえこ）の韓国語読み」のほうをあんなふうに破談にしておいて、急き立てるようにお前たちを結婚させたときから、父さんの腹の内はガラスに透かして見るようになんでもお見通しさ」

「またそんなことを。僕はもう、お金も何もうんざりです。これまでだって何も相続目当てで家にいたわけではありませんし……」

　忠緒は母から耳にたこができるほど聞かされてきた相続問題をまたもや引っ張り出されてはごめんだと思い、先回りして穏便に一言そう言った。美佐緒のほうでは呆れて声も出ないほどである。息子が憎ったらしくてならない。忠緒自身のことを思うにつけ、自分の宙ぶらりんの身の上を思うにつけ、とにかく気をしっかり持って万事仕切ってくれたらと思うのに、当人はそんなつもりなど毛頭ないらしく、アメリカに行くだの相続権を放棄するだのとふらふらしている息子の気がしれない。美佐緒にしてみれば、息子は白痴ではないまでも、どこか精神に異常があるようにも思えてくるし、父親の手口にまんまと騙されて何も知らずに自分をのけ者扱いにしているような気もするのだった。

　しかし一方の忠緒にしてみれば、自分の母親のにっちもさっちもいかない立場だとか、先々を慮《おもんぱか》る気持ちがわからないわけではなかった。それは単に老境に差し掛かった人間の寄る辺ない寂しさだとか、こうした女たちにありがちなヒステリーばかりが原因ではないということもわかっているつもりだった。忠緒自身、朝鮮人でもなく日本人でもない、おかしな狭間で揉まれるようにして育ってきたし、成人した今でもやはり、家でも社会でも微妙な立場に置かれている。それに、歳を重ね、嫁をもらい、一人前に近づけば近づくほどに、心はなぜかわけもなく不安と焦りに駆られるばかりで、生活にしかと根を下ろし、冷静に人生を見つめて歩んでゆけそうにない現在の心理状態を思うとき、それを自分の母に重ねて同情を覚えずにはいられなかった。しかし、自分の結婚のことをいつまでも不満に思い、自分たち夫婦を目の敵にしたり、話の節々に気に障るような言葉を挟んだり、しまいには自分の前で父親に対する不満まで並べるのを聞いていると、そんな憐憫もどこかへ吹き飛んでしまい、頭が痛むばかりだった。

「相続するつもりはないだなんて、そもそも誰がお前に相続させてやると言ったんだい？　自分で台無しにしておいて、とうとう家にいられなくなってくると、それはそれは強気にも相続は受けないだのアメリカに行くだのと言うけれど、お前もあたしも今日明日にでもどうなることやらわかったもんじゃないよ！　……お前だってあたしの言うことを聞かないと、いつかきっと後悔する日が来るさ」

「後悔しようとしまいと、それで何かが変わりますか？　今更結婚を取り消せとでも言うのですか？　別に僕が望んで結婚したわけでもありませんし、女にうつつを抜かして母さんをほったらかしにしようってわけでもないのに。ではご勝手にどうぞ。僕は自分ひとり抜ければそれまでですから、あとのことはもう好きにしてくださいとしか」

　そう話す忠緒も次第に興奮してきた。

「何を好きにしろと言うんだね？　とうとう自分の女すら手に負えなくなって人に押し付けようってのかい？　それならどうして嫁をもらったんだか」

　と、美佐緒はまた声を低くして、またぞろいつもの愚痴を並べ始める。

「人は――他人はおろか、まずお前からして、あたしが嫁をいじめてると思ってるようだけど、嫁がどうしたってんだい。貞姫でも八重子でも、お前さえ気に入ればそれまでだし、お前が気に入らないならほかにも候補はいくらでもいるんだから何も心配することはないんだ。だけど、あの子が来てから家のなかの潮目がすっかり変わっちまったじゃあないか。あの女とぐるになって何をたくらんでるんだか知れたもんじゃない。八重子が嫁に来てさえいれば、お前だってあの子をまるで知らないわけでもなし、どんなによかったことか！　あの子をもらってれば、民籍［朝鮮では一九〇九年にそれまで施行されていた戸籍法に代わる民籍法が日本によって発布された］の問題も相続問題も、今になって持ち上がるこたあなかったんだ！　それを思うと、寝ても覚めても怒りがこみ上げてくるよ！」

「もうよしてください。十分わかりましたから。そもそも八重子と民籍は別問題でしょう。八重子じゃなく貞姫をもらったから降って湧いた問題というわけでもありませんし、民籍だの相続だのという話だって母さんがひとりで勝手に心配しているだけで、民籍にしろ相続にしろ誰かがとりたてて何か言ったことはないじゃありませんか？」

「そうかい、じゃああたしがいたずらに波風を立ててるだけだというのかい？」

「いえ、そういうわけじゃありませんが、とにかく、八重子と結婚しなかった代わりに、母さんにはこの先苦労はかけませんから」

　忠緒はそう言うと、冷ややかに笑ったように見えた。

「お黙り！　お前はいつもへらへらと間の抜けたことばっかり言って」

　美佐緒は息子が薄ら笑みを浮かべるのを見ると、いっそういきり立った。

＊

美佐緒がこれほどまでに惜しんで止まない八重子という女子《おなご》は、美佐緒の実家の親戚筋に当たる東京の娘である。もともと身寄りのない美佐緒にとっては、八重子とてかなり遠縁に当たるはずだが、美佐緒は芸者上がりではあってもそれほど卑しい家の生まれではないだけに、八重子にしてもそれなりの教育は受けているようだった。しかし、美佐緒がありったけのつてを頼って八重子を連れてこようとしたのには、色々と計画があったのだ。人の子をわが子として迎えるからには、どうせなら朝鮮の娘よりも、洋服一枚、おかず一品作るにしても相談できる同国人を迎えたいのは人の常だが、美佐緒はただささやかな家庭の団らんのことだけを考えたのではなかった。本妻が亡くなり葬儀が済んでしまうと、夫と大喧嘩をしてまで本家を乗っ取ったのは、何もほかの朝鮮人の妾たちに対する競争心からばかりではない。自分と子どもたちの地位と将来とをもっと揺るぎないものにしたいという考えがあったのだ。今では立派に成人した子を二人も産んでやり、二十年あまりの歳月を南家に捧げたというだけでも十分に大きな顔ができようものである。ましてや、民籍のうえでは自分の子でないにしても、お腹を痛めて産んだ忠緒が南家の長男であるからには、芸者上がりの日本人だというだけで美佐緒の要求をはねつけられる筋合いはないのであった。しかし、純粋な朝鮮式の所帯——それも、京城で三本の指に入る資産家の大所帯を、いくら二十年ものあいだ朝鮮の風俗に慣れ親しんだとはいえ、丸髷《マルマゲ》、上衣《ハオリ》で美しく着飾り、日本へ朝鮮へと温泉めぐりに興じていた女が突然入って切り盛りできるはずもないことは、忠緒にもわかっていた。だからといって、父のほうでも義理を思えば仕方ないと思っているものを、忠緒が横から口出しできるものでもない。

post card

恐れ入りますが、
切手をお貼り
ください

810-0041

福岡市中央区大名2-8-18
天神パークビル501

書肆侃侃房 行

フリガナ
お名前　　　　　　男・女　年齢　　　歳

ご住所　〒

TEL（　　　）　　　　ご職業

e-mail：

※新刊・イベント情報などお届けすることがあります。　不要な場合は、チェックをお願いします→□
著者や翻訳者に連絡先をお伝えすることがあります。　不可の場合は、チェックをお願いします→□

□**注文申込書**　このはがきでご注文いただいた方は、**送料をサービス**させていただきます。
※本の代金のお支払いは、本の到着後１週間以内にお願いします。

本のタイトル	冊
本のタイトル	冊
本のタイトル	冊

愛読者カード

□本書のタイトル

□購入された書店

□本書をお知りになったきっかけ

□ご感想や著者へのメッセージなどご自由にお書きください

※お客様の声をHPや広告などに匿名で掲載させていただくことがありますので、ご了承ください。

◀こちらから感想を送ることが可能です。

書肆侃侃房　http://www.kankanbou.com　info@kankanbou.com

株式会社　書肆侃侃房　@kankanbou_e
福岡市中央区大名2-8-18-501　Tel:092-735-2802
本屋＆カフェ　本のあるところ ajiro　@ajirobooks
福岡市中央区天神3-6-8-1B　Tel:080-7346-8139
オンラインストア　https://ajirobooks.stores.jp
kankanbou.com

おかげさまで20周年！

書肆侃侃房
Shoshikankanbou

書肆侃侃房は20周年を迎えました！

2022年4月、書肆侃侃房はおかげさまで創設20周年を迎えました。記念フェアなど20周年についての最新情報は、書肆侃侃房のwebマガジン「web侃づめ」特設ページにて発信しています。ぜひご覧ください。

第5回 笹井宏之賞

募集作品：未発表短歌50首
選考委員：大森静佳、染野太朗、永井祐、野口あや子、Moment Joon
応募締切：2022年9月15日
副賞：歌集出版

わたしの嫌いな桃源郷
初谷むい

本体1,700円＋税　978-4-86385-519-9

発売前重版！

『花は泡、そこにいたって会いたいよ』の初谷むい、待望の第二歌集。

不完全なぼくらの、完全な世界へのわるぐち。
――志磨遼平（ドレスコーズ）

それはたとえば、百年育てて咲く花を信じられるかみたいな話？
そばにいるだけがすべてじゃないぜ月は光るだけがすべてじゃないぜ
もちもちの愛　もちもちの逃避行　どこまでを希望と呼ぶのだろう

歌人シリーズ22　カミーユ　大森静佳

000円＋税　978-4-86385-315-7

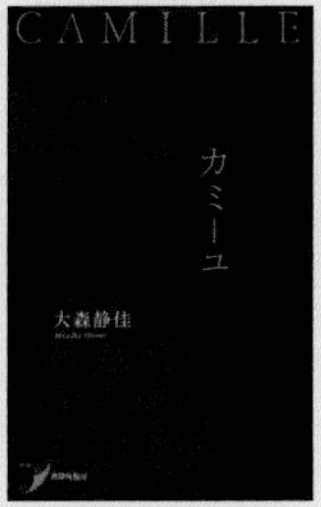

K「あさイチ」(4/22)で紹介！

ときに立ち上がれないぐらいの衝撃を
――川上未映子（番組での発言より）

ったた胸をひらきつつ水鳥はゆくあなたの死後へ

新鋭短歌シリーズ54
工場　奥村知世

本体1,700円＋税　978-4-86385-469-7

第28回 日本歌人クラブ 新人賞受賞！

知性を持った感情が生み出す言葉は強く、やさしい。
そっと鷲掴みされた工場と家庭の現場。「心の花」から今、二人目の石川不二子が生まれた。――藤島秀憲

女でも背中に腰に汗をかくごまかしきかぬ作業着の色
実験室の壁にこぶしの跡があり悔しい時にそっと重ねる

柴犬二匹でサイクロン
大前粟生

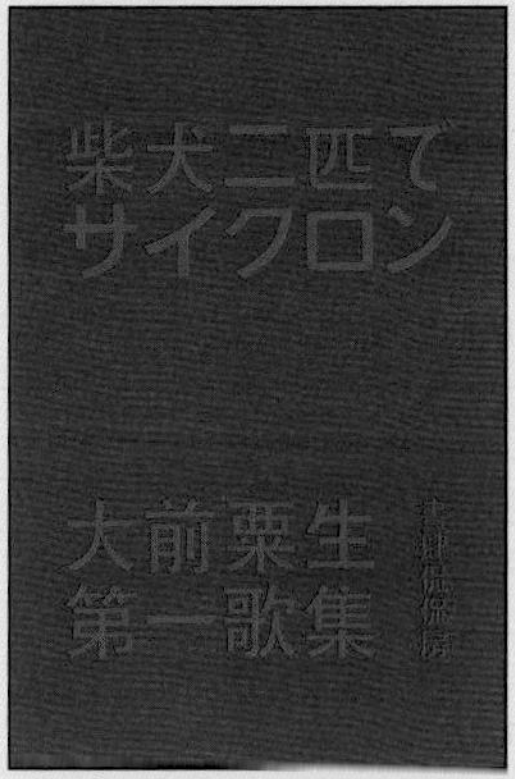

本体1,700円＋税　978-4-86385-514-4

お互いにワンパンし合う関係で倒れた場所を花園とせよ
短歌ムック「ねむらない樹」vol.7掲載で話題を呼んだ「とびひざげり」など約230首を収録。

『おもろい以外いらんねん』『きみだからさびしい』の大前粟生、初めての短歌集。

この痣を月に結んで大丈夫とびひざげりの妄想をする
棺桶に詰められるならパフェに似た佇まいでと約束の夏
ポカリスエット突然に目減りして光の代わりに光が入る

文学ムック　ことばと vol.5　編集長　佐々木敦

本体1,500円＋税　978-4-86385-516-8

特集　ことばとわたし

小説　円城塔　片岡義男　草野なつか　長嶋有　樋口恭介　古谷利裕
評論　江南亜美子　大滝瓶太　**対談**　桜庭一樹×西村紗知
創作　戸田真琴　李琴峰
翻訳　ブレンダ・ロサーノ　成田瑞穂訳
本がなければ生きていけない　豊崎由美　吉開菜央

カルチャーセンター　松波太郎

本体1,700円＋税　978-4-86385-513-7

松浦理英子・柴崎友香・保坂和志推薦!!

松波太郎はそこにいた。カルチャーセンターで共に過ごしたニシハラくんの未発表小説『万華鏡』が収録され、作家や編集者たちから寄せられたコメントに、松波太郎の説明責任までもが生じてくる文章と空白の連なり……松波太郎は、ニシハラくんに語りかける。**「どうかな？　これは何だろう？　小説なのかな？」**

ある新聞記者がみた沖縄50年の現実

沖縄「格差・差別」を追う　羽原清雅

本体1,600円＋税　978-4-86385-520-5

琉球処分に始まる沖縄の受難を細密かつ立体的に記述する名著

近代史を書くには歴史家の目とジャーナリストの筆が要る。この二つを兼ね供えた筆者は文献からファクトを選び出し、配列し、文章化する。それがそのままこの人の思想の表明である。読んでいて「あわれ沖縄」の感が強まる。——池澤夏樹（作家）

汀日記　若手はなしかの思索ノート　林家彦三

本体1,500円＋税　978-4-86385-518-2

コロナ禍に"二つ目"となった。

ぽっかりと空いた時間に、ぽつりぽつりと紡いだ言葉。

これは、ほんのひとときの雨宿りの時間なのかもしれない。


東京郊外で暮らす若手噺家の2020年4月～2021年5月の日々を綴った日記文学的思索集。

たちまち3刷！大反響!!

左川ちか全集

島田龍編　本体2,800円＋税　978-4-86385-517-5

詩の極北に屹立する詩人・左川ちかの全貌がついに明らかになる——。


萩原朔太郎や西脇順三郎らに激賞された現代詩の先駆者、初の全集。

すべての詩・散文・書簡、翻訳を収録。

編者による充実の年譜・解題・解説を付す。


「すでに今年最大の収穫といっても過言ではない」

（大塚真祐子さん、毎日新聞5/25）

「驚異的な労作だ。〔……〕その硬質な詩語に撃ち抜かれる」

（鴻巣友季子さん、毎日新聞5/21）

「『左川ちか全集』の刊行は文学史上の一事件だ」

（中森明夫さん、毎日新聞5/18）

韓国女性文学シリーズ11

夏のヴィラ　ペク・スリン　カン・バン

本体1,700円＋税　978-4-86385-499-4

過去と現在が交差し、一瞬煌めいて
韓国で五つの賞に輝いた珠玉の短

いまやペク・スリンの小説は、母語と母国、
手を伸ばす。普段は見られない母親の美
のように、私もまたその過程にすっかり魅
——キム・グミ

路上の陽光　ラシャムジャ　星泉訳

本体2,000円＋税　978-4-86385-515-1

チベット文学を牽引する作家ラシャムジ
代表作「路上の陽光」をふくむ日本オリ

日本を舞台にした短編「遥かなるサ
ラサは懐の深い町だ。見た目も言語も異なる様々な民
あらゆる通りを川の流れのように行き交っている。（本文より）

現代
本体2,
NH
読んだ
受けた
曇天に火照

幼少時から本妻のもとで朝鮮式に育てられた忠緒としては、自分の母親の望みがそう無理筋ではないと思いながらも、あれこれ心配は尽きないのだった。ともかく、かくして本家の奥の間《アンバン》［家の中心になる部屋で、昼は女性が起居し、夜は夫婦の寝室として使われる］に収まると、真っ先に美佐緒は、改まって嫁の問題を切り出した。夫である南相哲《ナムサンチョル》の考えでは、前妻が生きていればもちろん朝鮮の娘を娶《めと》らせただろうし、庶子の忠緒が世間からどんな目で見られるかを考えると不憫に思う気持ちもあって、十年ほど前に老論［朝鮮時代後期の儒学党派の一つ］のあいだでは名の知れていた李判書《イパンソ》［判書は朝鮮王朝時代の官職の名称で行政事務を掌る六曹の長官をいう。品階では正二品に当たる］の娘である貞姫との縁談を進め、婚約まで決まりかけていたのだが、裏で離間する者があったのか、「いくら民籍の上ではそうだとしても……」という一言で話はうやむやになってしまい、今日に至っていたのである。そんなわけで相哲は今でも、まずは後添いを本妻に迎えてから朝鮮の立派な家柄の娘を嫁に選びたいのが本心であった。しかしやむにやまれず美佐緒を家に迎え入れてみると、いっそのこと美佐緒の言うとおり日本人の娘を娶らせてそちらに任せてしまい、自分は別宅を構えて、忠熙の叔母に忠熙兄妹の面倒を見させたほうがむしろ良いような気がしてきた。相哲にしてみれば、どのみち朝鮮式と日本式の二つの所帯を持つことはこの際避けられないのだし、趣味や交際のうえでもそれはやむを得ないと思われる。しかし、南家の長男が日本人の母から生まれ、さらに日本人の娘と結婚するとなれば、祭祀《チェサ》［先祖への法事の儀礼］の儀礼の面ばかりでなく、南家の血が取り返しがつかないほど濁ってしまうという思いもあり、いくら親日派の相哲といえども気が引けるのだった。だから相哲は、名義や表向きは忠緒の母子を本家とし、忠熙兄妹を中心にした別宅を分家と呼ぶとしても、様子を見てゆくゆくは忠熙に家を継がせようと心に決めたうえで、美佐緒の望みどおりに八重子を迎え入れることを承諾したのである。それで美佐緒は、去年の春先に東京まで出かけたのだった。夫からこの承諾を得たときには、十年以上ものあいだ背負ってきた重荷をやっと下ろしたような心地で浮き立ったものである。ところが、東京で先方の承諾を取り付ける一方で、卒業試験を控えた息子を説得し、お見合いまで済ませて帰ってみると、状況はまったく思いがけない方向へと一転していた。それまでは本妻が残した忠煕兄妹が最大の敵だとばかり思っていたのだが、わずかひと月あまりの後に帰ってみると、忠煕兄妹の後ろに影のようについて回る一人の新女性［開化期に新式の教育を受けた女性たち、または西洋風の服装をした女性たちを指す名称で、一九二〇年代に流行語となった］がいる。とりたてて美人というのでもないが、忠煕の母親が病床についていた一年のあいだ、幼い娘の家庭教師と姉の看病とを兼ねてこの家に来ていた忠煕の叔母である。美佐緒もよく知る女で、忠煕の母が死んだあと美佐緒が本家に収まるとぱったり来なくなっていたのが、家を留守にしているあいだにまた出入りするようになったらしい。美佐緒の娘の孝子《ヒョジャ》を奥の間へ追いやり、忠煕の妹と一緒に向かい部屋《コンノンバン》［奥の間（アンバン）と板の間（マル）を隔てた向かい部屋で、子女や老夫婦が起居する部屋］で寝泊まりしている。夫の話では、美佐緒がいないあいだに子どもたちの世話をする人がいないので呼んだという。しかし孝子に訊いてみると、はっきりとは言わないが何やら不満げな様子であるし、夫のその女に対する態度や言葉遣いが妙に親しげなところを見ると、どうにも怪しい。数日もすると、その謎の女はまた影のようにすっといなくなった。すると夫は、八重子のほうを破談にするよう言い渡し、貞姫を娶らせることにしたこと、そのほうが忠緒の将来のためだということを美佐緒に諭した。忠緒が南家の長男の役目を果たすためには朝鮮の女を嫁にもらわねばならない、そうすれば財産をきっちり相続させるというのである。また、貞姫のような門閥家の娘と結婚しなければ世間に嫡子として認められないので、本人が社会に出るうえでもそのほうが大いに有利だという理屈であった。美佐緒は聞けばなるほどそのとおりかもしれないとは思いながらも、忠煕の叔母があいだに入って何かたくらんでいるのではないか、夫が急に手の平を返したのもあの女のせいではないかという猜疑心もあったため、表向きは反対しながら、その交換条件として自分を正室として籍に入れてくれるようそれとなくねだってみた。しかしそちらは一日延ばしにするばかりで、聞き入れる気配もない。

「三十年共にしてきて、こうも人を信じられないのか！　いずれそうしてもよかろうが、今はそれでなくたってお前がこの家に入ったことで何かとうるさいんだ。そこへきてまた民籍の話が持ち上がってみろ。それなら代わりに家を大きくしてくれだの、財産を分けてくれだのとまた口々に騒ぎ出すに違いない。民籍問題はひとまずさしおいて、この婚姻問題から決めてしまおうじゃないか」

　これが夫の第一の口実だった。騒ぎ出すというのは、ほかに所帯を持たせてやっている年老いた妾や若い妓生妾、学生妾たちのことを言うのである。美佐緒としては、それもそうかもしれないという気もするが、しかし忠熙の叔母や忠熙兄妹のことを思うとやはり安心はできない。だいたいが、この家に移ってからはまるで笑い者にされるために朝鮮人の村に飛び込んできたようなもので、日々神経を逆なでされることばかりなのだ。朝鮮語も朝鮮人顔負けの美佐緒だが、奥の間に暮らす母子と下女を合わせた三人はすっかりのけ者扱いにされ、台所ででも部屋ででも寄ると触ると、

「倭媽媽《ウェママ》だか麻疹《はしか》だか［「倭」は日本の別称。「媽媽」は官吏の妾を敬って呼ぶときの呼称。昔の朝鮮では天然痘のことを「マ」とも呼んだので、ここでは「麻疹」にかけて皮肉を込めた言葉遊びをしているものと思われる］がさっきこんなことをして……娘のほうはまるで子猫みたいに人の顔色ばっかり窺って……」とひそひそ話をしてクスクス笑っているのを耳にすると、身の縮む思いがする。情けないことに、倭媽媽とそのお嬢さんがすることはなんであれ、下々の者にまでクスクス、ヒヒヒ……と気恥しいほど笑い種にされる。笑われれば笑われるほど媽媽とお嬢さんはいきり立ち、家の者に当たり散らす。当たり散らされるほどに陰口は日毎に勢いづいてくる。そのうえ、美佐緒の下女は言葉も不自由なものだから、

笑い者にされて片隅で縮こまっているばかりで、家のなかの噂話を偵察して媽媽に忠誠を尽くそうにも、聞こえてはいても聞き取ることのできぬ耳しかないため一人分の戦力にもならない。夫は三十年を共にしてきてそんなにも自分のことを信じられぬかと咎めるが、その立ち居振舞いまでもがあの連中とぐるのように見える。妾の家が三軒もあるので、南山町《ナムサンジョン》「現在のソウル中区に当たる地域で、明洞（ミョンドン）の南に位置する」の家にいたときも泊まりに来るのは月に一、二度にすぎなかったけれども、美佐緒がこの家に住み始めてからは夕飯が済むが早いか、忙しい忙しいと口癖のように呟きながらそそくさと逃げ出してしまう。下人もお針子もみんな追い出して新しく雇ってしまえば、気もせいせいするし意のままにもできようが、新官の暴政だと怨みを買うのではと思うとそうもできずに人知れず業を煮やすばかりで、八つ当たりするように、東京で卒業試験に励む息子に毎日のようにつらつら書き送る長文の手紙だけが唯一のはけ口であった。いつだったか、忠緒に届いた美佐緒の手紙にはこんなことが書かれていた。

「朝鮮式に所帯を切り盛りできないばかりか、衛生や趣味の面でもどうにも性に合わないのを知りながらも私が自分から進んでこの家に入ったのは、お前も知ってのとおり、自分の命よりも大切なお前たち兄妹の身の上を思い、また老後に一家団らんの幸福を全うするためにほかならぬことは言うまでもない。そもそも八重子を連れてこようとしたのもそのためであったが、お前の父親はにわかに反対に回り、お前の叔母をはじめとしてこの家の内外、上下の者はことごとく私たち母娘を目の敵にし、からかいあざ笑っている。千里も離れた異郷の地で三十年も苦労した結末がこのようなものになろうとは、誰が予想しただろうか……私たち二人はこのところ、食膳を前にすると妙に恐ろしい思いがして身震いし、安心してものも食べられないので、ちょくちょく二人で泥峴《ジンコゲ》「ソウル忠武路にある坂で、南山から伸びた山筋に当たる。当時京城（現在のソウル）一の繁華街であった明洞の俗称」に出かけて外食で済ましているのだと言えば、今のわが家の状況もだいたい想像がつくだろう。そのなかで憐れにも居場所を失った私たちの身の上がいかに惨めなものかということもわかってもらえるのではないか。こんな状況でもしもお前が八重子との結婚を断り、今私たちを始末しようとまでしている人たちの一味である李氏の娘を嫁にもらうと言うなら、私はもうこの世に望みはないものと思うしかない……」

　このような手紙を受け取ったとき、忠緒は母親の神経過敏だとは思いながらも、やはり自分たち母子三人の身の上を思うにつけ、涙を流さずにはいられなかった。彼は試験のことで頭がいっぱいだったが、それでも数日よく考えた上で、決然として父親宛てに手紙をしたためた。――第一に、結婚問題を中止してもらいたい、自分はどちらにも賛成しないということ。第二に、相続権を放棄して自由の身になるつもりだが、もし卒業後に流浪の旅に出ないのであらば研究を続けたいこと、第三に、母親と妹の孝子はどうにも考えが偏屈ではあるけれども、それでも一生を安楽に過ごせるよう責任を持って保護してほしいということであった。父子間で改まってこのようなお願いをするのはおかしいような気もしたが、忠緒は父親の態度を痛烈に非難し、しまいには食事すら安心してできないという美佐緒の手紙の切り抜きまで同封した。

　手紙を受け取った南相哲はとんでもないと地団太を踏んで怒り出した。美佐緒を叱ったり慰めてみたり、家の者たちを怒鳴りつけたりなだめたりしながら、とにかく家中をひっくり返したような騒ぎであった。美佐緒には夫の本音はわからなかったが、いくら息子相手とはいえ失言をしたことには自分でも気が付いた。しかし夫婦の仲はいよいよ疎遠になり、美佐緒の立場は宙ぶらりんになってしまった。でもこれしきのことで奥の間を返上して大人しく引き下がるようなやわな美佐緒ではない。むしろその嵐のような一件があってからは気兼ねなく食事もし、以前にも増して媽媽さま気取りで居丈高に振舞い、家の者を押さえつけた。

そのあいだに忠緒は卒業試験を終えたが、どうしても戻らないと言い張った。しかし父親はいざこざの収拾をつけるために家を任せるつもりだから帰ってこいと厳命するし、美佐緒は美佐緒でお前が帰ってこなければ自分は死人も同然だと訴えるので、とりあえず帰ってはみた。すると家のなかはひどいありさまである。所帯を構えることなど断じてできないとは思いながらも、とにかくまずは人心をなだめて家のなかや一家の体面を立て直すためには、しばらくのあいだ母親に南山町の家にいてもらうしかないと悟った。忠緒が将来結婚することになった際には、八重子でなくとも日本の娘か、さもなくば美佐緒がよしとする朝鮮の女子《おなご》を嫁にもらう、またそのときには、美佐緒を籍に入れて法的に忠緒兄妹の母親として正式に記載するという口約束を父子と美佐緒のあいだで交わした。こうして美佐緒は、恥を忍んで南山町の家にしばし追い出されることになったのである。

しかし、偶然の成り行きでひとまず事がこのように落ち着いたのは、相哲にしてみればむしろ好都合であった。相哲の計画というのはほかでもない、妻が死んだあとますます気になり出した忠熙の叔母を家に連れ込んで忠熙兄妹を任せ、一安心しようというものだが、こうなったからには忠緒を先に結婚させてから、ゆっくりと予定どおりに事を運ぼうという気になった。ところが一方の忠緒にしてみれば、父が強引に婚姻を勧めるばかりでなく、自分が結婚しなければ父親が家庭内のごたごたの収拾を口実に忠熙の叔母と結婚するはずで、そうなれば母親がじっとしていようはずもなく、辛うじて収まった修羅場がまたもや持ち上がるのは目に見えている。ならばいっそのこと自分が結婚してしまえば家のなかはひとまず落ち着くだろうという考えから、美佐緒にも知らせずに父親に貞姫との縁談を承諾したのであった。もちろんそのときの忠緒は、父親の言うような、祭祀を引き受ければ財産を相続させるだとか、門閥家から嫁をもらいその家柄を笠に着て庶子に対する世間の冷遇を退けるなどといった問題には耳も貸さなかった。忠緒の心をそれほどあっけなく動かしたのはただ一つ、貞姫の姿態であった。最初は写真で、その後貞姫が卒業した学校の謝恩会の席で、同じ学校の下級生である末の妹（忠熙の妹）について行って見かけたのである。新春の卒業生紹介欄に貞姫が選ばれて新聞紙上に大きく掲載されたのも、動機の一つであった。

しかし、事がこのように決まったことをあとから知った美佐緒は、空が崩れ落ち地の底が抜けたような衝撃を受けた。母娘だけを巧妙にのけ者にして飢え死にさせるつもりなのだと慌て始めた。そして、ほかの誰よりも、信用していたのに産みの母を裏切った忠緒にすさまじい権幕で怒りをぶつけた。それと同時に、忠緒の心を翻そうと必死になだめすかしてもみた。しまいには、東京ですでに八重子と関係を持ち身ごもらせたという噂まで立てた。それでも父親は鼻で笑うばかりであった。夫婦の仲、母子間の亀裂は広がる一方で、あれほど信頼していた忠緒に対する父の態度までもが徐々に冷ややかになっていくようであった。それは父親の背後に忠熙の叔母がついてそそのかし、目の前には成人しつつある忠熙兄妹がいるからでもあったろう。ようやく尻を落ち着ける気になっていた忠緒は、またもや気もそぞろになってくる自分に気づいた。母親と妹の庇護を怠ってはならぬことを忘れたわけではない。ただ、芸術家気質の忠緒は、父親に命じられるままに実業系に進んで経済学を勉強するうちに社会問題にいっそう力を入れ始め、今、思想的な転向期のなかで懊悩していた。それだけに、自分の数奇な運命と「ブルジョワジー」の子弟としての境遇とを、極めて鋭く批判的に顧みていた。そんなわけで、父親のほうは初めから理解もなければ問題もないが、美佐緒のほうは息子が家庭さえ穏やかであってくれれば相続をしなくてもかまわないなどと言って父親の肩ばかり持つのを理解できないばかりか憎らしく思った。そんななかでも忠緒は強いて貞姫と結婚をしたのだった。忠緒としても、上には生みの親が、下には腹違いであれども三人の弟妹たちがいるとはいえ、温かい言葉一つかけてくれるような人がいるわけでもなく、四、五年の他郷暮らしで荒んだ心をそっと癒してくれる異性が恋しかったのだ。結婚式は忠緒が耶蘇教を嫌うので、貞姫の卒業した学校でかなり盛大に挙げたが、美佐緒と孝子はとうとう最後まで姿を見せなかった。孝子のほうは子どもながらに見物がてら来たがっていたのを、美佐緒が箪笥に鍵をかけて出してやらなかったのだという。

*

母子は萎《しお》れた様子でそれぞれに何か考え込んでいた。

（……もちろん、根本的な解決策ではない。それならば、一体根本的な解決策などあるだろうか？しかし俺の結婚が、結局は父さんに都合よく利用されただけだとしたら……いや、利用されようとどうだろうと、一日も早く母さんに家に戻っていただくに越したことはない。もちろん根本的な解決策にはならないが、それでもどうしても父さんが結婚すると言うなら、財産を分けてもらって家を出ればいいんだ！……そのあとは？――そんなこと俺にわかるものか……やっぱり初めから結婚もしないで流浪生活でもしていれば良かったものを、なぜこんなことに……）

忠緒は心の内でひとりこんなことを考えながら座っていた。忠熙の叔母と父の結婚に反対するのは母親のためである。自分の結婚の件で胸を痛めさせてしまったので、せめてもの慰めになれば――と、思ったのだった。

「なんといったってお前まで逃げ出してしまっては、あたしたち母娘はどうなってしまうんだい！」

美佐緒は何を考えていたのか、さっきとは打って変わり、しょんぼりとこんなことをこぼす。忠緒の耳にも心細く響いた。

「しかし、ここにいたところで今の僕の立場じゃあどうしようもないじゃありませんか。僕の立場も少しはわかっていただけませんか」

忠緒も懇願するような声で一言そう言った。

「お前こそ、あたしの立場をちょっとでも考えてくれれば、もう少ししっかりしてどうにかやりようもあるんじゃないかい！　お前さえどんと構えて家の舵を取る気になってくれさえすれば、何も心配することはないんだが……だけど、もうあれもこれもすっかり諦めたよ。どっちみちお前を頼りにして生きていく気など、もうみじんもないんだから……」

と言うと、美佐緒はため息をついてうなだれる。

「ですから、僕はそもそもいないものと思ってくださらなければ。しかしいずれにしても、母さんがすぐにでも家へ戻って舵を取ればそれでいいんじゃありませんか。こうして外にいらっしゃるから、おかしなことになるんでしょう」

「お前もいない所へ何しに帰れというんだい。今帰ればまた同じことの繰り返しさ。帰る帰らないが問題なんじゃない。まずもってあたしを籍にも入れてくれないのを見てごらん！　この家にいようがあの家にいようが、そんなことはどうだっていいんだ。家なんてほかにいくらでもあるんだから、私が戻ればこれ見よがしにあの女を連れて別宅を構えるだろうよ」

美佐緒の言い分ももっともだと思われたが、その実、美佐緒が本家に帰らないのは、どのみちこうなってしまったからには、不便で馴染みのない朝鮮式の所帯よりこの南山町の家のほうが居心地がいいからだということを、忠緒が知らないわけではない。オンドル部屋よりは、寒くても畳《タタミ》の上で寝起きするほうがよほど気持ちが楽なのだ。

「それでもとにかく家へ戻ってどっかり腰を据えてください。そしたら父さんのほうでも腹を決めて、民籍の問題だって解決するでしょう……それを見届けてからじゃないと、僕も安心してここを発つことができませんから……」

忠緒はもう一度勧めてみた。美佐緒は黙っていたが、ややあって、

「……あの女は今でも毎日来てるんだろう？」

と、またもや忠煕の叔母のことを訊く。その様子からして、場合によっては戻る気になったようなので、忠緒はこの機会を逃すまいと、

「ここのところ、あまり来られないようです。僕に言わせたら、特段怪しいところもありませんけど。来たからどうだというのです？　余計な心配ですよ……そんなに疑わしいなら、早く戻られてはいかがですか？」

と言いながら母親の顔色を窺う。

「なんだって？　あたしがなんにも知らないとでも思ってるのかい？　あの女と毎日のようにべたべたしてるそうじゃないか！　お前まであたしを騙そうってのかい！」

美佐緒がまた声を荒らげた。

気まずくなった忠緒は、恨めしげに睨む美佐緒の視線を避けながら、

「そんなはずないでしょう？　僕がなんのために母さんに隠すんですか。いつも言ってることですが、子どもたちの世話をする人がいないので、あちらのお祖母さんがちょくちょくよこすだけですよ。それをこちらが疑って問題にするから、むしろそのとおりにしてやろうという気になるんじゃないですか……今更父さんが結婚するはずがないでしょう」

と、膨れ上がる母親の感情を落ち着かせようとした。

「まったくお前こそ間の抜けたことばかり言ってるよ。忠熙の母親が臨終のときに実家の母親も含め三人を集めて、自分が死んだあとは妹と暮らしてほしいと遺言を残したという話を、千書房《チョンソパン》［書房はここでは官職についていない者を呼ぶときに苗字の後ろに付ける呼称］がこの前来て話してくれたというのに。千さんの話だと、実はもうとっくの昔からあの女とできていたのを、忠熙の母親は自分の病はもう見込みがないことを知って、妹との関係を内心喜んだって言うじゃないか！　死んだあとのことまでそれほどしっかり地固めしておく人もいるってのに、まだぴんぴんしてる母親が、一人娘が身一つで嫁に出されるのを黙って見ていろというのかい！」

と、怒りに震えて歯ぎしりする。

「あ、まさか孝子を嫁にやれないかもしれないと心配なさっているのですか？　父さんが、孝子だけは自分の子どもじゃないと思ってるとでも？　それも病気ですよ、病気！」

と、忠緒は不服そうな表情で目を逸らす。

「どれだけ持たせてくれるもんだか！」

「だから、それが今からそんなにも心配ですか？　母さんの今の財産だけでも、もう一人くらい娘がいても十分嫁にやれますよ。ひとたび嫁に行けば、心配しなくたって立派に暮らしていくでしょう。それはともかく、千の奴がどうしてここに出入りしてるんです？　あんなけしからん奴に人の家の何がわかるってんだ、あれやこれやと余計な口を挟みやがって。千も千だけど、あんなおべっか使いの言葉に踊らされる母さんもお気の毒なもんですよ！」

　千というのは、もとは南相哲の会社の給仕の子だったが、出世して事務員にまでなった青年である。そんなわけで、南氏の家には本家か妾宅かを問わず幼い頃から出入りしているだけでなく、敏捷で顔かたちも整っていることから奥さま方に可愛がられているが、忠緒には天下の奸物《かんぶつ》にしか思えず、言葉も交わしたがらなかった。

「なんにも知らないお前のほうがよっぽどおめでたいよ、千さんのどこが悪いんだい。とにかくこの冬までには結婚式を挙げるんだとさ！　まずはあたしから追い出そうと縁談を混ぜっかえしておいて、お次はお前に嫁を娶らせて黙らせ、アメリカへでも東京へでも島流しにしてから、公会堂で結婚式だかばか騒ぎだかをするつもりらしいよ！　いい歳してみっともないったらありゃしない！　幸せに暮らすのは勝手だが、今に見ておくがいい！　あの連中、このあたしがただじゃおかないよ！」

　美佐緒は青ざめ、目に涙まで湛えている。

「だからそんなことは絶対にないと言ってるんです。神経質になりすぎて、ありもしない話をつくり上げて心配してるんですよ！」

「うるさい！　お前の話など聞きたくもない！　お前は母親のことなんざちっとも目に入らないん

だろう！　母さんが飢え死にしようが路頭に迷おうがそんなことはまるでおかまいなしで、父さんの女遊びの肩を持ってればいいじゃないか。この期に及んで何を言うんだい？　朝鮮人の血を引く奴らはみんなそんなもんかね……！」

　かっかと怒っていた美佐緒は、もう居ても立っても居られない様子でがばっと立ちあがり、中庭に面した引き戸を開け放って縁側《テンマル》に出ると、柱に背をもたせかけて座った。

　晩秋の薄ら陽が、ガラスのように磨きのかかった床の上にのどかに差し込んでいる。忠緒は腕組みをして部屋のなかにじっと座り込んでいたが、やがて晴れ渡った青空を見上げて長いため息をついた。彼の耳元には、「朝鮮人の血を引く奴らは……」という母親の刺々《とげとげ》しい言葉の響きがまだ残っていた。しかし、再び口を開いて何か言うだけの関心も気力もなかった。ここまでもつれにもつれた家庭……家の者が皆ばらばらになってそれぞれに足掻き、いがみ合うこの状況を、どうすればうまく立て直すことができるのだろうか？——いくら考えたところで、それは自分の手に余ることだった。

「あれもこれもすべてを投げ出して、自分ひとりだけここから抜け出せたら……」というのがいつも最後に突き当たる答えなのだが、あとに残される新妻と母を思うと、鳥が飛び立つようにふらりと旅立つわけにもいかない。

　母親に会えば口にするのも憚られるような父の悪口、父に会えば氷のように冷ややかな冷笑と母に対する叱責——それだけでも、忠緒がこの半年余り家にいるあいだにみるみるやせ細るには十分であった。

　忠緒は庭を向いて座る母親の後ろ姿をぼんやり見つめていたが、やがて帽子を取ってかぶり、立ち上がろうかどうしようかとしばらく落ち着かぬ様子でいた。

「帰るのかい……?」

　寒さのせいか、肩をすぼめながら部屋に入ってきた美佐緒が息子の帽子に気づき、そう尋ねた。

「ええまあ、そろそろ帰ろうかと……」

　忠緒はそこにいるのも気が滅入ったが、なんとしてでも母親を家に連れ帰ろうと一大決心をしてやって来たことを思うと、いざ立ち上がるのもためらわれた。

「もうしばらくいらっしゃい。ちゃんと話しておきたいことがあるから……」

　美佐緒はそう言って息子を引き留め、

「そこに誰かいないかい？　あたしの羽《ハ》織《オリ》を持ってきておくれ」と、寝室に向かってそう叫んでから、元いたところへ戻って腰を下ろし、煙草盆を引き寄せた。

　すぐに孝子が、袖の部分を揃えたぐらいで無造作に畳んだ綿入りの羽織を持ってきた。部屋のなかは火の気もあり、秋が深まったとはいえ昼間はそう寒くもないのに、それでも美佐緒はじっとしていると綿入りのものを羽織りたくなるらしい。しわを伸ばす薬や白粉でも隠しきれない顔の小じわは致し方ないが、それでも元が元だけに、ぱっと見には十は年をごまかせそうである。

「母さんももう五十路だったかな?」と内心で思いながらそれとなく母を見やる息子の目にも、十二、三歳のときに見た麗しい姿態の面影がまだどこかに残っているようであったが、それでもやはり老いの影は否めない。忠緒はひとり照れくさくなってうつむき、心の内で笑った。

　忠緒は乳呑み児の時分から生みの母の元を離れ本妻の手で育てられたので、美佐緒のことを「叔母さん、叔母さん」と呼んでいた。それで週に一、二度ほどチンチン電車に乗って叔母さん――

綺麗《イッピ》な叔母さんに会いに泥峴に出かけるのが大きな楽しみであり、また実際に叔母さんほど自分を可愛がってくれる人もいなかった。今になって思えば、実母とばかり思っていた本妻には甘えられなかったのに、幼いころからの習慣で小学校二、三年生になってもまだ叔母さんの膝には遠慮なく座っていたし、叔母さんのほうでも自分を甘やかしてくれた。綺麗な顔ににこにこ微笑みを浮かべ、目に入れても痛くないというようにもうだいぶ大きくなった自分をぎゅっと抱きしめてくれるときには、まだ物心つく前の忠緒はそれが同じ血が通うからだとも知らず、ただその綺麗な顔を見ているだけでも嬉しくていい気分であった。それほど幼い忠緒にとって美佐緒は、生みの母と知りそう呼ぶようになる前からすでに、深い印象と愛着とを与えたのだ。

「そのイッピ叔母さんが今では……」

忠緒は幼い頃のことを思い浮かべながら、自分の母親を改めて見つめた。そこには、十数年という長い歳月が小じわとともに刻まれていた。それは決してあの頃のように美しくて親しみを感じさせるものではなかった。

自分で産んだ息子を本妻に捧げるときには、今でこそ世慣れした美佐緒といえど寂寥とした異国の山河である大韓《テハン》［ここでは大韓帝国の意］の地——南家の墓に入ると心に決め、名残惜しい故郷に別れを告げて喜んで南家の人となったのだ。本妻が渋々ながらも忠緒を自分の息子として籍に入れたのも、忠緒の父親がそれだけ美佐緒を寵愛していた——いうなれば美佐緒の全盛期だったからである。しかし元々子を産めない体ではない本妻に忠熙が生まれてからは、南家の財産が全て自分のものになることを夢見ていた美佐緒としては、いつかこのような日が来るのではないかと心配していたのだった。

それから十年余りの歳月が流れた。忠緒が十三歳、忠熙が九歳、孝子が七歳、忠熙の妹が五歳の頃のことである。その時分から次第に家の中がごたごたしてきた。子ども同士の喧嘩が大人へと飛び火するのは世の常である。心に秘めていた不平不満がそれぞれにもっともな理由で噴出した。忠緒が十三歳になった年の春、公立の普通学校を卒業すると泥峴にいるイッピ叔母さんの家へ連れて行かれ、

「お前を産んだ本当のお母さんはあたしだよ！」と、美佐緒の口からようやく告げられたときには、薄々そうではないかと疑っていた忠緒は青天の霹靂のように驚きながらも、こんなに嬉しいことはなかった。その日は赤飯を炊いて食べた。大人たちのあいだでどんないざこざがあったのかは知る由もないが、明くる日から忠緒はまだ幼稚園に通う妹の孝子を連れて、日出《イルチュル》小学校［京城日出公立尋常小学校。南山町にあった日本人小学校で、朝鮮で最高水準の小学校と評され、王族の子弟など一部の朝鮮人も通っていた］の五年生として通い始めた。和服を身にまとい、学校では矢野忠緒《シャチュンソ》［矢野忠緒の朝鮮語読み］を名乗り始めた。孝子は初めから矢野という母の苗字を使っていた。南忠緒がほどなく日本語で「ヤノ・タダオ」と呼ばれるようになると、忠緒は初めのうちは自分の名前じゃないような気がして、きょとんとしたものである。南氏の家系の忠緒の代の行列字《ハンリョルチャ》［同じ血族において祖先から何世代目であるかを示すために名前に使用される字。回し字（トルリムチャ）とも言う］は元来「熙」の字であったが、それを特別に忠緒と名付けたのは、美佐緒《みさを》の「緒」の字を入れてほしいというたっての願いを聞き入れてのことだという。だから忠緒の兄弟だけは、「忠」の字を行列字として、忠緒、忠熙と名付けることになったのだ。「南忠緒」という名前も、日本読みで「ミナミ・タダオ」と呼べば日本人の名前のようだという点も考え合わせて付けたのだということは、忠緒が後日、W高等普通学校［一九一一年発布の朝鮮教育令以降、朝鮮人の通う中等学校］から京城中学校［一九〇九年ソウルに開校した日本人中学校］へ転校したときに、父親が得意げに話して聞かせたのだった。

ともかく、かくしてあの家からこの家へと連れ回され、あの名前この名前を名乗っているうちに

忠緒は二十七歳になり、東京へ行って帝国大学経済科を卒業して結婚もし、青年紳士になったのであった。彼は今では「シヤ・チュンソ」でも「ミナミ・タダオ」でもない、「ナム・チュンソ」であり、P・P団の有力な頭《かしら》――というよりも、その運動費を一手に賄う、貴重な拾い子である。

　孝子が母親の後ろに回って羽織《ハオリ》を着せてやってから部屋を出ようとすると、美佐緒は娘を引き留めて座らせ、兄にお茶をいれてやるよう言った。

「昨日、家に寄らなかっただろ？　父さんから訊かれたよ」お茶をつぎ終わると兄には一言も声をかけず、つんと澄まして立ち上がろうとする妹を忠緒は見やった。

「学校が遅かったものだから、とてもじゃないけど行けなかったわ」

　孝子は背を向けかけて足を止め、母と兄を交互に見下ろしながら答えた。孝子は再びこの家に移ってからは、永成門《ヨンソンムン》［徳寿宮の北門。一九二〇年に日本によって取り壊された］の内側にある学校までずいぶん遠くなってしまったが、それでも学校が終われば遠回りをして父に挨拶してから帰るようにしていた。父からそのように言いつけられていたし、美佐緒にとっても悪いことではなかったので止めもしなかった。言ってみれば、美佐緒があちこちに送り込んでおいた回し者の一人というわけである。ところが、昨日からは一転して、娘に行くなと言い出した。それはほかでもない。それまでは週に一度は立ち寄っていた夫が、ここのところ十日、半月と過ぎてもなかなか顔を見せないからだった。そればかりか、以前は孝子が学校から帰る時刻になると、忠煕の叔母は本家に来ていたとしても孝子を避けて帰るか、さもなくば孝子が帰ったあとに夕方から来るなりして、とにかく孝子とは顔を合わせないようにしている様子だったのが、今や孝子を避けるどころか、娘の前で父親と忠煕の叔母が夫婦よろしくいちゃつく様をわざと見せつけることさえあると聞いたからであった。これもまた南相哲に何かしらたくらみがあってのことに違いないが、それからというもの、孝子本人も家に行きたがらなくなり、美佐緒のほうもいっそう怒りに震えてもう二度と行くなと言いつけたのである。それに、娘まで行かなくなれば、夫をこの家に引き寄せる方策にもなりそうだった。

「じゃあ、今日は学校が早かったのかい？」

忠緒はカフスをたくし上げて腕時計を覗き込んだ。まだ三時前である。

「体の具合が悪いというから、今日は休むように言ったんだよ」と、母親が代わりに弁明する。

「流行り風邪のようだね。お医者さんには診てもらったのかい？」

忠緒は半ば礼儀上そう訊いたものの、さほど苦しんでいる様子もないのを見て取ると、

「でも父さんが待っているかもしれないから、出かけられそうならあとでちょっと挨拶に行っておいでよ！　何かいいことがあるかもしれないし……」と言い、かすかに微笑んだ。

「ええ！」と、孝子はその年ごろの娘たちがよくするように、いいこととは何かと問い返しもしないで、つんとして自分の部屋へ戻ってしまった。

「一日二日行かなくたってかまうものかい。風もあるし、外へ出てこじらせたりしちゃ大変だからね。そんなにかわいいんなら自分から会いに来ればいいのさ！」と言う美佐緒の金切り声が、遠く孝子の耳にまで届いた。

「これだから駄目なんだ！」忠緒は心の内で独りごちた。少し体がだるいだけで、「今日は学校を休みなさい、ね」と、十歳くらいの小さな子どもをあやすように甘やかして育てるものだから、学校だってこの春には終えているはずが一年も先延ばしになったのだ。本家にいた半年間は人目もあるので幾分ましだったが、また別々に暮らし始めてからは孝子もだらけ始め、兄に対する態度もい

かにも冷ややかであるのに忠緒が気づかないわけもなく、密かに心配もしているのだった。しかし、だからといって今の状況では、前のように思ったことを遠慮なくずけずけと言うのも憚られた。孝子は姿や声、仕草が母親にそっくりであったが、ひどく甘やかして育てられたうえに母に任せっきりだったので、父にはまるでなつこうとしないのが忠緒にとってはまたぞろ不満であった。言葉一つ取っても、朝鮮語はひどいもので決して使おうともしない。朝鮮の服など果たして着たことがあるのだろうか。名前は今では南孝子《ミナミタカコ》［底本では「タアコ」とあるが、雑誌『東光（トングァン）』掲載時の初出に従い「タカコ」とした］を名乗っている。

　立派な親の元に生まれ、同じ親に育てられたというのに、親は親、きょうだいはきょうだいでそれぞれすれ違いができて日毎によそよそしくなるのが、気性が激しく磊落《らいらく》な性格の忠緒にとっては寂しくもあり残念にも思われるのだった。それはひとえに自分が結婚して親兄弟の元を離れ独り立ちするようになったことや、あるいは母親の勧める娘を断って美佐緒の嫌がる朝鮮人の女を嫁にもらったことだけが大きな理由なのではなく、曰く言い難い微妙な感情がそれぞれの心の内にうごめいているからではないかとも、忠緒は思うのだった。

（……そこへきて利害関係がぶつかるもんだから、どうにもなりやしない……）

　忠緒は最後にそんなことまで腹の内で叫んでみた。

　母子は依然として静かに座っていた。お互いに何か話したいが、どう切り出せばよいのかわからず迷っているようである。それに美佐緒としては、息子の心中がはっきりつかめないものだから、どうすればうまく本音を聞き出せるのだろうかという懸念が先立つのである。

「這い這いする赤ん坊を井戸端にほっぽり出しておくようなもの」という比喩――そんなものはこの場合には当てはまらないかもしれないが、まだ手なずけていない回し者を敵陣に送り込んだような不安が美佐緒にあるのは確かだった。こう言ってしまえば角が立つだろうとは重々承知だけれども、朝鮮人ばかりが集うところへ送り込んであるのが、自分の子どものなかでも最も朝鮮人の色に染まっている忠緒であるというのは、どう考えても不利であり、気にかかる。そのうえ、父親には父親らしい威厳と財力があり、嫁は嫁でそそのかしたり焚きつけたりするだろうから、自分たちだけでぐるになって何をするかわかったものではない。どう考えても自分たち母娘だけをのけ者にして、コソコソと何か陰謀をたくらんでいる気もする。

（事によれば、あたしが本当の母さんだということすら信じてないのかもしれない。それだから、家のことは忠熈にそっくり任せるつもりだから自分はいないものと思ってくれと言うんだ。同じお腹から生まれた実の兄弟だと思ってるからこそ、あんなにも信じ切ってすっかり譲り渡してしまおうと言うんだし、孝子よりも忠熈兄妹のほうをかわいがっているんじゃないか？）

　そんな疑いが生まれたのは、貞姫と結婚したときからである。忠熈の叔母が奸計を弄して貞姫を連れてきたところを見ると、表向きはずっと前に一度婚約が破談になったのをなんとかして連れてきたのだということになっているが、実際には忠熈の叔母と貞姫とは何かしらの繋がりがあるか友達同士かで、二人で組んで口裏を合わせ、南家に入り込んで財産を手に入れようという魂胆なのかもしれない。とにかく、貞姫が南家に入るに当たって尽力してくれたのだから、貞姫が忠熈の叔母に反対するはずがなく、二人は裏では親しくしていても表向きはあくまで嫁姑関係を装うだろう。となると、二人のあいだに間抜けのように挟まれている忠緒は、女の口車に乗せられて縄で縛られた石ころも同然になってしまうはずで、嫁を間違ってもらったばかりに誰よりも頼りにしていた息子を失ってしまうのかと思うと、はらわたが煮えくり返る思いである。

とにかく貞姫と忠熙の叔母のあいだで何がたくらまれているのかをつかむためには、忠緒に諭されるまでもなく、四の五の言わずに、まずは奥の間にどっかと腰を据えるのが一番であることは美佐緒にもとうにわかってはいるのだが、息子が美佐緒に早く帰ってくるよう勧める一方で、あの親爺が忠熙の叔母との仲の良さをわざと娘に見せつけるのはまたどういうことなのか。それに、「僕たち夫婦が家を出ますから、家へ戻ってください」「忠熙の叔母さんは最近はあまり来やしませんよ」などと言うのは、戻ってこないように先手を打って内外に壁を立てる術策ではないか？　忠緒までもがあやつらとつるんで一丁前にそ知らぬふりをしているのでなければ、貞姫の奴に操られているのかもしれない……。

（……いずれにしても、とにかく帰ってみるのだ！）

美佐緒はああでもないこうでもないとごちゃごちゃ推測するのを止めてそう心を決め、ようやく息子に切り出した。

「だけど帰るも帰らないも、父さんの意向はどうなんだい？　もう半月もこちらにはまるでいらっしゃらないけども……」

思いのほか淡々とした語調である。

「どうもこうもありませんよ。まだじゃじゃ馬のような貞姫を連れてきて一家の奥方にしたのだから貞姫本人も困ってるでしょうが、貞姫の実家にも顔が立たないといつもおっしゃってますよ」

忠緒としてはそう答えるほかなかった。実のところ、父親に「母さんのことはどうしたらいいでしょう？」と尋ねると、「まあ、放っておきなさい。そのほうが本当はお互いにいいんだから」と答えるだけである。それに近ごろ忠緒の耳に入った噂がどこまで事実かは知らないが、父の会社の社員で忠緒が天下の奸物だと思っている千の妹を家に迎えようと父が躍起になっているだとか、千書房だか千某《なにがし》だとかいう奴も目の色を変えて自分の妹を父とくっつけようとしているらしいとかいう話を考え合わせると、父の胸中もだいたいはわかりそうなものである。だが、とにかく自分の母があゝだこうだと騒ぎ立てるほど忠熙の叔母が大きな問題ではないのもまた事実なのだ。

「そうかい、そうやって奥方をさせてるから、あの女と早く結婚しなきゃというんだね！」

「またそんなことを……。父さんがこちらへあまりいらっしゃらないのだって、母さんを早く戻らせようとしてるんですよ。母さんのほうから折れて帰っていらっしゃるようにと」

　忠緒は白々しく応じた。美佐緒は黙っていた。言われてみれば、それもそうかもしれないと思ったのだ。

「だからとにかく家へ帰りましょう。そうすれば自然と籍にも入れてくださるでしょうし、来年の春には孝子を念願どおり東京に遣って音楽学校に通わせるお考えのようですから」と、忠緒は聞こえのいい話をあることないこと並べ立てた。

「父さんがなんとおっしゃろうが……とにかくこちらが折れて家へ戻るにしても、籍に入れるという承諾か証書でももらわないことには動くつもりはないよ……」

「孝子を音楽学校に遣るというのは、僕たちに東京旅行を勧められたときに出たお話です」

「それじゃあ民籍問題は？」

「はっきりとはおっしゃっていませんが、頃合いを見て手続きするということでした」

「頃合いだなんて、こんなことも吉日じゃないといけないってのかい？　フン！……お前たち兄妹はみんな籍に入れてあるのだし、今更なんの心配があってまた民籍問題を引っ張り出して騒ぐんだと、ついこないだいらしたときも言ってたよ……お前ときたらまったく頓珍漢《とんちんかん》なことばかり抜かして」と、美佐緒はまたも苛立ちがこみ上げる。

「事実、今頃になって民籍も何も、そんな形式なんてどうでもいいじゃありませんか。僕はむしろ民籍なんてないほうがかえって自由だったのにと思いますよ……」

「バカおっしゃい！　ともかく、もう何もかもうんざりさ。あたしゃ孝子と二人で暮らすから、あたしとあの子の分け前だけはきっちりいただくよ」と癇癪を起こした。

「どうぞ好きになさるのも結構ですが、父さんがそんなことを許すはずもありませんし、孝子だっていつまでも嫁にやらないわけにはいかないでしょう？」

「何が許さないだ！　そのつもりでお前を追い出して、孝子は東京に遣るつもりなんじゃないか。そうすればあたしひとりこの家にしがみついてるはずもないと思って、出ていけというつもりなのさ。畜生！　人でなし！　朝鮮人なんてみんなおんなじだ。義理のない奴め、くたばっちまえ！孝子が東京に行ったらあたしもついて行くと思ってそんな悪知恵を働かしてるんだろうよ！　だけどね、十万ウォンはよこさないことにはこっちだって承知しないよ！　カネさえくれれば別れてやれないこたあないんだ。孝子も離籍させて、どこへでも行ってやるよ！」

　急にヒステリー症が出たのか、なりふり構わず口汚く夫のことをののしる。忠緒はしかめっ面でじっと座っていた。いくら憤慨したとはいえ、息子の前でよくもこんな悪態をつけるものだと思った。

「……朝鮮に来てもうすぐ三十年。あたしにだって人並みの才覚はあったさ。それをなんのためにこんなところで三十年も埋れていたと思うんだい？　お前たち二人がいたからさ。お前たちさえいなけりゃ、あたしゃとっくの昔にどうにかしてたよ。お金を稼いでりゃ数十万ウォンは貯まってただろうし、同じ嫁ぐにしたってこんな朝鮮人のもとで一生を無駄にはしなかっただろうよ。使用人にだって、三十年も仕えて暇を出すときたら十万ウォンはやるもんさ。母娘の扶養費と孝子の嫁入り費用とで十万ウォンなら安いもんじゃないか！　……結局、たった十万ウォンのためにこんなところで大事な人生を無駄にしちまったのさ！」

　心に積もっていた思いをうら悲しげにぶつける美佐緒は、いつしか涙が滲んだのか、袖で目頭を押さえる。

　母の境遇からすればそのとおりなのかもしれないと思いながらも忠緒は、

「しかし、すでにこうなってしまったものを今更どうしようというのです？　母さんがそんな調子だから、僕も孝子も家に愛着が持てず、父さんに対してもよそよそしくなって、お互いにぎくしゃくするんじゃありませんか？　……今すぐ十万ウォンをやるだなんて、誰がそんなことを言ったんです？　これまでのことは水に流して、少しくらい気に入らないことがあってもグッと我慢して家にいらっしゃれば、十万ウォンが将来百万ウォンにならないとも限らないじゃありませんか？　家に帰ればすべてが片付くものを、ああだこうだとひとりいたずらに気を揉んでいるんだから、僕には気が知れませんよ……」

「そんなもの、わかりきってるじゃないか？　わからないというなら、今に見ててごらん！　きっとわかる日が来るさ！　……明日か明後日にでも戻るかもしれないが、あたしを籍に入れてあの女を追い出すのでなけりゃ、少なくとも十万ウォンはもらって出てくつもりだ。そして東京へ行って、孝子には矢野家を継いでもらうと決めたんだ。二人のうちお前のほうを父さんが連れてくんなら、孝子はあたしが連れてったって問題はないだろう。孝子まで取られてしまっては、あたしだって耐えられないからね……孝子もそうすると言っている。……だけど、お前も今はしっかりするときだよ。誰がお前のことをそんなに大事に思ってくれるものか！」

美佐緒の話しぶりからすると、もうずっと前から母娘で話し合っていたようである。

「そうなればそれはそれで結構なことですが、父さんが聞き入れるかどうか」

「何を？」

「孝子のことですよ！」

「そんなの、図々しいにもほどがあるだろう！　お前ひとり奪えば十分じゃないか、それを孝子まで？　孝子のことに関しては、お前にも父さんにも金輪際口出しはさせないつもりだよ！」

「だからね母さん、賛成とか反対とか何か口出しをしようってわけじゃなく、誰だって自分の血筋の人間は自分で引き取って面倒を見てあげたいと思うものだと言ってるんです。母さんが日本人の婿を取りたいと思うのも、父さんが朝鮮の自分の膝元に引き留めておきたいと思うのも、同じことじゃありませんか」

夫も息子もいなくなってしまえば、娘ただひとりを頼りに生きていくほかないという母親の気持ちがわからないわけではないが、忠緒はそんなことを言ってみる。娘にせよ息子にせよ、民籍を抜いて母方の姓を名乗らせ、いわゆる婿養子というのをもらって女のほうの家を継がせるなど朝鮮の風習ではあり得ないことであり、父親がそんなことを許そうはずもない。忠緒もまた、なまじっか日本の高等教育を受けた下級官吏だったり、間違ってたちの悪い輩に引っかかるよりは、朝鮮でそれなりの青年を選ぶほうがよほど容易であり、本人にとってもそのほうが良かろうという気がした。

「お前からしてそんな考えだから問題が起こるんじゃないか。それじゃあ朝鮮人を婿養子にしたら、そいつが大人しく暮らすと思うかい。そっちが勝手に朝鮮人の嫁をもらったんだから、あたしだってこちらの好きなように日本人の婿をもらうと言ってるだけじゃないか、なんの文句があるんだい！」

「だから、別に駄目と言ってるわけではありませんが……」

　忠緒はやはり気に入らない様子でそんな煮え切らぬ返事をしながらも、内心では、

（……いや、もしかしたら父さんも、面倒だからこの際そうしてしまえと言うかもしれない。千の妹だの忠熙の叔母だので今はそれどころじゃないんだし……）とも思った。還暦を目前にしているというのに、家のことや子どもたちのことはまるで眼中になく、そんなことにばかりうつつを抜かしているのかと思うと、母親が悪態をつくのももっともだという気もした。

「家族四人がいよいよ散り散りになってしまうのだろうか！……でも、どのみち遅かれ早かれそうなる運命だと思えば、一日も早く終わりを見たほうがかえってすっきりして良いのかもしれない」と、忠緒はまるで他人事のように考えてもみた。それはまるで、溺れかかった人たちがお互いを放すまいとしながらも、それぞれがわれ先に助かろうとしてもがくうちに、気が付けば握っていた手の指がほどけていたようなものであった。

（……反省も批判もすることなく、現実をありのままに受け入れて、不平を言わず月並みにこぢんまり生きていくというなら、母さんや妹くらいは安楽に暮らさせてあげられようが……それは僕にはどうにもならないことなのだ。……別れたら別れたで仕方がない。止めようとするのは誰だ、残念がるのは誰だ……！）

忠緒はそんなことも思うのだった。そして、目の前に座る美佐緒をちらと横目で見やった。散々激昂したあげくに力が抜けたのか、火鉢の前に両腕で頬杖をついてしょんぼりとうずくまっている。

「母さん、もうあれこれ考えず、僕を信じて一つ屋根の下で一緒に暮らしましょう。貞姫のことは多少物足りなく感じているでしょうが、うまく教え込めばきっと母さんも楽に暮らせるようになりますよ。そしたら孝子だって本人の望みどおり音楽を学んで、自由に自分の運命を切り開いていけるでしょう。よりによって婿養子だなんて。そのうち朝鮮人だろうと日本人だろうと、本人の気に入り、母さんのお眼鏡にもかなう婿が見つかりますよ――」とでも一言言ってやれば母親も大いに喜び、たちまちすべてがうまく回り始めそうな気がする。しかし今の忠緒は、それが言葉になって出ないのだった。

「やっぱり、もう耐えられないよ。何よりもう寂しくてやりきれなくって、これ以上はこの家にいられそうにない。思えば三十年近くもよくもこんな家にじっとしていたものだと、今更ながら自分でも呆れるねえ」

美佐緒は何を思ったのか、感無量という顔でそう話す。忠緒は無言のままである。美佐緒がまた続けた。

「明日か明後日くらいに、一度戻ってはみるさ。だけど、きっとそう長くはいられないだろうよ。あたしゃ朝鮮の土になるつもりで生きてきたけれど、やっぱり東京が恋しい。このところ、やけに恋しくってね。故郷と言ったって身寄りがいるわけでもないけれど、こっちで墓に入ったってあっちで入ったって、どのみち年に一度でも墓を掃いてくれるような人もいないんであれば、どうせなら自分の故郷で眠りたいしね……」

美佐緒は息子が何か言うのを待つように、しばらく言葉を切ってじっと座っていたが、やがて煙草をくゆらせながらまた続けた。

「……傍目《はため》にはまだ元気に見えるかもしれないが、この先そう長くないことは自分でもよくわかってる。鬱憤のせいか去年からはめっきり弱ってしまって、今年の冬はどっちみちこの寒いソウルじゃ過ごせそうにない。かといってオンドル部屋にばかり引きこもってるわけにもいかないし、温泉で冬を越すとなったら費用も費用だけど、孝子をひとりにして出かけるわけにもいかないから、いっそのこと孝子を連れて東京に行ってしまおうかってね。……お前が動かないでいるならあたしもどうにか踏ん張ってみてもいいけど、よく考えたら何もかも面倒だ。十万ウォンなんて大した額じゃないが、それだけあれば東京に行って、郊外のどこか適当なところに住まいを決めて落ち着けば、母娘二人くらいはどうにか暮らしていけるだろうさ……」

美佐緒の言葉はいささか意外な気がした。どこまでも父親と張り合って籍に入れてくれるように掛け合い、それで駄目なら十万ウォンでもいくらでもしぼり取って孝子と一緒に日本へ行くつもりだと言っていたのが、とたんにあれもこれも全て放り出して、この冬のうちに発ってしまおうと固く決心して言うのである。

「それも悪くはないでしょう」

忠緒にはほかに答えようがなかった。実のところ、孝子の身の上に関してはともかく、母親のためにはそれも一つの方法かもしれず、根本的な解決策にもなる気がした。

（……それはそうとして、人間の故郷に対する愛着や観念は恐ろしいものだな！）と、忠緒は三十年にわたる生活と基盤とを弊履《へいり》のごとく捨てて、最期に身を横たえる地へなんとか還り着こうとしている人間本来の姿を自分の母に見て、笑うことのできない何か、何かしらの力があることを改めて思わずにはいられなかった。

（……祖父が汗水垂らして耕した土地――それは人の一生を無意識のうちに支配するのだ。そこを離れては自分の存在が疑わしくなり、危うくもなるのだ……人には生まれ落ちる土地が必要なように、死の床につく土地も必要なのかもしれない）

　忠緒はこんなことを考えるたびに、自分の影が最も薄いように思われてきて、果たして自分にも故郷というものはあるのだろうかとひとり疑問を抱くのだった。

（父の国は僕の国だ！）と思いながらも、父の国に対して熱い感激を覚えることのできない自分を不憫に思わないではいられなかった。

（父が日本人で、母が朝鮮人だったとしたら？　――父が西洋人で、母が日本人か朝鮮人だったとしたら……？）というようなことを考えてみたこともあった。しかしこれには赤面してしまい、自分でも答えを出そうとしないのであった。

　いつだったかＰ・Ｐ団の同志の一人が出し抜けに、「おい君、『ヤノ』君……『ミナミ』君……ナム君！」と、舌がもつれそうなほど立て続けに呼ぶと、

「君のような『ブルジョワジー』は姓もたくさん持ってるから、ひととおり呼ぶと息が切れるなあ！」と言って周囲の者たちを笑わせたことがあった。みんな笑っていたが、忠緒は体面上苦笑いを浮かべただけであった。

「しかし、言ってみれば僕は『矢野《やの》』でもなく『南《みなみ》』でもない、『南《ナム》』でもないが、そのなかで僕の存在を最もよく表す呼称は『南《みなみ》』というべきだろう！　『矢野《やの》』でもない、『南《ナム》』でもないところ

に、僕の運命は奇妙な展開を見せるのだ」と、本気とも自嘲めいた冗談ともつかないことを言うと、「こりゃあ傑作だ、傑作！」と笑う。Ｐ・Ｐの同志らが悪意を持って自分をからかったり、何か偏見を持って自分に本心を隠したりすることはないが、それでも時折自分のことを謀反者でもあるかのように警戒する素振りが感じられるときがあり、自分の存在がいかに取るに足らないかを改めて思うのであった。忠緒の父親の過去の来歴について言うなら、堂々たる革命家として少年時代から十年余りを日本に亡命していただけに信用されてはいたが、今の父は真偽のほどはいざ知らず親日派呼ばわりされており、さらに母親は日本人であるので、忠緒がこのようなＰ・Ｐ団の運動の財政を負担していること自体、内幕を知れば人目には奇異に映るであろう。また、同志たちのあいだでも常に警戒の対象になるのであろうが、それよりも忠緒にとって耐えがたい侮辱は、このような自分の身の上を彼らに利用されることだった。

——こんな話やあんな話が外へ漏れるはずはないんだが、どう考えてもおかしいぞ！——というようなことを仲間うちで囁き合いながら露骨に疑いの目を向け、忠緒をいたずらに試そうとしたり、はたまた忠緒が裏切らないように先回りして手なずけ、同志の活動にいっそう忠実に邁進させようとする。忠緒がＰ・Ｐ団に力を注ぐのは、朝鮮人という意識や観念、民族に対する情熱という点ではほかの生粋の朝鮮人青年に及ばないところがあるかもしれないにしても、自分の一貫した信念から出発したのであり、したがって彼らがそのような刺激を与えようが与えまいが自分の態度や誠意になんら変わるところはないのだが、それでもやはり不愉快極まりないのであった。

（……母さんはそれでも幸せだ。その幸せは、いくら母子の間柄であっても、分けようとして分けられるものでも、もらおうとしてもらえるものでもない。父さんも何はともあれ幸せだ。お金がものを言うこの世の中では、やはり幸せなのだ。同志たちだって、一様に悲惨な運命と予測できない恐怖に苛まれながらも、「ヤノ・タダオ」と呼ばれたり「ミナミ・タダオ」と呼ばれたり、「ナム・チュンソ」になったりはしない分だけ、ともかく幸せなのだ。彼らには故郷と血肉への愛着がある。家庭の平和がある。民族への熱い思いがある。しかし僕にはそれがないのだ。「ヤノ」なら「ヤノ」、「南《ナム》」なら「南」――どちらかに寄っていれば、小さな悲劇を一生背負うことはなかっただろう……）

「タダオや……！」

　美佐緒は煙草ばかりプカプカふかしながら、まばたきしている忠緒をそっと呼んだ。久しぶりに聞く声である。こんなふうに母が慈しむように「タダオや！」と呼ぶ声を久しく聞いていなかったのだ。

「はい……？」と答えて、忠緒はハッとして母親を見る。美佐緒は何か切り出そうとしてしばらく迷っていたが、やがて感慨深げな口調で口を開いた。

「……ボケた年寄りみたいに同じことをくどくど繰り返すようだけど、率直に言うと、八重子《ヤエコ》をもらうのを断念したときには、すでにあたしは南家とは他人になったものと思ってたんだ。だけど今思えば、かえってそうなって良かったよ。お前はどっちみち父さんについてかなきゃならないし、朝鮮で生きていくには朝鮮の娘をもらったほうがいいんだから、もとよりそれで良かったんだ。悔しいこと恨めしいことを言い出したらきりがないけれど、とにかくあたしがお前たち夫婦を嫌って嫁いびりをしようとしたわけじゃないってことだけはお前にもわかってもらいたい。……それから何度も言うようだけど、孝子はとにかくあたしが引き取るつもりだから、明日か明後日にでもお父さんとのあいだでそういう話が出たら、お前もひとつ力を貸しておくれ……」

美佐緒はいよいよ決心が固まったかのように、孝子のことには口出しするなと言っていたときとは打って変わって、息子に協力を仰いだ。

「さあ……父さんに話すのは難しくありませんが、母さんももう少し考えてみてはいかがですか。それに、孝子のことは僕があれこれ言うよりも、母さんと父さんでよく話し合って決めたほうが良さそうに思えますが、僕の考えでは、本人に任せてゆっくり決めさせるのが良いのではないかと」

忠緒がこう答えると、美佐緒はたちまち色をなして、

「それならお前はあくまで反対ということかい？」と、またつっかかる。

「反対だと決め込んでいるわけではありませんが……」

「もういい。別にお前のことを頼りにして指南をあおいだことなどないのだから。お前はいつでもあたしたち母娘のことには関わらないようにして、父さんのご機嫌ばかり窺ってればそれでいいと思ってるようだけど、人間そんなことでは……」と、美佐緒は口を尖らせて手にしていたキセルの灰をコンコンと落とし、

「……子を産んで育てることほど甲斐のないことはないね！　……それに、お前は朝鮮人の血が流れてるから言うまでもないけれど、人は誰しも自分の色をそれぞれに生きるのだから——当人同士はさておき、子どもたちは子どもたちで親とは違うのだから、どうしようもあるまい……！」と言って、キセルの先で畳《タタミ》をトントンと叩いていたが、やがてそれを放り投げると、立ち上がって外へ出た。

あとに残された忠緒はじっとしていられなかった。

「……お前は朝鮮人の血が流れてるから言うまでもない！　……自分の色をそれぞれに生きる！」という言葉が耳元にこだまする。その言葉は侮辱ではないが、どこか侮辱のようでもあり、冷ややかに響いた。

（……しかし事実は事実なのだ。伝統というものより恐ろしいものはない。観念や意識として民族の自覚がない場合でも、その民族の伝統という重荷を誰しも背負っているのだから仕方がないのだ。……重荷というより、血のなかに要約されて流れるものなのだ。あらゆる真理が覆るとしても、それだけは永遠の秘密であり、また誰も騙《かた》ることのできない事実なのだ。……一体全体、人が民族というものを離れて生きる日などあり得ようか？　――そんな日が来るとしたら、道行く男を捕まえて父と呼び、北極の人種が南極の都会を徘徊する娼婦を母と呼んで敬うようなことがあればの話だろう……）

忠緒は帽子を取って無造作に頭にかぶり、帰り支度をしながらふと、あるときＰ・Ｐ団の仲間が集まって伝統破壊の問題をめぐって激論を交わしたことを思い浮かべた。

（……破壊するのはもちろん正しいことである。しかしこれは、人が伝統なしに生きられることを意味しない。反物の質が優れないからといって、それは人間の生活に繊維が必要じゃないということにはならないのだ……ただ残念なのは、伝統が偏見を生み、偏見が感情を操り、感情は利欲に根差してなびくことである。……だが仕方がないのだ。当人同士はさておき、子どもたちは子どもたちで親とは違うものはどうにもならないという母さんの言葉こそ、正直なのだ。死の床につく地へと向かう母さんのほうが、達観しているんだ！）

忠緒はそんなことをつらつら考えながら母が部屋に戻るのを待っていたが、いつまで経っても戻らない。出がけに会うだろうと思い立ち上がると、菓子箱を孝子に持たせて、自分は大きな皿いっぱいに皮をむいた果物を手に入ってくるところにぶつかった。

「嫌なことばかり言って悪かったけど、これでも一緒に食べて行きなさい」と声をかけながら美佐緒が座る。忠緒もまた帽子を取って座った。そして母子三人が久々に向き合ってお茶を飲み、家庭らしい肉親の情味をわかせようと努めるのだった。

※作者附言　これは長篇の性質を持つ題材からある一点を抜き出し、縦の断面として描き出したものであることを、注意深い読者のために特に一言断っておく。

K博士の研究

K박사의 연구

金東仁

キム・ドンイン　김동인

岡裕美 訳

1929

「君、先生は最近どうしてる？」

私はある日、Ｋ博士の助手をしているＣに会い、話のついでにこんなことを聞いてみた。

「ぶらぶらしてるらしいぜ」

「なぜ？」

「なぜとは？」

「このところ何か研究してただろう？」

「もうやめたよ」

「どうしてやめたんだ？」

「言ってみりゃおふざけみたいなものさ。それにしちゃ成功したよ。だけど、食ってもらえないならどうしようもないだろう」

「食うとは？」

「おいお前、糞を食う奴がどこにいるんだよ」

「糞？」

「試食会に来なかったっけ？」

「試食会？」

　Cの言葉は全てが「？」だった。

「試食会のことも知らないなら、お前は何も知らないみたいだな。じゃあ俺が話してやるから、笑わずに聞けよ」

　こんなことを言って、CはK博士の研究とその成功から失敗までを聞かせてくれた。

　マルサス［一七六六―一八三四、英国の経済学者。一七九八年に発表した『人口論』で、人口の増加が食糧の生産を上回ることによって人々が人口抑制を計るようになるという「マルサスの罠」を唱えた］だったろうか。「人口は幾何級数的に増加するが、食糧は算術級数的にしか増加しない」と言った人がいたじゃないか。博士の研究も、この言葉を手掛かりに始まったそうだ。

　ある日（夏だった）、博士は本を読んでいて、俺は考え事をしながら一緒に座っていたんだが、博士がふと顔を上げると、

「君、ちょっと糞を汲んできてくれ」

と言うんだ。何を言っているのか訳がわからない。それで糞とは大便のことかと訊くと、大便以外の糞もあるのかだってさ。何か検査でもするのかと思って、

「誰の便のことですか」

　と言ったらいきなり腹を立てて、誰の糞でもいいから汲んでこいと言う。あっけにとられて言葉も出なかったよ。はて、（医者ではないが）検査をするなら誰の便と指定するべきじゃないか。だ

から博士の顔を見つめていたんだが、それ以上催促もしない。もういいのかと思って座ろうとすると、

「汲んできたか？」

と言いながら立ち上がる。こうして催促までするところをみると、冗談ではないようだ。しかたなく便所に行って臭いのを少し汲んできて博士に差し出した。それを一瞥《いちべつ》すると、少ししか汲んでこなかったとまた腹を立てるんだ。俺もいいかげん頭にきたよ。それでもう一度行ってバケツいっぱいに汲んできた。そうしたら満足したように笑うと、実験衣の袖をまくって俺も研究室に来いって言うんだ。

君も知っての通り、俺には理学上の知識は皆無じゃないか。ただ博士の書生として入っている人間だから、ともかく後についていったのさ。博士は糞を取って顕微鏡で見た後、試験管に入れて沸かし、洗浄して電気分解し、あれこれ試していたが、思い通りにいかないのか夕食も抜いて一晩中やっていたんだ。いくら電気換気装置があるといっても、そのにおいは本当にひどかった。鼻は曲がりそうだし、目にはしみるし。俺は耐えきれなくなって、こっそり出てきてしまった。すると夜中の二時ごろに呼ばれたんだ。行ってみると、

「これは新しい糞かね、古い糞かね？」

と訊くのさ。俺にそんなことがわかるかよ、便所から汲んできただけだからな。便の新旧なんて知るすべもないさ。それでわからないと言うと、

「古いみたいだな。すっかり腐ってる。古いんだ」

一人でぶつぶつとつぶやくと、俺に向かって糞をしてこいって言うのさ。俺も性根がいい方じゃ

ないから、もよおしていないと言うと博士は困ったように首を傾げて、

「私もそれほどしたくないんだが」

と言うと器を持って向こうの部屋に行き、したくないという人がどうやってひねり出したのやら、器に山盛りになったのを持って入ってくるじゃないか。可笑しいやら、眠れないのが腹立たしいやらで「夜食には十分そうですね」と皮肉ってやろうかと思ったが、それでも博士がまじめに覗き込んでいるのを見るとそうもできず、

「先に寝ます」

と自分の部屋に入って寝てしまったのさ。

その翌日から博士は研究室にこもりきりになって、食事まであの臭い部屋で食べるのがなんだかかわいそうでさ。汗びっしょりになって汚物をああでもないこうでもないとこねくりまわす様子が可笑しくはあっても、一方では裕福に育って苦労や汚れ仕事を経験したことのない博士が、研究のために顔をしかめて臭い部屋で食事までしながら寝る間も惜しんで働く姿がある意味厳めしくも見えて、尊敬の念まで湧いたよ。

そうして数か月が過ぎたんだ。何をしているかはわからないが、大便を分析してなんらかの有効成分を得ようとしているようだった。とにかく古い糞は使えないというから、それからは家の使用人の便まで残らず器に出して、博士の研究室に持っていくようになったのさ。だから便所にはいつも小便しか残らないんだ。家族といっても博士と俺と行廊《ヘンナン》［屋敷の表門の両脇、または内側にある部屋。主に使用人が住む］の一家三人、女中が一人、お針子が一人、使い走りが二人だったが、時々その九人分でも足りないことがあった。そんな時、博士は家族が二十人も三十人もいる人々を密かにうらやましがる気配まで見せるのさ。

研究材料が足りなくて博士が残念がり、地団駄を踏むのがあまりに気の毒で、できることなら甕に三杯も四杯も準備したかったよ。

そうする間に田舎の祖母が亡くなり、俺は一か月ほど田舎に帰って秋にまた戻ってきた。それからすぐに博士の家に行き、荷解きをした後、ボクトン（使い走り）に聞くと、博士はやはり研究室にいるというから、入ってあいさつをしたんだ。博士は何かを食べていたが、とてもうれしそうにしながら、こっちに来て一緒に食べようと言うんだ。久しぶりに嗅ぐにおいは相当きつかったよ。

研究室の片隅に小さな机を置き、そこで博士は昼食を食べていたが、俺にも来いというからお膳を持ってそっちに行った。昼食といっても餅のようなものだが、味は「肉のだしを少し入れて炊いた米」というか、とにかくそんな味がする、今まで食べたことがない代物なんだ。それで、もしかしたら洋食かと思って二つほど塩をつけて食べると、

「おいしいだろう？」

と訊くのさ。悪くないと言うと、

「糞のにおいもしないだろう？」

と笑う。

「？」

そういえば少しにおうのは、この部屋の空気のせいだと思ってそのまま食べたよ。

だけど、博士のその言葉を聞いたら舌の裏から生唾がじわりと湧いてきて、抑えがたい吐き気に襲われたんだ。それで便所に行くために立ち上がろうとしたところで、その場にうわっと吐いてしまった。

「どうしたんだ？　大丈夫か？　おい、ボクトン、スナム」

と言いながら博士は立ち上がり、俺を支えながらソファーに寝かせようとした。腹も立つやらなんやらで、大丈夫だと博士を押しのけて「今のは一体何ですか」と尋ねたんだ。

　鈍感な博士は、俺が吐いた原因に初めて気づいたようだった。

「食べたもの？　ああ、あれのことか？　あれのせいで吐いたのか？　てっきり車酔いだと思ったよ。あれは純粋な栄養分だ、ハハハハハ（博士は笑うべき時に笑うことを知らず、笑えない時によく笑う人なんだ）。乾酪［たんぱく質］、でんぷん、脂肪など、純粋な良質の消化物で作った最新最良の食品原料」

「原料は、そのー」

「そうだよ、君も知っての通り、あのー」

　俺はその言葉を聞き終える前に立ち上がってまた吐いたよ。ちょっとむかむかしたし、腹も立ったから、博士の顔に向かって吐いてやった。博士も驚いたみたいだ。

「ああ、参ったな。おい、スナムー。ボクトンー」

　腹が立って博士に一発お見舞いしたかったが、ぐっとこらえて自分の部屋に入り、布団をかぶって寝てしまった。その後三日間、何も食べられずに寝込んだよ。吐き気がして食べ物を受け付けないんだ。何か腹の中に入れても、そのまま口から出てくるんだから。何を食べてもあのにおいがするみたいでさ。

　博士は悪いと思ったのか鎮吐剤をくれて、つきっきりで献身的に看病してくれたよ。それからずっと、栄養分だけ抽出して精製したものだから具合が悪くなるはずがないって説明してくれるんだ。

だから俺も申し訳なくてさ。悪気があって俺に食わせたわけでもないし、博士本人も食べて俺にも少し分けてくれたんだから、恨むことでもない。博士の言うように、不潔なものが混じっていたわけでもないし、科学の力で最も精密に作ったはずだから、下手な飲食店の料理よりもはるかに清潔だ。ただ、俺の口には合わなかっただけで……それを博士が責任上、そうやって申し訳なさそうにするのを見ると、むしろ俺の方が申し訳なくてね。だから三日目には復帰したんだ。

「あの食べ物が汚いということではなくて、僕の口に合わなかっただけですから、考え方さえ変えればいいんです」

　それから食べたくもない食事を無理やり食べながら、研究室に出入りし始めたんだ。最初はすごくむかむかしたよ。博士は昼食を自分で作って食べるんだが、それを見ただけでも吐き気が込み上げて耐えられなかった。博士は食べながらも気が引けるのか、

「どうしたものかな、ハハハハハ」

　と言いながら食べていたよ。

　そんな中でも博士は実験を繰り返し、いくつかの調味料を加えるたびに自ら味見をしては、連帯鑑定人として俺に食わせるわけにもいかず、ボクトン、スナムを呼んで食べてみろと言うんだ。あいつらこそ**ありがためいわく**だよ、顔を赤くして、主人の命令だから逆らうわけにもいかずに、口に少し入れはしたものの飲み込みもせず、

「この前よりもよくなりましたね」

　と言って逃げていく様子がかわいそうで。そのたびに素直な博士は「得意満面」になって、あいつらに賞金だといって五十銭ずつやるのさ。「鑑定料」だな。博士の言葉によると、糞には食べ物

の「消化不能物」、つまり繊維質と「結締組織」や各物質、「腸管内分泌物の不要分」、すなわちコール酸、レシチン［原文では「コラーゴ酸、ティスリン」と表記されている］、胆汁粘液素のほか、腐敗物のスカトール、インドール、脂肪酸と一緒に多くの乾酪とでんぷんと脂肪が残っているそうだ。それは人によって、または時間によってそれぞれ異なるが、その良質の消化物が三割ないし七割残っていて、肛門から出てくるというんだ。そして、大便の中に残っている栄養分のことは誰も気にかけず、無駄に腐ってしまうが、それをある方法で抽出することさえできれば、それこそ食糧問題に脅かされる人類にとって大きな福音じゃないか。それで、研究を重ねてその方法を発見したそうなんだ。いわば石炭の完全燃焼と同じように栄養分の完全消化を計画し、成功したのさ。すなわち、大便を分析してその中に三割から七割も残っている栄養分を取り出し、それをもう一度食べようということだよ。

　つまり、人が一日に三食食べるうちの二食は普通の食事をし、もう一食はその新しい主食を食べれば、この地球上の食糧源が三割以上増えることになるじゃないか。この地球に今より人口が三割、五千万人ほど増えても博士の研究が実用化されれば心配無用ということさ。マルサスも、未来にこんな天才が現れるとは思わないからそんな心配をしたんだろうな。

　ともかく、その間に味付けについての研究まで終わったというじゃないか。俺は最初、知らずに一度食べただけで、その後からは絶対に口に近づけず、博士も俺には勧めもしなかったからわからないが、最後にはかなりいいにおいがしていたよ。**すき焼き**に似た、もっとよだれが出るようなにおいさ。においだけなら食欲をそそるね。そうなった以上、残るは「発表」という過程だよ。博士は何も考えずに、発明のいきさつを新聞に発表してから試食会を開くというんだ。それを俺がどれほど止めたと思う？　俺は口をつけなかったけれど、どうやら味は悪くないようでね――。

だから、そのおいしいものを先に食べさせた後に原料を発表しなきゃならない。最初に原料を発表したら、試食会には一人も来ないだろうからな。そうだろう？　それで止めたら、博士も納得したのか俺の意見通りにしようってさ。それから博士と話し合った結果、その発明品は博士の名前を取って○○餅とすることにして、博士がその○○餅について声明書の草案を書いたのさ。はっきりと思い出せないが、おおよそこんな内容だよ。

――サンガー［マーガレット・サンガー、一八七九―一九六六、米国の女性活動家。産児制限の必要性を唱え、女性の産む権利に関する認識を深めるのに寄与した］という暴女が現れて産児制限を主張したことで一部の人道主義者は眉をひそめたが、そこにも相当な根拠があるのは否めない。衛生観念が発達し、年々死亡率は下がるのに、それに反してこの地球はこれ以上大きくならないからだ。ここで人類が進む道は三通りあるが、一つは「昔に戻ってこの世界から衛生観念をなくし、殺人機関としての戦争を増やして人口を淘汰すること」、もう一つは「人間の出生を減らすこと」で、最後は「今まで顧みなかったところから食品原料を発見すること」だ。女性であるサンガーは、すでにある生命をなくそうという勇気は持ち合わせていなかった。また、新局面を発見する天才的頭脳も持ち合わせていなかった。彼女は最後に姑息な救済を発見した。それが「産児制限論」だ。

だが、独創力と発明力を持つ我々はそのような姑息な策では満足できず、研究はここから始まった。我々が毎日排泄する大便にはまだ多くの栄養分が残っているから、その全ての三割ないし七割――平均して五割弱にもなる栄養分は無駄に土の中で腐ってしまう。

（それから、大便についての分析表やその他の数字があるが、それは割愛しよう）

これをむざむざと腐らせてしまう手はない。これを取り出すことさえできれば、取り出して我々の食卓に載せることが最も正当な行為に違いない。それぞれの方面で起こるあらゆる姑息な問題も、その根本をたどれば人類の食料品の欠乏という恐ろしい予感のせいで生まれる神経過敏による叫びといえるのだから、人類の生活が豊かになれば、全ての問題とその問題の根本までもが自然と解消するだろう。我々の研究はここから始まった。

（それから、研究の過程も割愛しよう）

　このような動機から、こうしたいきさつを経て生まれた○○餅を貴下の食卓に捧ぐゆえ、高評を仰ぎたく、云々。

　これを印刷所に送り、それらしく印刷してきたのさ。そして、クリスマスに合わせて博士の家で試食会を開くことにして、各方面に招待状を送ったんだ。その招待状には、ただ○○餅としか書かず、原料やその動機についてはおくびにも出さなかったのは言うまでもないだろう。

　クリスマスの三、四日前からは、かなり忙しかったよ。冬だから大便の栄養分が腐る心配はない。それで清掃員に頼んで桶十杯分を仕入れてきた。それからそれを分析し、処理するのに数日間、博士と俺、スナム、ボクトン、臨時助手二人、全員が糞の中で暮らしたよ。汚いのなんのって、ああ吐きそうだ、考えただけでも吐き気がして耐えられない。博士も恐縮した様子で、誰も頼んでいないのに朝鮮《チョソン》ホテル［現在のウェスティン朝鮮ホテル］でごちそうすると何度も言い、ボクトン、スナムと言いながら引き上げていったよ。クリスマスの前日には徹夜までして作り終えた後、当日の朝には家を掃除するのでまた大騒ぎさ。どの部屋にも糞のにおいが染みついているのをどうしろっていうんだ。とにかくひどいにおいが染みついて抜けないんだ。薬品でも取れないから、最後には香水を振りまいてごまかしたよ。

　午後一時ごろに客がやってきた。もともと善良だが社交性に欠ける博士は、落ち着きなくあちらに行ったりこちらに来たりしながら、一方では笑顔で続けざまにボクトンとスナムを呼んだり、助手を叱ったりしてうろうろしている様子だった。

招待された五十人ほどの紳士淑女がほぼ集まった後、二時に食堂を開けた。博士が趣旨を説明した後、I新聞社の主筆、W氏のあいさつで試食会が始まった。ところが始まるやいなや、ある新聞記者が博士のところにやってきた。

「K博士」

「はい？」

「この○○餅から香《かぐわ》しくないにおいがしますね」

「？」

この時の博士の顔色の変化を、俺は一生忘れられないよ。さっと蒼白になると、半笑いのような半泣きのようなおかしな顔をして、妙な息遣いをしながら立ち上がって研究室に行くんだ。俺もついていこうとしたら、博士はきびすを返して俺をつかまえると耳元で、小声というにはさほど小さくもない、そんな声で、

「大変なことになった、スカトールやインドールの反応は出なかっただろう？」

俺にインドールやスカトールが何かなんてわかるはずがないだろう、博士の言うとおりにしただけなのに。それなのに、反応が出たかどうかなんて知るよしもないじゃないか。

それでも博士のそんな表情を見たら、知らないとも言えなくてさ。それで、

「確実に出ませんでした」

と答えたよ。そうしたらそれでもまだ不安なのか、

「えらいことだ、大変だ」

と言いながらどうしていいかわからない様子だ。

「先生、何をそんなに心配そうにしてらっしゃるんですか？　みんなおいしそうに召し上がっているのに――」

ある人がそんな質問をしたのは事実だ。しかし、他は全員おいしそうに食べている。俺の言葉を聞いてその様子を見ると、博士は安心したのか一息つきながら――

「とにかく反応は出なかった。確実に出なかったんだ。おいC君、あの声明書を配りなさい」

と言うんだ。

これが問題だった。おいしく食べている最中に、あなたたちが食べているのは大便だと知らせたら、何事も起こらないか疑問だよ。だからといって配らないわけにもいかないし、その印刷物を持ってきてボクトンとスナムに配らせたんだ。するとある人は受け取ってポケットに入れ、またある人は食卓の上に置き、はたまたある人は読んでみるが、俺はそっと抜け出して他の部屋に入ってしまった。逃げ出しはしたものの、どうにも落ち着かなくて耳をそばだてていると、げえげえ、バタバタと音がする。駆けつけたよ。すると婦人二人と一人の紳士が口にハンカチを当てて吐いていて、何人かは便所便所と言いながら向こうの方に走っていき、他の人は訳がわからずに食中毒だ、医者を呼べと騒ぐ中、博士は部屋の隅で放心したような眼で立ってるんだ。なんてざまだ、赤っ恥だ。それで博士のところに行ってどうしたんですかと聞くと、博士はぶるぶると震えながら、

「えらいことだ、恥さらしだ、大変だ。おい、スナム」

と言うと、もたもたと向こうの部屋に走っていってしまった。もうどうしようもないよ。それで

も何か起こるんじゃないかと密かに鎮吐剤を用意しておいたのを取り出し、臨時助手とボクトン、スナムに配らせ、（招待された医師数人も協力して）手当てした後、博士は体調が悪くて出てこられないと謝って招待客を帰したんだ。

試食会はこうしてうやむやのうちに終わった。

その後、博士の寝室に入ってみると、博士は熱まで出してぶつぶつとうわごとを言ってるじゃないか。俺もしのびなく、気の毒でもあったよ。それで、氷を持っていって博士の頭を冷やしながらしばらく手当てしていると意識を取り戻したんだ。それからえらいことだ、恥さらしだ、どうしようと連発するから困ったよ。しばらく気が抜けたように一点を見つめていたかと思うと、

「なあ、C君どうしよう。えらいことになってしまった。こんな大変なことがあるか？」

と言うが、答えようがないもんだから、

「どうしましょう？」

こんなふうに答えはするが、まったく気まずいったらありゃしない。いわゆる社会の一流といわれる人々を招待して糞を食わせるなんて、こんなふざけた話がどこにある。世事に疎い博士はこんなことになるとは思ってもみなかっただろうが、俺だって意外だった。いや、こんなことになるんじゃないかと予感はしていたが、博士が心配する様子を見ると俺も予想以上に恐ろしくなってさ。俺が考えるに、対象になった被害者（？）を個々人としてのみ考え、それが合わさった「社会」というものを考えてなかったんだろう。社会の名士や淑女に糞を食わせたんだから、騒ぎにならないはずがない。

そうしているうちにも新聞記者が来たり電話がかかってきたりするのをボクトンに全部断らせ、

その日の午後から夜通し協議した結果、事態が落ち着くまで博士と俺は田舎に一、二か月身を潜めることにしたんだ。目的地は、博士の土地が数百町歩《ちょうぶ》［一町歩は約一ヘクタール］あるT郡の舎音《しゃおん》［小作地の管理人］の家と決めた。その翌朝、始発でそこに逃げたよ。

　俺たちは新聞でかなりの騒ぎになると思ったんだが、比較的静かだった。I新聞の雑報欄に小さく「○○餅試食会」という見出しで簡単な記事が出ただけで、あのとんでもない事件や○○餅の原料については一言もなかった。おそらく、新聞社の方もみっともないと思ったようだ。K駅で降りて、T郡へ向かう車を待つためにある旅館に泊まった後、次の日の朝になって俺たちはその新聞記事を見たんだが、博士は安心したのか初めて少し笑った。すると突然、T郡に行くのはやめて、その駅から遠くないY温泉場に行こうと言うんだ。俺は異存があろうはずもない。温泉に行ったよ。温泉でも、博士は思い出してはあの話ばかりするんだ。

「C君、スカトール反応は確実に出なかったんだろう？　もしかしたら少し出たのか。どうしてみんな吐いたんだろうな。C君、反応は確実に出なかったんだね？　どうやら出たんじゃないか」

「反応が出たかはわかりませんが、もし出なかったとしても吐くのが当然でしょう、誰が――」

「C君！」

　博士はこういう時は必ず逆上するのさ。だけど、そうなったら俺も性根が優しい方ではないからこう釘を刺してやったよ。

「糞を食べて吐き気をもよおさない人がどこにいます！」

「糞？」

　と言うと、立ち上がって後ろ手を組んだまましばらく黙っているんだ。それから、

「君、誤解だ。科学の力で不浄なものは全部なくしてしまったんだから。糞だなんて誤解だよ」

と言った後、また意味もなくハハハハと笑うんだ。

「先生、それは違います。分析すればいくらきれいだといっても、糞を食べて吐き気がしないはずがないでしょう？」

「公式？　いくら考えても君、誤解だよ。世間はそう公式通りにいくものではありませんから」

「それじゃどうしてみんな吐いたんですか？　そうじゃないだろう」

「さあ、反応は出なかったが、あるいは出たのか……」

単純な博士は、まだ客が吐いた理由をスカトールやインドールが残っていて、大便特有のにおいがしたからだと思っているのさ。

漢人は恋心を「寤《ご》寐《び》不《ふ》忘《ぼう》［寝ても覚めても忘れられない］」と形容するが、博士と○○餅の間柄こそ寤寐不忘だったようだ。じっと座っていても、ふとした瞬間にスカトールが出たのかとため息をつくんだからね。寝ていても洗浄が足りなかったようだと目を覚ますんだ。そばで見ている俺は本当にしのびなく、気の毒だったよ。あまりに気まずくて、

「先生、もうそのことは忘れてしまいましょう」

と言うと、

「忘れられないものをどうしろというんだ？」

と、またため息をつくのさ。不憫でしかたなかったよ。なるほど、貴重な発見さ。貴重な発見じゃないか。誰も注目せず、無駄に土の中で腐ってしまう廃棄物の中から平均五割弱の貴重な栄養分を取り出すということは、人類の経済問題においてどれほど大きな発見だろうか。われわれの因習

のせいで内臓が受け付けないとはいえ、それをもしある人が原料を秘密にして大量生産し、売ったとしたら、俺たち人類にどれだけ大きく貢献することか。それである日の夕食中に、博士にその餅を学問狂の国、ドイツの学界に発表してはどうかと聞いてみた。すると、答えもしないんだ。俺もそう言っただけで忘れてしまっていたんだが、博士は忘れていなかった様子だ。

　ある日の夜、寝ていると喉が渇いて目覚め、水を飲もうとしたら、博士も眠れなかったのか、

「ドイツもだめだ」

　と言うんだ。俺は寝起きで何のことやらわからない。それでただはいはい、と言って水を飲み、再び横になると、

「〇〇餅はドイツでも関心を持たれないよ」

　とまた強調するんだ。その声を聞いたら眠気がすっかり覚めてしまったが、それでなくてもずっと気の毒に思っていたところ、博士が夜も眠らずにそんなことを考えていたかと思うと涙が出そうだったよ。それでどういうことか聞いたら、

「ドイツでは空気から食品を作る方法を研究して、ほとんど成功したというから、これはそれほどセンセーションを起こせないだろう」

　と言いながらまたため息をつくのさ。俺も何も言えなくなり、それもそうですねと言って黙っていると、また呼ぶじゃないか。

「C君、寝たのか？」

「はい？」

「起きてるか？」

「はい」

「日本はどうだろうか？　国は狭く、民は多い……」

「とんでもない。日本人にはいわゆる潔癖というものがあるじゃありませんか？　**糞食らえ**というのが悪口ではありませんか。話になりませんよ」

「それでも、日本人は汚い風呂の湯をがぶがぶと飲むじゃないか？」

「それは――それでも○○餅は食べませんよ」

「食べないか……」

「食べるはずがありません」

博士はまたため息だ。

「先生、あれをアメリカで発表したらどうですか？」

「アメリカの奴らは食べてくれるだろうか？」

「食べるかどうかはわかりませんが、あいつらは不思議な物事と科学には一も二もなく飛びつく奴らだから、もしかしたら受け入れられるかもしれません」

「そうだなあ――」

こんなやりとりをしているうちに、何の解決法も見いだせないまま眠ってしまった。

温泉には一か月ほどいたが、博士の○○餅に対する執着は少しも衰えなかった。その執着心のすごさといったら……。そうこうしているうちに一か月以上が過ぎ、もう帰ろうと温泉を出発してK駅まで来たところ、ここまで来たんだから博士の土地を見て回るのも兼ねてT郡［底本ではC郡となっているが、初出の雑誌「新小説」での表記に従いT郡と訳出した］に寄ろうという話が出て、俺たちはT郡に行ったのさ。

陽暦の二月初旬に、冷たい風に吹かれて車に二時間も揺られながらT郡に到着すると、すっかりくたびれたよ。目はかすみ、足は棒になり、鼻は詰まったようで、体の血液循環まで止まってしまったみたいだった。それでようやく車を降りて（面長《ミョンジャン》〔面は村に相当する地方の行政単位〕を務める）博士の舎音の家を訪ねたんだ。頭がぼうっとしたまま慌しくその家に入ると歓迎してくれ、自分たちは小さい部屋に移って俺たちに大きい部屋を譲ってくれた。それで俺たちはすぐに寝床を敷いて横になったのさ。

　部屋をぽかぽかに暖めて二時間ほど寝ると、人心地がついた。博士もようやく頭がはっきりしたのか、おもむろに起き上がると土地を見に行こうと言うんだ。顔を洗って厚着した後、舎音の息子を呼んで案内させ、家を出ようとしたら、犬が一匹便所から飛び出してワンワン吠える。見ると便所で糞を食っていたようで、口に糞をいっぱいつけてその汚い口をぱくぱくさせながらついてくるのさ。舎音の息子は犬を追い払おうと必死だが、俺が博士に犬も○○餅を食べてきたみたいだと言うと博士は眉をひそめ、

「おお汚い！　C君、実験室とは違うんだ。こっちに来るんじゃない、あっち行け！」

と、こそこそ避ける様子は笑えたよ。博士の土地というのはかなり広いんだ。二百数十町歩というのは言葉にすると簡単だが、雪に覆われた野原でどこまでが境界かよくわからない。それをぐるりと回って舎音の家まで戻ってきたら、もう夕方になっていた。体を休める暇もなく夕食が運ばれてきて、腹が減っていたので膳を抱えるようにして食べたよ。しかも俺が好きな犬の肉があるじゃないか。飯には目もくれずに犬肉ばかりむさぼり食ったよ。博士も満足したようだったね。一か月以上も日本式の旅館に泊まっていたから、肉の味もほとんど忘れてしまった。そんなところで久しぶりにうまい肉にありついたもんだから、博士もしばらく肉ばかり食べていたが、

「C君」

と呼ぶんだ。

「どうしましたか？」

「こんな田舎でも牝牛を飼っているようだな」

「……？」

「肉が柔らかい、牝牛だ」

「先生、犬肉です」

「犬？」

「さっき吠えていた犬です。帰ってきた時には姿が見えなかったでしょう」

「さっきの、その、あれか？　糞を食ってた？」

「そうですよ」

博士はいきなり箸を置くと顔色が次第に青ざめ、ぱっと向こうを向いて座った。

そしてふうふうと数回息を吸いこんだかと思うと、全部げえっと吐いてしまったんだ。

どうしたんですかと、俺も食べていたものを放り出して博士のところに行き、背中をさすると大丈夫だ、大丈夫だといいながらふうふう言っているんだ。それで十分ほどさすっていると少し落ち着いたのか、

「しまったな。主人に知られないように片づけよう」

と言いながら、ふきんで全部ふき取って扉の外に出すので、俺がそれをつまんで門の外に捨てて戻ってくると博士は、

「ああ、気持ち悪い。おーい、スナムー、おーい、片づけてくれ」

と言うと、枕を下ろしてばたりと横になってしまった。お膳を片づけた後に舎音が灯りをつけて入ってきたが、博士は背を向けて寝たまま知らんふりをしているので、お疲れの様子だと舎音を追い払い、俺も枕を置いて横になると、しばらくして博士が寝たままで呼ぶんだ。

「Ｃ君」

「はい？」

「犬肉と豚肉と、どっちの方が汚いだろうか？」

「さあ、豚の方が汚いでしょう」

「そうだろうか。どちらも似たようなものだろう。牛肉も同じだよ」

独り言のようにつぶやくと、また静かになった。俺も疲れていて、いつのまに眠りに就いたのかわからない。とにかく俺は服のまま眠ってしまったが、たぶん博士がそうしたんだろう。寝床を敷いて服を脱がせ、布団の中に入れてくれたのさ。俺は知るよしもない。翌朝目が覚めてから初めて気づいたよ。

翌朝、おもむろに目を開けると、博士はいつ目覚めたのかもう起きていたが、俺が目を覚ましたのを見てＣ君、と言うんだ。返事をすると、

「日本人も食べないだろう」

また唐突に言う。

「はい？」

「○○餅は日本人も食べないよ。風呂の水はがぶがぶ飲んでもな」

「ええ――、おそらく――」

「豚肉は好きでも犬肉は食べられないからな。君は犬肉が好きか？」

「肉の王様ですよ」

「そうだろうな」

　というとため息をつくんだ。

　それ以降、博士の口から○○餅の話題が出ることはなかったね。

　その後、家に帰った博士は○○餅の問題は放り出し、電子と原子の関係の研究を重ねているところだから、そのうち何か発明や発見が出てくるだろう。そして、今回はあの○○餅のような失敗に終わらないことを心から願っているよ。


　これが、Cが聞かせてくれたK博士の研究の成功から失敗、また一転して悔悟するまでのいきさつだった。

啞の三龍《サムニョン》

벙어리 삼룡

羅稲香

ナ・ドヒャン 나도향

オ・ファスン 訳

1925

1

わたしが十《とお》になるかならないかの時分のことだから、かれこれ十四、五年前の話になる。

いまは青葉町《チョンヨプチョン》［現在のソウルの龍山区］というが、当時そこは蓮花峯《ヨンファボン》という地名だった。南大門《ナムデムン》から見渡すと午正砲《オジョンポ》［正午を知らせる大砲］がある尾根が見え、その稜線のこちらが蓮花峯で、その麓の村里もやはり蓮花峯と呼ばれていた。

いまでは貧民窟としかいいようのない薄汚い集落になりはて、労働者しか寄りつかない地域になってしまったが、当時はそれなりの暮らしをしていると自負する者たちもいた。家屋といえるのはほんの十数軒だったが、そこで暮らす者のほとんどが果樹園を営み、あるいは野菜を栽培し、そうでなければ豆もやしで生計を立てていた。

そのなかに大きな果樹園を所有し、とりわけ裕福な暮らしをしている家があった。名前は忘れてしまったが、村の人々はその家の主を呉生員《オセンウォン》［生員は本来朝鮮時代の小科（科挙）に合格した者のことだが、親しみを込めて年配の者の姓の下につけて呼びもした］と呼んだ。

肉付きのよい顔立ちで男らしく、その声はまるで夏の日に柳の木の上で鳴き立てる蟬の声のようによく響いた。

当主はそれは勤勉な中年の男で、朝は夜明けとともに目を覚まし、早朝から後ろ手を組んで家の隅々まで点検して回るのだが、村の人々にとっては時計代わりのようでもあり、彼が起きると人々も起き出した。朝になっても彼の小言が聞こえてこない日には、村人たちが気になって彼の家を訪ねていくと、間違いなく床に臥せっていた。しかしそんな日は一年三百六十日〔太陰暦〕に一度もなく、あっても二、三年に一度あるかないかだった。

彼はその地に居を構えてそれほど長くはなかったが、常に坎頭《カムトゥ》〔外出用冠〕を被っていたため、村人たちは彼を両班《ヤンバン》〔高麗・朝鮮王朝時代の支配階層〕と呼び、当人も評判を落とさないようにしていた。師走になると干しメンタイ二十匹やら海苔十帖《じょう》〔十枚で一帖〕やらを人々に分け与え、農機具などもじゅうぶんに用意して誰でも自由に使えるようにしていた。そのため村ではもっとも人望が厚く、同時に権勢をふるってもいた。

その家には三龍《サムニョン》という唖《おし》の下男がいた。背丈はそれほど高くなく、ずんぐりむっくりで首が埋まっているので胴体に頭をのっけたような格好だった。おまけにあばた顔で口はまたえらく大きい。髪は以前は鳥の尻尾のようだったのを、主人の言いつけで刈るには刈ったが、枯れ落ちたいが栗のようにすぐに逆立ってしまう。そのせいで歩く姿はまるで鬼がうろつくようで、のっしのっしと息苦しそうにも見える。村の人々は彼を三龍とは呼ばず、いつだって「唖《ボンオリ》」「唖」、あるいは「エンモ〔唖のしゃべり方や動きをまねて小馬鹿にした呼び方〕」「エンモ」と呼んだ。しかし当の三龍にその声は聞こえない。

主人が当地に越してくる際に一緒に連れてきたのだが、それだけに正直者で忠誠心あふれ、働き者で手際がよかった。勘だけが頼りの唖ではあるが、口がきけて耳の聞こえる人間よりよっぽど気が利くところがあり、常に慎重で何かをしくじることはまずなかった。

朝起きると庭を掃いて牛や豚に飼葉《かいば》をやり、夏には畑の草むしりをして木を運んで薪を割り、冬になると雪をかき、雑用はいうまでもなく何から何までそつなくこなした。

この家の主もそんな下男に愛情を注いだ。つらそうにしているときは休ませ、食べたそうにしているものは分けてやり、着る物にも不自由させず、睡眠もたっぷりとらせてやった。

ところで、この家には三代独子［三代続いて兄弟がいない一人息子。朝鮮では長い間跡取りの長男が大切にされてきた］の息子がいた。年は十七になるが、見た目は十四にもならないようで、過保護に育ったために礼儀知らずで誰に対してもわがまま放題、相手が人であろうと家畜であろうとそれは残忍、かつ乱暴に扱った。

村の人々はその息子のことを、

「どら息子」

「親の顔に泥を塗る息子！」

「あんな息子ならいないほうがマシ！」

と陰口を叩いた。そこで母親は息子の悪行を見るにつけ、夫に

「あの子を叱ってくださいな。なぜ黙って見てるのですか」

と言い、自分だけでも折檻しようとするのだが、夫は、

「これこれ、まだ子どもじゃないか。そのうち大人になれば目が覚めるだろうよ」

と甘い顔を見せる。すると妻はアオサギのように声を張り上げ、

「子どもだなんて、年がいくつだと思ってるんです。もうじき二十歳になろうってのに。もう結婚

して子どもをつくってもいい年だっていうのに、どうするつもりなんだか、まったく」

　といきり立ち、

「息子がああなったのも父親のせいですよ。甘やかしてばっかりで、しつけることを知らないんですから――」

　こんな具合に夫婦喧嘩が始まりそうになると、夫は無言で出ていってしまう。

　その息子は、なかでもこの唖を人間扱いしていなかった。口のきけない唖《ポンオリ》といっては拳《こぶし》で横腹を突《つっ》き、尻を足蹴にした。

　だが当の唖は、子どものやることだからと特に気にする様子もなく、むしろ可愛いとさえ思っていた。それにあの軟弱な手足で自分の鋼《はがね》のような体をいたぶろうとは、なんとも可笑しくけなげにも思え、背を向けるとにたりと笑ってポンポンと払い落としてあっちへ行ってしまうのだった。

　あるときは、昼寝をしている唖の口に糞を突っ込んだこともあった。またあるときは、寝ている唖の両手両足をこっそり縛りつけると、手足の指の間に火のついた火縄を挟み、唖が驚きのあまり飛び起きてジタバタと必死に払い落とそうとする様子を見て喜んでもいた。

　こんなことがあると唖の心は悲しみと憤りでいっぱいになった。しかし彼は主人の息子を恨むのではなく、自分が不具であることを嘆き、主の息子を呪うことはせずにこの世を呪った。また、彼は決して涙を見せることはなかった。その男に涙はなかった。涙が出そうにはなるが、涸《か》れた泉のようで、こぼれそうでこぼれなかった。彼は主人の家から出ていくことを知らない犬のように、自分の居場所はここしかなく、信じられるのもこの家の人々しかいないと思っていた。ここで暮らし、ここで死ぬことこそが自分の宿命だと思い込んでいた。主の息子に殴られ、小突かれ、つねられ、ありとあらゆる虐待を受けようと、仕方のないことと受け止めていた。痛いのも、その痛みは自らに課せられたものであり、胸の苦しみ、それも受け止めるしかないと諦めていた。彼は甘んじて受け入れるべきこれらをいかにして避けようかなど、一度たりとも考えもしなかった。

　この家を出るとか、あるいはこの暮らしの環境から逃れようなどとは思いもしなかったとはいえ主人の息子に虐げられ、いたずらされるときはいつだって自分に備わる腕力を思った。

　主人の息子に殴られたとき、そんな子どものひとりくらいはなんとでもなる力が自分にあることを彼は知っていた。

　時折、痛みと悲しみが身に沁みるときなどは、拳をわなわな震わせ、幼い主人に殴りかかりそうにもなるが、それをとてつもない苦痛を伴いながらもぐっとこらえた。

　心の中で、

「よせ、この子はおいらのご主人様の坊ちゃんだぞ、おいらの幼いご主人様じゃないか」

　と、じっと我慢した。

　そしていつの間にか、けろっと忘れていた。また、主人の息子が近所の子どもたちにからかわれて泣きながら帰ってきた日には、さながらどう猛な雄牛の勢いで仕返しに行った。だから村では子どもであろうと意地の悪い大人であろうと、唖を恐れて下手に手出しをする者はいなかった。息子のほうも助けが必要になると真っ先に唖を頼りにした。唖は殴られながらも主人に尻尾を振る忠犬のように、主人の息子のために不平も言わず力を尽くすのだった。

2

啞《ボンオリ》は二十三歳になるが、当然のことながらこれまで異性とまともに接する機会などなかった。村の娘たちに「啞」「啞」と呼ばれておかしな手振り身振りでからかわれるときなど、怒りを覚え悔しい思いをする一方でなんとなく愉快な気持ちになることはあっても、娘たちに愛情を込めて接したことはなかった。

しかしいくら啞であろうと情欲を持つ人間である限り、その血が冷たいばかりではないのも当然だった。ともすると、彼の血は人一倍熱かったのかもしれない。熱すぎて固まってしまった飴のようなものだったのか。もしもその男に日の目が降り注いだら、あるいは再び熱を加えたら、その血はまた溶け出すのかもしれない。

点滅する灯盞《とうがい》の下で夜更けまで草鞋《わらじ》を編んでいるときなど、人知れずため息を漏らすこともないわけではなかったが、彼はそれをすぐに押し殺してしまえるほど、情欲というものに端《はな》から頓着していなかった。

彼の胸の奥底には、いつ噴火するとも知れない休火山のような情熱がたしかに秘められてはいたが、それはまだ爆《は》ぜるには至らなかったようだ。いまにも爆発しそうな激しい気配を彼自身も感じないわけではなかったが、それが噴出するだけの条件は整っておらず、また、これまで自ら進んでそれを露わにするなどは考えも及ばないほど周囲から抑圧されてきた。それだけに彼の理性はあまりにも自分を抑え、諦めさせてきた。

自ら「おいらは啞」と思うと、ひどく恨めしい気持ちになると同時に、口がきける人間と同様の自由も権利もないものと思っていた。このようにいつだって断念するのが当たり前で、その断念が積もりに積もっていまでは単なる機械となってその家の奴隷となり、それこそが自分の天職であって、それ以外に自分の生きる世界は存在しないものとばかり思っていたのだ。

3

その年の秋のことだった。主人の息子が妻を娶《めと》った。新婦は新郎より二つ年上の十九歳。当主の悩みの種は自分の家柄の低さだったため、嫁選びの第一条件は家柄が良いことだった。しかし名家のほうでもおいそれと娘を嫁に出すわけがない。そこで、仕方なしにある落ちぶれた両班の娘を金で買うも同然に連れてきた。南村《ナムチョン》［ソウル市の清渓川以南の地域］に暮らす寡婦に甘い蜜をちらつかせてその家の無男独女［息子のいない家の一人娘］とさっさと婚約させ、気が変わらないうちにと、とっとと式を挙げてしまったのだった。

祝言の際には当時の金で三万両［一両は〇・〇二円］をはたいた。また、嫁の実家にも嫁の身の回りの世話に必要な針仕事や洗濯代の名目でひと月に二千五百両を渡した。

新婦は父親が亡くなるまでは実に裕福に暮らし、また箱入り娘として育ったため、格下の家庭での作法や習わしなどはなんなくこなし、そもそも人柄や振る舞いにおいても申し分なかった。

嫁が来ると新郎の欠点がさらに目につくようになった。

「あの新婦にあの新郎じゃ、鶴と烏《からす》だわ」

「新郎はただの餓鬼」

「ありゃ、尻に敷かれるわ」

「あの息子にゃもったいない」

村のおしゃべり好きのおかみさん連中が集まると、こんな悪口が飛び交った。おせっかい焼きのご婦人などは、新郎にも面と向かって、

「おまえさん、もういい大人だろ。一家の大黒柱たる者が、そんなんでよくあの花嫁と床入《とこい》りできたもんだよ」

と露骨に言うこともあった。

そんなことを言われるたびに新郎はその村人を憎んだ。わざと自分に赤っ恥をかかせようとしているのだと思い、その後は道で会ってもあいさつもしなかった。

あるときは父方のおばまでが、

「おまえももう大人なんだからね。いい加減、目を覚ましなさいな。嫁がかわいそうだよ」

と咎めた。すると甥は説教された羞恥心よりも、自分をこんな目に遭わせる妻が一層憎らしく思えるのだった。

「あいつがなんだってんだ！　俺がこんな目に遭わされるのも、あの糞女のせいだ」

結婚して数日もたたずして、新郎は新婦の部屋に入らなくなり、家中が大騒ぎになった。まるで豚や馬に交尾をさせるかのように新郎を新婦の部屋に押し込もうとするが、頑として動かない。

そのたびに新郎は手あたり次第に物を投げつけ、あるときは母方の従姉妹の額にあたって流血の騒ぎにもなった。他の家族ではらちが明かず、最後は父親に任せることにした。しかしその甲斐な

く、というよりも、そのせいで事態はさらに悪化した。父親に説教されると、その足で見境なく嫁の髪をつかんで引きずり回し、板の間《マル》のど真ん中に叩きつけると、

「てめぇ、里に帰りやがれ。おめぇの顔なんかみたくもねぇ。とっととうせろ」

と吐き捨てたのだ。食膳を運んでいけば膳は前庭に放り投げられ、服を差し出すとすぐに屑籠行きだった。

かくして花嫁は婚礼を挙げた日から我が身の不運を嘆き、夜毎、涙に暮れていた。泣けばうるさいといって殴られ、黙っていると愛嬌がないと殴られた。そんなわけで、この家に平穏な日は一日として訪れなかった。

その光景を毎日のように見るにつけ、得も言われぬ感情を抱く者がいた。まさしく啞の三龍だった。

あれほど美しく、あれほどおしとやかでおとなしい、啞の目には触れることすらためらわれる仙女そのものの花嫁を殴るだなんて、自分にはとうてい理解のできないことだった。目にもうっとり、触れるのもおこがましいほど気高いお方にあんな仕打ちをするなど、決してあってはならないことだった。自分がご主人様である新郎に犬や豚のように殴られるのは至極当然のことではあるが、仙女と獣ほども違う花嫁と自分が同じように殴られるとは、空恐ろしいことである。幼い主人に天罰が下されるのではないかと恐ろしくさえなった。

ある日の月夜、辺りは煌々として静寂に包まれるなか、星たちがそこかしこにキラキラ輝き、弦月もくっきりと宙に浮かんでいた。その世界はまるで水銀ですっかり磨き上げたかのように清らかだった。三龍は庭のむしろの上に斜《はす》に寝ころんで、黒犬の背を撫でながら夜空を見上げて思い浮か

べていた。

若主人の新婦を思うと、天の月よりも美しく星々よりも透き通っていた。花嫁のことを考えると、月が目に浮かび、星が映った。森羅万象を清める、銀色というより純白の月や星の輝きよりも彼の心の中は美しく、とろけるようだった。まるで月や星が地に降りてきてあのお嬢さんの姿になったようでもあり、お嬢さんが天に昇れば月となり星となるようでもあった。

しかも幼い若主人が自分を殴り、つねるとき、まさか口にはできないものの、いたましく不憫に思う情があの二つの瞳に見て取れることを思うと、三龍は柔らかな犬の背を撫でながら感激した。犬は尻尾を振り、自分が可愛がられているのだと思って唖の手を舐める。

三龍の心はお嬢さんに同情する気持ちでいっぱいだった。そして、あのお方のためならこの命を捧げることも厭わないと義憤に燃えた。それはまるで、杏を見るとおのずと口の中に唾《つばき》がたまるように、本能的にわき起こる感情だった。

4

新妻が嫁いでくると、他の者たちは母屋への出入りを禁じられたが、唖《ボンオリ》は犬がふらふら出入りするかのように中に入っても取り立てて咎められることもなかった。

ある日、若主人が珍しく酒を飲んで、ぐでんぐでんに酔っ払って行きずりの男に殴られ、道端で倒れていたことがあった。それを唖が背負って帰り、布団に寝かしつけた。そのとき、母屋にいたのは新妻だけで、部屋で針仕事をしていてその様子を見ていたのだが、唖の忠誠心がありがたく、その後、使い古しの絹の切れ端で火打ち袋をこしらえてやった。

後にそれが新郎の知るところとなる。ある日の晩、新婦は寝込みを、髪もほどいたまま庭に放り出され、体中があざだらけになるまで打ちのめされた。

それを見た唖は再び胸に義憤がわき起こった。そして怒り狂った獅子のように分け入って新郎を突き飛ばし、新婦を担ぎ上げた。すると、離れにある当主のいる舎廊《サラン》［客間にも用いる主人の居間］へと鷲のように飛んでいき、その前に下ろして手振り身振りで何度も何度も状況を訴えた。

その翌朝、唖は若主人にトネリコの枝で顔を殴打され、片頬は目が開かなくなるほどひどく腫れあがり、出血もしていた。若主人は殴りながら、

「この薄汚い唖め、人の女に手を出すとは」

と罵り、火打ち袋をビリビリに引き裂くと便所に放り込んだ。

「おい、この野郎！　よくもご主人様に歯向かったな！　おまえなんか死んじまえ」

と言うと首筋を鞭で打ちつけ、地面に倒す。

唖はひたすら手をこすり合わせて許しを請う。言葉を発することもできず、何百回となく鼻先が地面につくほどに頭を下げて詫びるのだった。ところがそのとき、彼の心の中ではようやく内に秘めた正義感が頭をもたげはじめた。彼はその苦痛に耐えながら、込み上げる憤怒（意地）を呑み込んだ。

それ以来、唖は母屋への出入りを禁じられた。入れないだけに、唖はより一層気になった。その気になる気持ちが妙な色合いに変化し、やがてお嬢さんに会いたいという感情に変わっていった。

会えない現実に胸を焦がし、切なさで胸が締めつけられるようでもあった。一度でいいからお嬢さんに会いたいという気持ちがわくと、彼の心の飴が溶けはじめた。悲哀に満ちたその形容しがたい感情は、彼に生命が芽生えるような悦《よろこ》びを与えてくれた。そのためなら自分の命さえ捧げられる気がした。あるときは、頭で壁を突き破ってでも中に入ってお嬢さんに会いたいという気持ちがわき起こるが、それをぐっとこらえた。

　それからというもの、ご飯も喉を通らなくなった。仕事も手につかず、どうにかして中に入りたいという気持ちでいっぱいになった。

　主人は以前にも増してたくさん食べさせようとしたり、何かと気を使ったが、それも詮無いことだった。唖は夜になっても眠れず、母屋の周りをうろついた。

5

　ある日、若主人が酒に酔って帰宅すると、家の中は何やら騒然となった。その後、薬を買いに出かけた下女が戻ってくるのを見つけると、唖は何があったのか尋ねてみた。

　下女は拳を後頭部に当て、若いという意味で顔をなでて人差し指を上げた。その家の当主なら親指を、若主人であれば人差し指を上げることになっていて、握った拳を後頭部にやるのは女の意味で、顔をさするのはかわいいという意味で使う唖との手話のようなものだった。

　するとこんどは舌を出して白目を剝くような形相をし、両腕を広げて後ろにひっくり返るような動作をした。それは誰かが死んだか病にかかったときの身振りだった。

啞は目を丸くして下女にさらに近寄るが、動転していつまでも呆然と立ち尽くすのだった。

彼の心は激しく揺れ動く。まさか、思い焦がれるお嬢さんが死んでしまったのでは、と両手をぎゅっと握りしめてため息をつく。

その後、自分の部屋に閉じこもり、考えに耽るかのように二、三時間もの間、ただ目を瞬かせてじっと座ったままでいた。

夜が深まるにつれ、気が気でないといった体で立ったり座ったりを繰り返したが、午前二時ごろになると部屋を出て母屋の裏に回った。

彼は盗賊のように忍び足で居間の向かいの部屋《コンノンバン》の裏、障子が見える垣根の前まで行くと、しばらくためらうが、ついに垣根を乗り越えた。

障子の隙間から中の様子をうかがうと、驚きのあまり思わずのけ反る。

暗がりの中、彼の手足はまるでその後ろに聳《そび》える柿の木の葉のように震えるが、えいっと扉を蹴破り中に飛び込んだ。その瞬間、彼はお嬢さんが片手につかんでいた長い絹織物を奪おうとし、お嬢さんはもう一方の手で啞の胸を押しのけて取り返そうとする。啞は目を丸くすると、「うぉうぉ」と叫んで必死に織物を取り上げようとする。

家中が騒ぎになった。

「この家は一巻の終わりだ」

「よりによって啞《ボンオリ》と！」

「一体全体どうなってるんだ！」

そこかしこから驚きの声が上がる。

6

明くる日の朝、唖は体中を滅多打ちにされ、庭で倒れて口から血を流しながらうめいていた。その傍で若主人がこん棒《セジョンメ》［雄牛の生殖器を乾かしてつくった昔の刑具の一つ］を手にして問い詰めている。

「てめぇ！」

と言うと、ありとあらゆる淫らな行為を真似てみせて昨晩の部屋を指さす。しかし唖は手を振るばかり。すると再び皮膚が剝れてこん棒にこびりつき、血が流れる。

唖は枯れて出もしない声を絞り出しながらひたすら首を横に振る。血を吐き、突っ伏すと額を地面にこすりつけて首を振る。地面が血で染まる。若主人は鞭の先に鉛の塊を吊るすと唖の胸を打ち、また力いっぱい振り上げる。唖は倒れたきり、もう声も出ない。

若主人はそれでも腹の虫が治まらなかった。昨日、唖が研いでおいた鎌を手にして走って戻ってくると、その青光りする鎌を振りかざした。唖めがけて振り下ろした瞬間、唖は片手でそれを受け止め、そこへ家の者たちが駆けつける。唖は刃をよけて奪い取ると遠くへ放り投げ、そのまま失神してしまう。

当主はこの家はもうおしまいだといって、舎廊《サラン》で臥せったまま外で何が起ころうと扉を閉ざしたきり出てこようとせず、家人は嫁を追い出せと大騒ぎ。

その日の夕方、唖は再び引きずり出される。こんどは若主人が唖の服やら履物やらを放り出し、目を剝いて遠くを指しながら、

「出てけ！　おまえなんかとっとと出ていきやがれ！」

と怒鳴る。それを聞いた唖は頭が真っ白になった。彼にはこの家以外に身を寄せる所などなかった。この家以外に彼の居場所はない。いつまでもこの家で暮らし、ここで死ぬものとばかり思っていた。彼は若主人の足元にしがみついて必死に頼み込む。口がきけない代わりに身振りと表情で切に訴えた。しかし若主人は足蹴にして下人を呼ぶ。

「こいつを追い出せ」

唖は犬の死骸のように引きずり出される。放り出されて頭を溝の端に打ちつけ、起き上がって再び中に入ろうとすると、すでに門は閉ざされていた。彼は門を叩いた。彼の心は当主の旦那を求めるが、声になるはずもなかった。

毎日この手で戸締りしていた門を開けようとするが、閉め出されて開かない。自分が一手に引き受けてきたすべてのことが、今日になって思うようにならない。幼いころからこれまで、あらん限りの真心、力、意志、そして忠誠を尽くしてきたというのに、その代価が今日のこれだ。

彼はようやくこれまで信じてきたことや願っていたこと、そのすべてが仇となったことを知る。ならばすべてを無にし、自分もまた消えてなくなるべきであることを悟るのだった。

7

同日、夜も深まると遠くの鶏の鳴き声と犬の遠吠えだけが響き渡る。

突如として、唖がいた呉生員《センウォン》の屋敷が炎に包まれる。その火は、あらかじめ用意されていたかのように家の周りにぐるりと敷かれた草にすっかり燃え移り、上空から見下ろせば炎で家屋の輪郭がくっきりと浮かんでいたであろう。

火の手はあたかも血のしたたる肉をうまそうに食いちぎる妖魔のベロのように、めらめらと燃え盛り、家全体を瞬時に呑み込んでしまった。

そんな火の海に飛び入る者が一人、それはほかでもない、夕刻にこの家を追い出された三龍《サムニョン》だった。

まずは舎廊《サラン》に行って扉を破り、主を背負って畑の真ん中に避難させると再び中に入るが、そのとき顔や背、足が焼け焦げたことなど気づきもしなかった。

彼は居間の向かいの部屋《コンノンバン》に入った。しかし花嫁はいなかった。こんどは奥の間《アンバン》に向かった。だが花嫁はそこにもおらず、若主人が彼の腕にすがり、助けてほしいと懇願する。しかしそれをはねのける。すると、真っ赤に燃えた垂木が彼の頭上に落ちて頭皮がすっかりめくれるが、それにも気づかない。台所に行ってみる。そこから出る際に門柱が崩れて左腕が折れた。しかし、それにもやはり気づかない。次に納屋へ行ってみる。そこにもいない。再び最初に確かめた部屋に戻った。すると、お嬢さんが死を覚悟して布団の中で横たわっているのをやっと見つける。彼はお嬢さんを抱き上げた。そして辺りを見回すが、もう逃げ道はどこにもない。やむなく屋根に上った。そこでようやく、自分の体の自由がきかないことを知る。しかし彼はこれまでに味わったことのない悦びに満ちた感情を覚えていることに気づいた。お嬢さんを自分の胸に抱いたとき、生まれて初めて生きていることを実感した。彼は自分に死が迫っていることを悟ると、お嬢さんをぎゅっと抱きかかえて再び火の中へと引き返す。炎をかき分け、ようやく外に出てお嬢さんを下に下ろす。しかし、そのときすでに彼は息絶えていた。家はすっかり焼け落ち、唖《ボンオリ》はお嬢さんの膝の上でまるで眠るようだった。彼の怒りも炎とともに消え失せたのか！　その口許には穏やかで幸せそうな笑みだけがうっすらと浮かんでいた。

解説

韓国近代文学の地殻変動
——開化期から一九二〇年代まで

芹川哲世

第一部　開化期から一九一〇年代

「韓国文学の源流」短編選シリーズは一九一〇年代末から二〇一〇年代に至る韓国（朝鮮半島の意で使う。以下同）の短編小説の名作を十期に分けて提供しようとするものである。この一期を十年に分けて考える見方はどこまでも便宜的なものではあるが、韓国のほとんどの文学史がこの方法を取っている。

韓国の近代文学史を考える場合、韓国文学史の一時代としての〈近代〉の起点をどこに求めるかという問題であるが、これは開化（啓蒙）期の概念と起点をどこに置くかという問題につながる。

どの国家においても近代化という課題の遂行は容易なことではないが、特に韓国の場合、内外に重なる試練と挑戦の中でそのような課題の遂行のための最初の一歩を踏み出さねばならなかったために、その困難さはより深刻であった。内には腐敗した封建旧習の清算と、外から押し寄せる外勢に対して民族の自主権を守護することが、この時代の朝鮮民族に賦課された歴史的課題であった。開化期の文学はこのような歴史的環境を基にして産出された多様な実験と模索の文学であった。一見してその美学的構図及び内容の深さは今日の文学に比べ物足りないようであるが、近代文学史において近代文学の端緒を開く史的位相から見る時、その意義と重要性はどの時期と文学にも劣らないほど大きいと言える。

それゆえ、本巻所収の作品群に先立つ時期の所謂、開化期の小説について次に、概略を述べておかねばならない。

開化期とは、一九世紀の伝統的韓国社会が内部の覚醒及び当時の異質文明乃ち西洋の衝撃により、近代的社会体制に形を変えた時期であると言える。開化という言葉が韓国社会で普遍的に使われたのは、大体一八九四年の甲午改革を前後した時期ではないかと思われる。

開化期小説とは別名新小説（一九〇六年頃から使用）と呼ぶもので、最も開化思想が高潮し論議された十九世紀末と二十世紀初めに書かれた小説を意味する。開港によって外からは西洋文明がまさに導入され、内では様々な制度や秩序の変革が追求されるのみならず、同時に帝国主義による外の勢力の力により、国運が傾いてゆく、時代的風土を基盤として成り立った文学である。よって、開化期小説は韓国の小説史において、既存の文学の解体及び近代文学に流入してゆく出口であり入口でもある意義を持っていることも事実であり、また広くは文学史的な側面から見て、近代化の過程の一つの反映である点も事実である。

しかし、新しい小説らしく思想の革命、道徳の革命及び文化の革命また民族的な存在の危機を克服しようとする意志の表出という、非常に肯定的な局面を持っていながらも、一方では新奇性や外部的な準拠に対する模倣・迎合としての大衆指向的な商業性という局面を同時に持つものである。のみならず民族自存の抗戦の意思を表出したりもする。とにかく、このような開化期小説が勃興し生成された要因を考えると、まず間接的な要因と直接的な要因に区分して考慮する必要がある。

間接的な要因としては、

（一）新教育、近代式学校の設立と国語（ハングル）運動の活発な台頭があげられる。

西洋的近代精神の普及に重要な役割を果たした近代式学校の設立・運営は私立としては、一八八三年に元山《ウォンサン》学舎（開化派官僚の鄭顕奭《チョンヒョンソク》が設立）、一八八五年にソウルに建てられた培材《ペジェ》学堂（米国メソジスト宣教師アペンツェラー〔H.G.Apenzeller〕設立）、一八八六年に建てられた梨花《イファ》学堂（同スクラントン夫人〔M.F.Scranton〕設立）がある。また、同年政府によって設立された官立学校である育英公院が近代的教育機関の初めと言えよう。このような大韓帝国時代（一八九七年十月～一九一〇年八月）の近代式学校は一九〇〇年代に至り一層大きくその規模が拡張され、以後一九一〇年まで通算すると学校数だけ見ても四十余校に達している。これらの学校の設立状況を見ると、四十四開校の中で二十五校がキリスト教系統の学校であり、半分以上を占める一方で、一般私立学校はわずか一九校に過ぎない。これは即ち当時いわゆる近代式学校が西洋文物を輸入するのに何よりも重要な役割を果たしたことを端的に物語っていることになる。このような近代式教育機関を通して西洋近代文化が移植・普及され、これにより啓蒙主義的文学が芽生えることになり、次第に開化期において中枢的文学の背景が養成されたものと思われる。またそれに伴う教科用図書の出版はもとより、読者層の大衆化も拡充した。

一方、国語国文運動の影響としては、甲午改革（一八九四年）を機に、法令や学部（現在の教育部）が編集する教科書に漢字・ハングル混じり文が使用されるようになり、ハングルの使用が広まった。ハングルは国文と称されるようになり、一九〇七年に学部に国文研究所が設置された。標準語と正書法の確立は語文整理事業の核心であったので現代韓国語に適合した文字（ハングル）体系と正書法を新たに打ち立てようとする努力が、二十世紀初めの十年間にはじめて真摯に行われた。この時期に韓国語研究が活発になされ、周時経《チュシギョン》「国語文典音学」（一九〇八年）、「国語文法」（一九一〇年）、兪吉濬《ユギルチュン》「大韓文典」（一九〇九年）、池錫永《チソギョン》「字典釋要」（一九〇九年）等の韓国語の音韻と文法に関する種々の著作が出版されたのも、このような努力の一環であった。

（二）開化書籍の伝来があげられる。近代式学校の設立と共に外国書籍の伝来・輸入はその促進媒体として直接的な役割を受け持った。韓国の開化思想をその影響史的観点から見ると書籍における影響は、日本・米国・中国の三系列の中で中国のそれが断然優勢であった。英・米書や日本書籍は翻訳を通してのみ理解が可能なのに比べ、中国書籍はそのまま当時の開化人には読むことが出来たからである。よって、日本や米国は主に各種の使節団等の見聞を通して開化過程に影響を与えたが、中国は具体的に記録された新しい書籍を通して韓国の開化運動に参与できたわけである。

(三) 開化期の新聞と雑誌がある。開化期の文学作品の中で、韓末の新聞に発表された小説、詩歌などは重要な位置を占める。近代的新聞の刊行は、一八八三年十月に政府の博文局から創刊された「漢城旬報」と一八八六年一月に最初の号を出した「漢城周報」に始まる。「漢城旬報」は漢字専用であったが、「漢城周報」は一部に漢字・ハングル混用体や純ハングル文も使用し、官報を第一とする公的刊行物におけるハングル使用の先駆となった。文明国家としての形成のため政治・経済・社会制度を紹介するのにあらゆる努力を傾注した。その後甲午改革を経て、一八九六年に「独立新聞」が創刊されるに及び形式と内容面においても本格的な新聞が始まった。まず発行所が政府機関でない独立協会(徐載弼《ソジェピル》が一八九六年組織)であったこと。この協会が当時開化主義者たちの代弁紙であった点、英文版が兼ねられたが純ハングルで記事化された点、先進国の新聞様式がそのまま導入され制作された点などは、近代的新聞として開化期の手本に価するものであった。この新聞は民族の独立擁護と民権の伸張のために戦った独立協会のなかでも、西洋文化を吸収した新知識層の見解を代弁する新聞であった。一方、一八九八年に南宮檍《ナムグンオク》らが創刊した「皇城新聞」も独立協会の機関紙の役割を果たしたが、こちらは儒教の革新派の勢力を代弁していたため、国・漢文混じり書きで、日本に対する反抗においては先鋒に立っていた。同じ一八九八年には、「帝国新聞」が発行されたが、中流以下の大衆と女性を対象とする純ハングルによる新聞であった。愛国的色彩と自主独立思想を鼓吹した点は「皇城新聞」と変わらず、「皇城新聞」が雄《おす》新聞、「帝国新聞」は雌《めす》新聞と呼ばれた。

朝鮮における保護国化が進められ、新聞が日本の侵略政策を批判する自由を奪われていた時（一九〇四年）、イギリス人ベセル（Bethell 裵説）は、梁起鐸《ヤンギタク》と共に、韓・英両国文で「大韓毎日申報」を出した。この新聞は日本と同盟を結んでいるイギリス人の経営でもあり、日本人の検閲を受けなかった。漢字混じりのハングル文を使用していたが、後にはハングル版も発刊し、英文版は「The Korean Daily News」と称した。高宗が、日本との乙巳条約（第二次日韓協約、一九〇五年十一月）は自身が承諾したものではないので、列国の保護を願うという親書を発表したのも、この新聞であった。

　一九〇六年には孫秉熙《ソンビョンヒ》らが、天道教系統の「萬歳報」、また一九〇九年大韓協会が「大韓民報」を発刊して、とくに日韓合邦運動を展開していた親日団体に対する戦いを繰り広げたが、日本の統監府による言論弾圧である新聞紙法の公布により、併合後にはすべて廃刊させられた。

　これらの中で特記すべきは「皇城新聞」がその当時新聞としては一番長期にわたって新聞連載小説を掲載した事である。一九〇六年五月十九日から同年十二月三十一日まで長々と五十回に達する回章体小説「神断公案」（作者未詳）が懸吐漢文小説の形式で発表された。この他に同新聞には「夢潮」（槃《パン》阿《ア》）というハングル小説（一九〇七年八月十二日〜九月十七日まで二十四回）が連載された。この小説は開化論者の死刑とそれによるその家族の受難及び友情、そしてキリスト教伝道師の登場はもちろん、新約聖書の〈ルカ伝〉が相当量紹介されている。開化革新団体としての独立協会のメンバーをモデルとしたような韓大興《ハンデフン》という人物の挫折及び外交官や全権大使、太極旗などの登場は国権意識を強力に反映させている点で特記すべきである。

　雑誌の発刊は各種新聞の発行と同時に開化過程の一大革新となった。一般大衆誌は大部分がその寿命が短くはあったが、そのような雑誌を通して多方面に近代的教養を獲得する機会を得、併せて文学的教養もこれらの雑誌によって蓄えることが出来た。その当時殆ど全ての雑誌が一部上流階層の価値体系、特に在日留学生たちの学会誌、開化主義者たちの啓蒙、教化主義精神の手段や媒介として育成されたが、各種雑誌の発行事業は、結果的に著者や読者層が大衆を意識することによって自然にそのような方向に傾き始め大衆を啓蒙することにおいてすこぶる重要な動機を作り上げることになった。

一八九六年二月近代式雑誌の嚆矢《こうし》とされる「親睦会会報」を始め、一九一〇年仏教系雑誌「圓宗」の創刊に至るまで、旧韓末十五～十六年間の各種雑誌、所謂、旧韓末雑誌発刊は、総四十四種に達し、これらは冊数として換算すると約三百余冊に及ぶという。

開化期最初の雑誌「親睦会会報」は一八九六年二月に創刊され、季刊として一八九八年四月まで六号出されていた。この雑誌の発行人は「大朝鮮日本留学生親睦会」で、雑誌発行一年前に既に親睦会が結成された。会員間の相互親睦と知識の伝達交換として彼我の知的教化を目的にしたが、編輯体裁は毎号ごとに一定して社説、論文、雑俎などを大きく三部門として構成し、又別の項目で文苑欄を置き文学作品を掲載した。当時、大部分の雑誌がそうであったように文体は漢文または国漢文混用であった。当時留学生たちが日本で刊行した雑誌ではあったが、各号ごとに企画された同誌の文苑欄は開化期初頭の文学形式の一端を見ることが出来るという点で、開化期の過渡的文学形態を窺い知ることのできる良い資料になっている。

この時期に発刊された雑誌の性格は大部分日本留学生などが結成した学会の機関誌であり、狭くはその学会の活動を通じた新しい知識と教養の伝達と普及に尽力したものであり、広くは汎国民的対象として、当時混迷を来たしていた内外情勢に直接加担しながら、自由と民権擁護を主唱する近代的啓蒙性と民族自主のための国権伸長などがその内容を成している。特に内報・外報など時事的啓蒙記事が多く、近代化過程において西洋文物の移入・普及にも大きな役割を担ったのである。

これらの雑誌に載せられた文芸作品も雑誌の性格によって多様であった。全く文芸作品を度外視して時事啓蒙へのみ重点を置き、文芸欄は設けずとも随筆・漢詩・偉人伝など、文芸物を掲載したものもある。一方、これとは別に文芸欄を置き、上記ジャンルの他、随想小説なども載せ、雑誌としての体裁を整えたものも四十四種の中で三十余種を数え、これによるとこの時期の雑誌は大部分文学作品を扱ったものと見られる。

これら旧韓末雑誌中、文芸欄を別設定にしているかどうかは別にして、文芸作品を掲載した主な雑誌は次の通りである。①「朝陽報」（一九〇六年六月）、②「大韓自強会月報」（一九〇六年七月）、③「太極学報（東京発行、一九〇六年九月）、④「少年韓半島」（一九〇六年十一月）、⑤「夜雷」（一九〇七年二月）、⑥「大学留学生会報」（東京発行、一九〇七年三月）、⑦「奨学月報」（一九〇八年一月）、⑧「慈善婦人会雑誌」（純ハングル誌、一九〇八年八月）、⑨「畿湖興学会月報」（一九〇八年八月）、⑩「少年」（一九〇八年十一月）、⑪「大韓興学報」（東京発行、一九〇九年三月）など。

次に直接的な要因としては、作家の専門化ないし職業化があげられる。当時、登場し始めた新しい文学様式は専門的な文人階層によって出来上がった職業的作家の産物である。この時期より職業としての文学業が登場したのはもちろん先にあげた国文運動による読者大衆の社会的拡大と関連する。そしてこの大衆的読者層を相手とする書籍出版と販売は、新しい印刷術の導入と共に資本主義的な流通構造が制度的に定着することによって、専門的な文筆業が記者や作家という形で新しく根を下ろしたと言える。これにより、匯東書館、廣学書舗、東洋書院、博文書館などの商業的出版社が国文書籍出版の先頭に立った。これによる小説の効用性に対する意識の拡大、自国文学の蓄積された伝統及び外来文学の強い影響を指摘することが出来よう。

次に、開化期小説の特性は若干のジャンル論的な分類を意識すれば大略四種の類型に分けられる。次にその内容を作品と共に簡単に言及しよう。

（一）歴史・伝記小説

開化期の精神史的側面に主眼を置いてみると、後に述べる所謂新小説の代表的作品に比べて小説の美的根拠は多少落ちるが、歴史・伝記類小説が持つ時代的な意味は重要である。歴史と小説が混交し登場した開化期特有のこの叙事様式は歴史と現実を見る当時の穏当で強靭な意思が反映されている。歴史物の寓意的・教化的性格が強く含蓄されていながら反外勢自主自強の主体的歴史意識、そして民衆の力と力量に対して信頼を示している点は歴史伝記類の重要な成果と見られる。

　この時期の歴史・伝記物は一九〇五年から一九一〇年の間に書かれたものが大部分である。一九〇五年四月、日本は「韓国保護権確立の件」を閣議決定し、保護国化する方針を決め、日本は列強から韓国を保護国化する承認を取り付けていった。日本は七月に米国と桂・タフト協約を、八月には英国と第二次日英同盟を結び、九月にはロシアとポーツマス条約を結び、ついには十一月に乙巳保護条約を結び、やがて一九一〇年八月二十九日の韓国併合に至ったのである。この分野の作者は大部分が国史学者で、何よりも民族的な気概と愛国的な独立自尊の精神を鼓舞しようとした。彼らはまず外国の歴史的英雄たちの事績を扱った作品を多く翻訳・翻案した。非妥協的愛国啓蒙運動の立場から「愛国婦人伝」（張志淵《チャンジョン》、一九〇七年）、「瑞士《ソサ》建国誌」（朴殷植《パクウンシク》訳述・翻案、一九〇七年）、「伊大利建国三傑伝」（申采浩《シンチェホ》訳、一九〇八年）のように外国の侵略から祖国を守護し、祖国を再建する為に寄与した、ジャンヌ・ダルク、ウィリアム・テル、マッツィーニなど、民間の英雄たちに関する伝記物が紹介された。これらの作品は外勢の侵略に対抗した弱小民族の抵抗を扱いながら民族主義と帝国主義に対する徹底した認識を示すが、これらの作品を翻訳した人たちが、さらに「乙支文徳《ウルチムンドク》」（申采浩、一九〇八年）、「李舜臣《イスンシン》伝」（申采浩、一九〇八年）、「姜邯賛《カンガムチャン》伝」（禹基善《ウギソン》、一九〇八年）、「泉蓋蘇文《チョンゲソムン》伝」（朴殷植、一九一一年）など、外勢の侵略から祖国を守り抜いた、韓国民族の歴史的英雄たちを紹介した歴史伝記類を創作した。

「愛国婦人伝」は百年戦争当時フランスの少女ジャンヌ・ダルクの救国抗争一代記を叙述したもので、一時国家の存亡が危難に陥ったフランスの状況と韓国の現実とを連係し、民族の抵抗意識を覚醒させ、またこのような意識を触発しようとする意図から書かれた作品であろう。一九〇五年乙巳保護条約が締結されると、張志淵は十一月二十日付「皇城新聞」に「是日也放聲大哭（この日こそ声を放って大いに泣くべきである）」という論説を掲載、民族の悲憤を代弁した。そして、まさにその日に日帝により拘禁され、翌年二月に釈放されるも、すぐに、「皇城新聞」の社長職を辞し、歴史書叙述に専念する一方で、大韓自強会を組織して抗日闘争を展開していった。

前代（李朝）小説の様式として使われた〈伝〉様式を借用し書かれた軍談小説または英雄小説などの伝記小説と密接に結びつき、作品の文脈から見ると、侵略的な外部集団に抵抗し抗争しようとする強い歴史的な寓意法（アレゴリー）で一貫した、抵抗及び現実救済の文学である。ジャンヌ・ダルクの救国闘争を叙述しようとしながらも、数多くの外敵の侵入を撃退し国泰民安の偉業を成した、韓国民族の英雄を押し立てた。韓国民族の英雄とジャンヌ・ダルクを意図的に対比して民族の抵抗精神を鼓吹し、愛国心を奮い起こし、国権回復の土台にしようとする意図が文面に現れている。作者は論評を通して各国の抗戦史のいくつかの断面を挿入している。統制された社会における文士の抗争の方法として、このような挿入と現実解釈の方法を遠くから引いてきて、その相関論を説いたのは、全て当時間断なく継続していた武装抗日闘争において義兵の義挙を鼓吹しようとする意図であった。よって、本文に含まれるジャンヌ・ダルクの熱弁はそのまま韓国民族の絶叫そのものとしてあてはめても差し支えないであろう。

「愛国婦人伝」は作者の日帝に対する抵抗意識の表象であり、民族に対する切実な鑑戒が盛られた作品と言える。

「乙支文徳」、「李舜臣伝」の作者申采浩《シンチェホ》（一八八〇〜一九三六年）は忠清道儒生の家門に生まれ、祖父から漢学を習い、一八九八年に上京し、一九〇五年には成均館博士になるが、一九〇〇年代に入ると「皇城新聞」「大韓毎日申報」などに剛直で救国的な論説を数多く発表した。日本の合併後は国外独立運動基地建設計画と関連、中国に亡命し、上海と北京などで流浪しながら、独立運動に投身、一方では国史研究と著述に専念した。急進的民族主義者として武装闘争路線を堅持していた彼は、一九二〇年以後無政府主義聯盟に加入し、その活動資金を工面しようとして一九二八年日帝の憲兵隊に逮捕され十年の刑を宣告され、旅順監獄で一九三六年獄死した。

「愛国婦人伝」が闘争座標の西洋的採用であるとすれば、「乙支文徳」や「李舜臣伝」は、徹底して自国的伝統と民族の土台の上にその闘争の座標を設定・叙述した点が特色である。抗日闘争で一貫したその生涯のように申采浩の歴史意識は徹底した民族主義に土台を置いていた。一国の歴史とは、民族の発生と消滅、その興亡状態を叙述するもので、「民族」を除いて歴史は存在出来ないとした。一国の主体は王でも封建貴族でもない「民族」それ自体であり、民衆は民族的自我の主体であり、一つの民族の歴史とは、その民族がそれと対立される他民族との闘争の中で発展すると理解した。よって、民族主義史観に立脚した一国の歴史創造の主役として、彼は「民族」を鮮明にあらわにし、これを主体とする民族中心、民衆主体の歴史叙述を主唱したのである。彼は民族の自主独立を切望する民衆に間接的ではあっても、害を与える文芸にたずさわるべきではなく、文学とは総じて民族の覚醒を追求し、全社会を鼓舞するものでなければならないと信じた。国家を正し民族を孕育《よういく》して独立心を与えた乙支文徳と国難にあたって対敵の策略を講じて撃退することにより、名誉の記念碑を歴史上に永く打ち立てた先民の自主自強精神を通して民族精神を高め、民族の力量に対する信頼と自矜心を奮い起こそうとしたのがこの作品の意図であった。当時の超強国隋の侵入を痛快に撃退した英雄の全貌を明かした「乙支文徳」は愛国的武勇譚の紹介による、反日抗争の意識鼓吹におとらず、このような民族的自負心の鼓舞にもその意義がある。即ち現実的闘争意識鼓吹と民族史的自恃自存意識の鼓舞は、その当時「自主自強」を指向する最善の方策であったであろう。「李舜臣伝」もやはり抗日救国のための民族的覚醒が主要作意であることは「乙支文徳」の場合と同じである。彼の作品には他に虚構を自由に駆使した幻想的手法を用いた「夢天」（一九一六年）や彼の無政府主義思想を表出した「竜と竜との大激戦」（一九二八年）などがある。

（二）時事討論体（戯謔的、諷刺的、対話体・討論体）小説

旧韓末、前述した独立協会（一八九六年七月創立）では、四月に創刊した「独立新聞」（ハングル専用新聞）が機関紙の役割を果たしていたが、一八九七年八月から独立館（清からの勅使を送迎するための施設であった慕華館を改修したもの）を会場として討論会を開き、討論会は日曜日ごとに開催され、ここには会員と傍聴人が数百名ずつ参加して開かれる討論に参加することにより、一つの正論を形成し、政治的啓蒙に乗り出した。一八九八年二月には、反露闘争に立ち上がり、三月には漢城（ソウル）市民の街頭集会（民衆大会、演説会）である万民共同会を開いた。若き李承晩《イスンマン》らが青年演士として立ち、熱烈な演説により、大衆の世論を喚起した。独立協会の後、多くの政治社会団体が組織され、都市を中心とする知識層の政治意識と社会意識を大いに高めた。このような団体としては、保安会（一九〇四年）、共進会（一九〇四年、一九〇五年憲政研究会へと発展）などがあり、日本が荒蕪地開拓権を要求して土地を強奪しようとした時、演説と檄文などにより大衆的な反対運動を起こした結果、日本は要求撤回を余儀なくされた。しかし、こうした政治団体の活動は政府や日本が共に嫌い、ついにソウルにおける大衆的政治集会は禁止され、合法的な政治運動は不可能となった。これに代わって、国権を回復するための土台として、産業を復興し、教育を普及させる社会文化運動が展開されたが、憲政研究会の後身として一九〇六年三月に組織されたのが、大韓自強会である。雑誌の項目で述べた、「大韓自強会月報」や、「畿湖興学会月報」や「大韓興学会月報」などは、みな自強運動団体が発行した学会誌である。これらの団体が開催した各種政治集会、大衆討論及び演説会などが文学的に受容され、雑誌と共に、「皇城新聞」、「大韓毎日申報」、「大韓日報」、「帝国新聞」などの新聞に掲載された。特に一九〇五年以降、国権喪失を目前にした時期に、国権回復と自主独立、文明開化を力説した論説が発表された。そしてその論説を文学的表現に変容させ宣伝と煽動の効果を高めよう

とした努力によってこのような様々な形式の時事討論体小説を生んだのである。

時事討論体小説はその談話形式によって、対話体小説様式と、演説体小説様式に分けられる。代表的な対話体小説様式としては、いずれも「大韓毎日申報」に連載された、「めくらといざりの問答」（一九〇五年）、「車夫の誤解」（一九〇六年）などがあり、「大韓民報」に載った「絶纓神話」（一九〇九年）などもある。また、演説体小説様式としては、寓話小説としても分類出来る「禽獣会議録」（安国善《アングクソン》、一九〇八年）、「警世鐘」（キム・ピルス、一九〇八年）、「蛮国大会録」（宋完植《ソンワンシク》、一九二六年）などや「自由鐘」（李海朝《イヘジョ》、一九一〇年）、「病人懇親会録」（一九〇九年）、「天中佳節」（一九一三年）などがある。

「めくらといざりの問答」は、作者は未詳で完全な対話形式作品である。占いにより生計を立てるめくらと網巾（頭巾）売り商人のいざりが登場し、文明開化による失業集団でありながら、開化思想を主張するのみならず、自主意識を失った政府官僚たちの他人任せの局面を鋭く批判している。たとえ小説的な形象力において不足な点が多くとも、一時代が抱えている不条理な社会的情勢に対して苛烈な批判意識を見せている。例えば、政府失政の内容として、

第一に経済政策をあげている。作品では、以前のように酒の一杯も飲めなくなった理由として「銭荒」（お金がうまく流通せずにとても貴重になること）をあげている。銀本位貨幣制を樹立し銀行がこれを管掌するようになり、新貨が発行されるが、この新貨一枚見物することが、「空の星取り」のようであり、旧貨までも見物が困難になったと嘆いている。

第二に当時の官僚の腐敗と売官売職を糾弾している。庶民は貨幣を触ることも出来ないが、特権層は何千両何万両を引き抜き、売官売職に明け暮れ、その元手を捜し出すために民の膏血を吸い取るので、国の根本である民をいじめ揺さぶれば国が亡びるであろうと慨嘆している。

第三に自主性のない政府の依他的な外来政策をやり込めている。そして特に、乙巳保護条約（一九〇五年）により、自身の国を売って、外国の保護を要請するとして、政府の無力を糾弾し、国民の新しい覚醒

を促している。「車夫の誤解」はその構成や叙述の方法において「めくらといざりの問答」と一致している。系列ごとに見ると、やはり諷刺的で戯謔的作品である。しかし「めくらといざりの問答」よりもその諷刺的批判意識が一層苛烈だ。無知な人力車夫を主人公に立て、言葉の遊戯の手段として、日帝の統監府設置及び親日官僚やその手先たちを糾弾している。例えば「統監」を「通鑑」に変え嘲弄している。いわば通音語を採用して一つの権威の対象を卑俗化する手段がそれである。このような卑俗化から諷刺性とアイロニー（反語）が誘発されるのである。

「絶纓神話」は市に行く両班儒生とソウルに行く粗忽者が道端で会い、やり取りする対話を通して古い封建勢力の虚妄さを批判するだけでなく、非正常な方法で階層の上昇を達成せんとする二人のむなしい野望を批判している。両班儒生はもうすぐ子供を産むことになる義妹の為に米とわかめを買いに行くところだ。彼は義妹が娘を産めばその娘を名門の嫁として嫁がせ、姪のおかげで高い官職を得る夢を見ている。無学な粗忽者は結婚する為に衣類を入れる木箱を買いに行くところだ。彼は結婚して息子を産めば両班の家に養子に入れ一財産をつくろうという夢を持っている。作家はこの二人の人物のむなしい夢を通して、当時の政略結婚を通して権力を闇取引する支配階級に対して強い批判を提起している。これ以外にもムーダン（シャーマン）を後ろ盾にして権力をつかもうとする一団のやからも批判し、この他にも学校教育に反対し、まだ私塾の教育にとらわれている封建残滓勢力に対する批判も含まれている。

安国善の「禽獣会議録」はいわゆる開化風潮に便乗して価値観の乱れを繰り返していた当時の社会各層の意識構造と支配層の虐政によって、あらゆる非理が横行していた両班官僚世界の腐敗相に対する鋭い罵倒で一貫している。発表当時、禁書処分が下され回収手段が取られたところを見ると、作品内容がどれほど強烈な波紋を投じたかが推し量れよう。これはまた作家が擬人法を使って人間の非理を告発し、鳥、狐、蛙、蜂、蟹、蠅、虎、鴛鴦などの禽獣の発言を通しての形式をとるほかなかった事情を知ることが出来る。この作品の構成を成す会議形式は、対話式の討論進行でなくても、壇上に出て発言する時は、必ず会長から発言権を得て登場するが、適当な発言（現実に対する態度が絶頂に達する）に至る時は〈手を叩く音で天地が振動するくらい共鳴を得る光景〉など、一連の会議進行は近代の政見発表会を彷彿とさせるものがある。

風刺小説「病人懇親会録」は不具者ではあるが、直接人間が登場する点で、前の「禽獣会議録」などの寓話とは素材面で違いはあるものの、その形象化方式は同一である。この作品には、びっこ、片目、小人、つんぼ、兎口《ミツクチ》、腕が曲がっている人、腕が無い人、こぶのある人、めくら、せむしなどが社会で受ける冷遇を克服し肩身の狭い生活から脱出する為に「病人懇親会」という組織を作る。この組織の創立大会で彼らが一人ずつ登場して、自身の意見を吐露するのがこの小説の内容である。肉体的には非正常であるが、精神的には正常である身体が不自由な者たちが、肉体的には正常で、精神的には非正常である身体健康な者たちを諷刺する方法を通して、正しい文明開化の社会を作るように促す作品である。

「自由鐘」は作者である李海朝自身が「討論小説」と明記している作品である。ある夫人の誕生パーティーに集まった色々な婦人たちが女性の自由権、新教育、封建的身分制度の打破のような当時の切実な社会問題などをもって討論を展開する形式である。自分たちの正当な見解を直接的話法で討論している。国権回復運動と女性解放運動のメッセージを結び付けている点では西洋的な女性解放文学と言えよう。「自由鐘」で扱った討論主題は、①国家発展の為の近代的学問の必要性、②固有の国歌使用についての論議（賛否慎重論）、③女性教育の重要性、④宗教・教育制度の再検討、⑤子女教育論、⑥庶孽問題、⑦班常問題、⑧自主独立思想発揚など、当時の開化意識を具体的に幅広く取り上げている。このように開化期の政治・社会問題を多様に扱い討論を展開し、終わりの場面では登場人物たちは各自夢の話を通して、大韓帝国の隆盛と自主独立を祈願し、将来の発展を誓っている。「自由鐘」が前の「めくらといざりの問答」や「車夫の誤解」よりも包括的な主題をあげて討論している点、主人公たちが女性たちであるという斬新性はあるが、旧文化を土台とした修正論であったという精神的姿勢がこの作品を過渡期的作品にした要因であると言える。

作者未詳の「天中佳節」は、「自由鐘」と同じ女性たちが茶話会という集まりを作り、そこで各自が自分たちの意見を発表する方式で進行する。この集会に参加した女性たちは伝道夫人、女教師、看護婦、助産婦、銀行事務、鉄道駅員、監獄女監、行商人など、主に職業を持っている新女性たちである。これらが順番に登場し、女性たちが身につけている職業の神聖さ、その職業に関係する知識や素養の話をする。この点で「自由鐘」に比べて各女性人物たちの生活が具体的に表れていて、より現実性を加えている。新時代に対する漠然とした期待ではない、実際的な展望を付け加えているようにも見える。

(三) 新小説

「新小説」という言葉は古代小説（前代小説とも）又は旧小説とは異なる新しい形式の小説という意味で使われ、李人稙《イインジク》が一九〇六年新聞「万歳報」に小説「血の涙」（上編）を連載（七月二十二日〜十月十日）し始めてから「新小説」という名称をつけたことに由来する。近代初期の小説である新小説は当時の現実に対する写実的反映として、内容や形式において、旧小説より一層進歩したリアリズム的小説様式である。新小説は封建的家族制度の混乱と腐敗をはじめ、封建社会自体の腐敗相に対する暴露と批判、自主独立と文明開化への指向など近代開化思想を鼓吹し、〈苦しみ尽きて幸福来たれり〉式の旧小説の枠から離れて当代の人物と事件に根ざして民衆の日常言語を使うなど、新しい特徴を示している。しかし、旧小説の残滓を持っていることも看過できない。人物設定と葛藤の解決において善悪の対立が新旧の対立に置き換わっただけで、内的必然性もなく、勧善懲悪の古い型が維持されていて、言語使用においてもまだ完全な言文一致にまで至らなかった。そして新小説が打ち出した反封建文明開化の思想も、封建体制の破壊と真正の民主国家の樹立というところにはほとんど届かず、大抵は風俗改良と西洋的近代文物制度の輸入だけの次元にとどまっている。

新小説の代表的作家と作品には、李人稙の「血の涙」（上編、一九〇六年）、「牧丹峰」（「血の涙」下編、一九一三年）、「鬼の声」（上・下編、一九〇六～〇七年）、「銀世界」（一九〇八年）、「雉岳山」（上編、一九〇八年）、李海朝の「鬢上雪」（一九〇八年）、「駆魔剣」（一九〇八年）、「自由鐘」（一九一〇年）、「花の血」（一九一一年）、「牡丹屏」（一九一一年）、崔瓚植《チェチャンシク》の「秋月色」（一九一二年）、安国善の「禽獣会議録」（一九〇八年）、「共進会」（一九一五年）などがある。

「血の涙」の内容は次の通りである。一八九四年日清戦争の硝煙が平壌一帯を覆った時、七歳になる女主人公玉蓮《オンニョン》は避難の途中父親とはぐれ負傷するが、日本軍に救出され井上軍医の厚意により日本に渡る。日本で彼女は井上軍医の妻を義母として定め、大阪で小学校に通うが、思いがけず井上軍医は戦死する。義母は心変わりし、玉蓮をいじめるが、行く当てもなく彷徨する中、具完書《クワンソ》に会い、共に米国に渡り、ワシントンに留学する。そこで父親金冠一《キムグアンイル》に会い、父親の立会いで具完書と婚約する。その後平壌で玉蓮の母親は死んだと思っていた娘の手紙を受け取り大いに喜ぶ。作家がこの小説で主張しようとしたのは、教育奨励と向学熱鼓吹、男女平等意識鼓吹、自由結婚主張、そして中国排斥、親日意識鼓吹である。しかし、その主題が強烈に浮き出ずに、ただ外部的な国際関係や社会環境によってもたらされる一家族の悲劇を内容とし、愛情問題を扱うことに終わってしまった。

「鬼の声」の作品のあらすじを示すと次の通りである。春川《チュンチョン》で暮らす姜同知《カンドンジ》は彼の一人娘吉順《キルスン》を当時郡守として赴任していたソウルの金承旨《キムスンジ》の妾としてやることになり、吉順は金承旨の子供まで産むことになる。金承旨がソウルの宮中の官職を務めることになり、本妻の妬みを恐れるあまり、吉順を一人残して発ってしまう。しかし、様々な曲折を経る間、吉順母子（吉順と吉順の子コブギ）は、金承旨夫人のけしかけによって殺害され、この事を知った姜同知は吉順母子を殺害するのに加担した人間（崔哥《チェガ》・占順《チョムスン》・本妻）たちを順番に殺すことによって復讐を終える。甲午改革（一八九四年）以後没落してゆく両班階級の裏面を暴露する一方、支配階級の生活を描き、底流に流れる現実の反映及び抵抗意識がよく表れている。また、婢僕たちの身分制度に反発、既成の法律と慣習から逃れ、自由な人間の尊厳性を取り戻そうとする自意識が強く描かれた作品である。旧小説が苦盡甘来式の人生観や勧善懲悪的倫理観に囚われるのに反して、この作品は客観的な事件の進展を扱ったという点と、旧小説は大体ストーリーにのみ力を入れ事件の発展や心理描写などには関心を置かなかったが、この作品は多様な事件を展開した点などから、当時の小説の一大革新であり進歩であると言える。この小説は新小説の中でも一番多くの読者を獲得した作品と言われる。かつて金東仁は「朝鮮近代小説考」（一九二九年）でこの小説を〈韓国近代小説の元祖の栄冠は「鬼の声」に帰する他ない〉と激賞した。その理由の一つは才子佳人を主人公として扱わなかった点と、もう一つは、勧善懲悪の主題に囚われなかった点である。これは「鬼の声」が古代小説からさらに一歩進み、近代的な意味の小説に発展していることを指摘したものである。

「銀世界」のあらすじは次の通りである。江陵《カンヌン》の山奥に暮らす崔秉陶《チェビョンド》は金玉均《キムオクキュン》の感化で救国の一念を抱いてその元手の為に勤勉に働き、財産を集めた。しかし、その財産を奪うため、強引に彼に罪をかぶせた江原《カンウオン》監司に抵抗して、ひどい拷問にあって死ぬ。これに衝撃を受けた夫人は遺児玉男《オンナム》を産んだ後精神異常にかかり、崔秉陶の友の開化人キム・ジョンスが財産管理及び玉順《オクスン》・玉男の姉弟を預かる。キム・ジョンスはさらに金を貯め、玉順・玉男姉弟に新しい学問を学ばせる為に米国に留学させる。しかし不運は重なり、キム・ジョンスが増やしてきた崔氏家の家産は腐敗官吏に殆んど奪われてしまう。その後、キム・ジョンスは酒により歳月を過ごし、そのため死んでしまう。一方、玉順・玉男姉弟は米国で学業を終え帰国し、その間精神異常であった母と再会し暮らすことになる。ある日、たまたま父親の墓参りに行ってくる途中に義兵に会い、玉男は〈虐政を治すためには高宗の譲位が当然であり、義兵はまた許されない〉と力説するが、彼ら姉弟が義兵に囚われ行くところで話は終わる。封建支配層の政治的腐敗による民衆に対する苛斂誅求、これに抵抗する民衆の反抗意識、固陋な封建体制を革新するための開化思想がこの作品の主題である。極度に腐敗した当時の封建官僚の虐政を観念でなく、崔秉陶という不屈の反抗意識を持った強靭な性格の主人公を立てて展開し、虐政に苦しめられる民衆たちの抵抗が、ついに蜂起に続く事件展開などは新小説の主題面において一層優位に置かれるゆえんである。しかし、崔秉陶の遺児として生まれた玉男は母親までも狂ってしまい、実質的に孤児になってしまう。先進資本主義国に対する羨望と貧弱な祖国に対する劣等感に根拠づけられた玉男の孤児意識は民族的な主体の放棄として悪化する。ここで彼はもう一歩進み、高宗の強制廃位事件（一九〇七年）を「韓国大改革」と判断することにより、自身も知らぬ間に、日帝の同伴者に変貌することになる。作品の前半部で腐敗した監司に代表される、封建支配層に対立して抵抗していた崔秉陶の民衆的意志は、後半部に来て玉男と義兵が先鋭に対立することによって、主体的で民衆的な意識が消滅してゆく結果を示している。義兵たちを前にした玉男の演説の場面は、一九〇八年義兵戦争に動員された主体的な力量を鈍らせようとする李人植の親日的意図が明白に表われた部分である。しかし、このように誤導された時局観はただ李人植のみの限界ではなく、大部分の新小説一般が見せた誤謬であり、ここに新小説の致命的限界が潜んでいると言えよう。

崔瓚植の「秋月色」は彼の代表作であり、当時の新小説の中でも一番広く知られ愛読された作品である。大体のあらすじは次の通りである。

李侍従《イシジョン》の一人娘貞姙《ジョンイム》と金丞旨《キムスンジ》の一人息子永昌《ヨンチャン》は幼い頃から父母によって結婚を約束された間柄であった。しかし、平安道楚山《チョサン》郡守として赴任した金丞旨が思いがけず民乱に遭い金丞旨一家は皆行方不明になる。貞姙が十五歳になると貞姙の父母は別の結婚相手を決め貞姙を結婚させようとする。貞姙は一人で家を離れ、苦労の末日本に渡り、音楽を専攻し優秀な成績で卒業する。平素から貞姙に片思いしていた姜漢永《カンハニョン》は上野公園で貞姙に接近し、哀願もし、脅してもみるが、貞姙が最後まで心を許さないので貞姙をナイフで刺し逃走する。英国に留学し日本に来た永昌が偶然にそこを通りがかり、犯人として目をつけられ裁判を受けるがすぐ無罪放免される。二人は劇的に再会して、ついに新式結婚式を挙げ、満洲に新婚旅行に旅立つ。二人は新婚旅行中、馬賊隊に捕らわれる。しかし、そこで永昌の両親に遭遇し、一緒に帰国する。

この小説は新小説の過渡期的欠点もあちこちに散見する。例えば、数々の事件が解決するのにあまりに多くの偶然が入っている。貞姙が危害を受けた途端に金永昌が現れるとか、馬賊たちに捕らわれたところに、急に金承旨夫妻に会うとかという事はその端的な例である。これはこの小説が近代小説の重要要件を成す事件の構成原則に遠く及ばないことを意味する。にもかかわらず、広く読まれた作品であり、また、劇団聚星座ではこれを脚色してその最初のレパートリーとし、一九一八年三月九日団成社で上演する。この作品でもう一つ注目すべきことはその主体意識である。第一にここでは文明開化、近代化追求の意志がうかがえ、それと共に自我覚醒・新結婚観が披瀝されている。李貞姙と金永昌が両親の縁定めを超えて立ち上がり、彼らなりの交際をすることがその具体的例となる。また、この作品は挿話的位置を占めるものとして、腐敗した官僚政治に対する批判意識を併せ持っている。楚山の村など北方地方の民衆蜂起を扱っているのがそのよい例である。

安国善の「公進会」（一九一五年自家出版）は近代最初の短編小説集という点で文学史において重要な意義を持つと言える。

この作品集には「妓生」、「人力車夫」、「田舎の老人の話」、など三編の短編が収録されている。最初は五編の作品を載せる計画であった。しかし、「探偵巡査」と「外国人の対話」という二編の作品が警務総長の命令により、削除になったことが作品末尾に記されている。

「妓生」は一九一四年第一次世界大戦が始まる頃を背景にし、晋州《チンジュ》、ソウル及び中国青島、日本の東京などが舞台で、香雲介という一人の妓生があらゆる誘惑と患難を退け、幼な友だちであるユマニと結ばれるまでの過程を描いた恋愛小説である。「人力車夫」は一九一〇年代のソウルの街で日雇い仕事をする人力車夫を主人公に庶民層の哀歓を盛っていて、彼の過度の飲酒を戒めるため、彼の妻が絞り出した知恵と勤勉、節約的な生き様を浮き彫りにした作品である。後の、玄鎮健の「運の良い日」（一九二四年）を連想させる作品ではあるが、勤倹節約の為の啓蒙的目的をもって書かれた点は、当時の総督政治を合理化し肯定する教訓的意図が垣間見える。「田舎の老人の話」は短編小説様式としての額縁構造を見せていて異彩を放っている。その内容は東学運動（一八九四年）直後の江原道鉄原とソウルを舞台に義兵蜂起及び鎮圧など戦乱を経た紆余曲折の中で、過ぎし日婚姻約束をしていた男女主人公の愛情問題が成就する内容である。「公進会」と名づけた理由が当時「物産公進会」を見物に来た人たちが客舎において時間つぶしに読むための娯楽読み物という意味があり、小説の娯楽性と教訓性を同時に掲げている点に近代的小説観がうかがえる。

（四）玄相允と李光洙の初期短編小説

玄相允《ヒョンサンユン》（一八九三年～一九五〇年？）は一九一〇年代に最も活発に詩・小説・随筆・論説などを発表した。一九一〇年代短編小説の一番重要な発表舞台であった『青春』誌に「恨の一生」（一九一四年十一月）、「薄命」（一九一四年十二月）、「再逢春」（一九一五年一月）、「曠野」（一九一七年五月）、「逼迫」（一九一七年六月）を発表し、他には「清流壁」（『学之光』一九一六年九月）がある。

「恨の一生」は家が滅びたせいで、その後下人になってしまうある両班の子孫が、その家の若い主人が自分と幼い頃婚約した間柄であった妻子を所有してしまうことに激昂したあげく、二人の男女を殺してしまうという内容である。一晩の間の殺害場面を前の部分に設定しておいて、殺人犯の来歴を後ろの部分に敷いておく逆順的構成方法を取っている。両班が没落し、他の両班の下人になり、愛する女まで奪われ、ついには復讐の刃を振り回すという報復劇形態の話は現実性が弱い。復讐や膺懲の一つの行為として描かれながら、作家により正当化される殺人行為は一九二〇年代傾向小説においてしばしば現れる殺人・放火モチーフの原型だとも言えよう。話し手が度々嘆息に浸り悲嘆を吐露する式に表現するのは一九二〇年代に感嘆符と刺激的な色彩語を乱用した小説を書いた崔曙海を連想させる。

「逼迫」は、玄相允が一九一〇年代の短編小説として、作家とは距離がある一人称人物を主人公としている珍しい例である。この作品は「私」を通して当時の農村の姿を如実に描くことによって、ルンペン・インテリとしての内面を掘り下げ、心理小説の水準に到達した。「私」は都市に出て勉強し農村に戻って来たが、なすべきことがみつからないままぶらぶらし、農民たちに嘲笑され恥をかかされ、ついには激しい圧迫感を感じるようになる。「私」は新聞、雑誌、詩や小説も読み、〈困窮した者を不憫でかわいそうに思い、悲しむ者に落とす同情の涙もあり〉農民たちを理解することも出来、また彼らと同化しようともする。しかし、農民たちが「私」を受け入れようとしないので、逼迫を感じるようになる。劇化された一人称を用いて人物の内面を掘り下げようとした点、これにより、作家の介入が制御された点などから、「逼迫」を通して近代小説の方に確実に近づくことが出来たと言える。「逼迫」は一九二〇～三〇年代の韓国小説において一つの領域になった帰農モチーフを設定したルンペン・インテリ小説の原型的存在となった。

李光洙《イグァンス》（一八九二年～一九五〇年）が小説家として活動を始めたのは一九一〇年度であった。明治学院中等部（普通部）留学時代に日本語で書かれた最初の発表作「愛か」（一九〇九年）は孤児ではあるが、聡明な朝鮮人文吉がある高官の助けで日本明治学院中学に通っている時、極度の孤独感に勝つために交際していた操という男から捨てられ鉄路に横たわり自殺しようとするところで終わる作品である。文吉の愛の感情を掘り下げた心理小説と言えるが、朝鮮青年の一方的思慕から始まる同性愛の噴出により、民族感情は希釈されてしまっている。

李光洙は彼の代表作とも言われ、韓国近代文学の新しい地平を開いた長編「無情」（一九一七年一～六月）を発表するまで、短編小説では、「幼い犠牲」（一九一〇年二～五月）、「無情」（一九一〇年三～四月）、「献身者」（一九一〇年八月）、「金鏡」（一九一五年三月）、「少年の悲哀」（一九一七年六月）などがあり、長編「無情」の後には「幼い友に」（一九一七年七～十一月）、「彷徨」（一九一八年三月）、「尹光浩《ユングァンホ》」（一九一八年四月）などがある。この中で「幼い友に」、「少年の悲哀」、「尹光浩」は李光洙の自伝的要素が濃い短編である。

「幼い犠牲」のあらすじは次の通りである。オロシャ（俄羅斯、ロシア）軍の侵入により少年が父親を亡くし、父親の仇を討とうと仇を探しに出るところから話が始まる。しかし、少年はオロシャ軍に捕まり死んでしまう。オロシャ軍の侵入は少年の家にまで及ぶ。少年が巻いて出て行った襟巻きがオロシャ軍にあるのを見た祖父は少年の死を知り復讐を決心する。ちょうど少年の家に入って来たオロシャ軍に対して毒酒を飲ませ槍で突き殺す。槍で突き殺したオロシャ軍にまで人類愛的な同情を感じる祖父の心理描写で作品は終わる。この作品の特徴をいくつかあげると、第一に葛藤の構造がよく編まれていること、第二に終局が悲劇的になっていて、前代小説とは違う様相を見せていること、第三に、事件進行に暗示性を加えて、一種の伏線を張っている点など、また背景の設定、雰囲気描写、心理変化に伴った客観的相関物の提示方法などは優れた手並みを見せている。彼の短編は長編と同じく啓蒙的性格が目立つが、この作品で死んだオロシャ軍に対して祖父が感じる憐憫の情はトルストイの影響を受けた四海同胞主義の一つの様相と見ることが出来よう。

短編「無情」は、十六歳の時十二歳の男と結婚したある女性が何年か経って、夫が妾を囲い自身を冷ややかにあしらうのを我慢できず、毒薬を飲み、夫と妾を恨み死んでゆく話であるが、小説の題目「無情」は年上の本妻を孤独な死に追いやった夫の態度を否定した言葉である。李光洙は夫が妾を得て本妻を酷くいじめるという事件を中心に設定する中で、女主人公を、学んだこともなく能力もないが、ただ口が重くしとやかで控えめで、その両親と夫に絶対的に服従する、いわば典型的な韓国の旧女性として描く反面、夫は分別もない貪欲で利己的な存在として描きながら、おのずと早婚制度と妻妾風俗の弊害を提示することになった。

一九一〇年代の時代的状況を客観的に提示することにより、李光洙は作品末尾でこの小説が実際の事件を敷延したことを明らかにしている。始まりの部分から自殺しようとする女が置かれた特定の空間が写実的に処理されることにより、その雰囲気が一層高まる効果を狙っている。時間的な背景もまた、事件が起こってから過去のことを追跡し、短い叙述の時間の中で、女の一生を間接話法を通して要約して示す方法を選んでいる。これにより、永遠の時間でない人間的な時間が現れ作品も一層面白くなっている。思想的背景は儒教的世界観に対する批判を通して、自由恋愛思想を主張していると思える。

彼はここで当代の問題になっていた、様々な懸案をリアルに提示している。新旧の葛藤を描いた「献身者」、「少年の悲哀」、「幼き友に」などと、知識人の苦悩を描いた「彷徨」、「金鏡」そして女たちの悲劇的生を描いた短編「無情」がその代表的な作品である。

(五) その他、翻訳・翻案小説

日本や中国の場合も同様であるが、韓国の場合も純粋な文芸作品よりもまず、前記したように歴史書や伝記のような翻訳、翻案小説が作られた。一八九七年に発行された「泰西新史」を始め、「越南亡国史」、「埃及《エジプト》近代史」、「美国独立史」などの歴史書、「拿破侖《ナポレオン》伝」（一八九五年）、「羅蘭《ロラン》夫人伝」、「比斯麥《ビスマルク》伝」、「彼得《ピーター》大帝」（一九〇八年）、「伊太利建国三傑伝」などが、日本または中国人の翻訳を通して発行された。

この時期に翻訳された小説としては、前記した朴殷植訳述の「瑞士建国誌」、李海朝が訳述した「鉄世界」（一九〇八年）はジュール・ヴェルヌの空想科学小説であり、その他「羅賓孫《ロビンソン》漂流記」（一九〇八年）、「愛国精神」（一九〇八年）などもある。翻案小説とは原作に変更と改修がなされた小説である。即ち、人名と地名の改修及び風俗の変更であり、これは一種の変種的な翻訳でありながら同時に剽窃的な意識も持っていると言える。このようにいたって奇形的な文学行為としての翻案が開化期という特殊性によって多く行われたのは、ひょっとするとあまりに自然な現象であったのかも知れない。例えば、「長恨夢」（趙重桓《チョジュンファン》、一九一三年）は日本の「金色夜叉」（一八九七年）を翻案した代表的なものである。「雪中梅」（具然学《クヨナク》、一九〇八年）も日本の末広鉄腸の「雪中梅」（一八八六年）を翻案したものである。「経国美談」（作者未詳、一九〇四年と玄公廉《ヒョンゴンニョム》訳述本、一九〇八年の二種あり）は矢野龍渓の「経国美談」（一八八三～八四年）を訳述したものである。その他「長恨夢」と共に爆発的な人気を博した、「榴花雨」（金宇鎮《キムウジン》、一九一二年）、「不如帰」（趙重桓、戯曲）は徳冨蘆花の「不如帰」（一八九八年）を翻案したものである。

第二部　近代文学の定立段階——一九二〇年代

以下、前項で解説した時代に続く本編収録の作品について収録順に解説を加えたい。巻末に掲載された著者プロフィールを参照しつつ読んでほしい。

羅恵錫《ナヘソク》の**「瓊姫《キョンヒ》」**（『女子界』、一九一八年三月）は、鉄原郡守を経て妾も二、三人囲った李鉄原《イチョロン》の娘で日本に留学中に、休みで一時帰国し、母親、餅屋の夫人、女中などが称賛するほど料理、掃除、裁縫などにも優れた能力を発揮する瓊姫が、金判事の家の息子と婚姻させようとする父親の強圧的な意見を受けて苦悶する姿を描く。瓊姫は自身が少しずつ成長していることを感じるので、一日中欲を出して仕事に精を出す様子が叙述される。瓊姫は外見や傲慢、放縦さといった一般化された新女性の立場とは距離を置いている。新女性としての眼目と見識がありながら朝鮮の女が身につけてきた伝統的態度と徳目も熱心に習った。瓊姫は自身を〈白痴のような感覚〉〈口下手〉〈多少のつらさに音《ね》を上げ、軽く叩かれれば慟哭する愚かな臆病者〉〈衰弱した意志〉から抜け出すことが出来ないでいると思っている。女性が男性のように進み出て仕事をしようとすれば、ナポレオン時代のスタール夫人のような理解力と雄弁さ、ジャンヌ・ダルクのような百折不撓かつ犠牲をいとわない勇気、英国の女権論者のフォード夫人のような強固な意志がなければと自省するのである。お金もあり愛情もたくさんもらいながら、進むのに易しく、探すのに困難で、平らな大路とつらい労働をして初めてようやく食べて暮らし、冷遇や虐待だけがあるような困難な道の間で悩んだ瓊姫は、父親に対して清貧論、努力論、真実論などを力説し、自分の努力で生活を開拓し、愛を求めて行く道を歩んでゆくと打ち明けるのであった。瓊姫は家にあっては父に従い、嫁しては夫に従い、夫の死後は子に従うという「三従の道」に囚われている朝鮮女性の現実をはっきりと覚醒させようとする媒介者の役割を十分に果たしていると言えよう。

ここで言及しておかねばならぬことは、羅蕙錫と共に韓国女流文人の第一期生と言われた弾実《タンシル》金明淳《キムミョンスン》（一九五一年死亡）や一葉《イリョプ》金元周《キムウォンジュ》（一九七一年死亡）らのことである。偶然にも彼女ら三人は同じ一八九六年生まれで、いずれも同時期に日本に留学していて、本巻所収の作家の田栄沢《チョンヨンテク》、廉想渉《ヨムサンソプ》、金東仁《キムドンイン》とも留学時代から交流があり、羅蕙錫は廉想渉の初恋の相手でもあった。田栄沢は金明淳や金一葉としばしば交流があり、金明淳が雑誌『創造』誌の同人になったのも、田栄沢の推薦により、金元周に一葉の筆名を与えたのも田栄沢であった。また、金一葉、羅蕙錫は廉想渉と共に雑誌『廃墟』の同人でもあった。

金明淳は一九一七年十一月の『青春』誌の懸賞文芸公募に「疑心の少女」が入選し、文壇にデビュー、作品に「七面鳥」（一九二一年）他短編が十編余り、詩にも才質を示し、詩集『生命の果実』（一九二五年）がある。一九三九年、東京に再渡日したが、生活苦に悩まされ精神病にかかり、一九五一年四月に斎藤茂吉が院長をしていた青山脳病院で死亡したと伝えられる。金明淳をモデルにした作品には、金東仁の「金妍実《キムヨンシル》伝」（一九三九年三月雑誌『文章』、同五月「先驅女」、同一九四一年二月「不動産博士」の題名で、単行本一九四六年）、田栄沢の「金弾実とその息子」（一九五五年）がある。金東仁は「金流鳳《キムユボン》」、金一葉は「チェ・ミョンエ」という名で登場する。しかし、両者の描き方は対照的であり、金東仁はセンセーションを引き起こす方法で作中人物を特異な人物に仕立て、読者の歓心を買おうとしたが、田栄沢は常に客観的な態度で物事を観察し、人間愛の感情を加味した。悲惨であった晩年の様子は田栄沢が韓国にもたらしたものと思われる。金東仁は単行本の末尾で〈一九二〇年代の朝鮮の新女性を代表する女性界の先駆者であり、先覚者でもあった女流文学者である金妍実、彼女が世に出る十年余り前から二十五歳頃まで、約四半世紀の歳月を歩んできた足跡は、その期間の朝鮮の新女性史である〉と言っている。

金一葉は平安南道龍岡《ヨンガン》に生まれ、梨花女専卒後、日本の東洋英和女学校修了、一九二〇年から韓国最初の女性雑誌「新女子」を発刊し、女性解放を主唱した。「女子教育の必要」を訴える一方、「婦人衣服改良問題」で羅蕙錫と論争を繰り広げもした。一九二〇年から作品を発表したが、短編小説が「ある少女の死」「啓示」（一九二〇年）、「愛」（一九二六年）、「断腸」（一九二七年）など九編余り、その他詩、随筆を発表。結婚に失敗し、一九二八年俗世に幻滅し入山した。突然の転身は衝撃的であったので、多くの女性たちが彼女の後を追って出家したほどであった。晩年の随筆集『青春を燃やし尽くして』（一九六二年）、『幸福と不幸の間で』（一九六五年）は入籍の由来と仏教的悟りが深く刻みつけられている。一九七一年修徳寺で入寂した。

廉想渉は彼が尊敬しまた慕った羅蕙錫が不幸な死を遂げると哀惜の情の中で「追悼」（一九五四年）という作品を書いたが、その中に次のような一節がある。〈歳は一、二歳しか違わないが、二十歳をやっと超えたばかりの私には、少し離れて仰ぎ見る老成した犯しがたい存在であったし、それぐらい尊敬する姉でもあった。また彼女は私を溌剌とした可愛い年下の弟と認めていたのかも知れない〉。

廉想渉の第一創作集は『牽牛花』（一九二四年）であるが、表紙を見ると題目と同じ活字の大きさで〈装画羅蕙錫女史〉と刷ってある。朝鮮の一番近代的作家の創作集の装丁を一番近代的な女流画家が引き受けたのである。

田栄沢の**「白痴？　天才？」**（一九一九年三月）は韓国最初の総合文芸同人誌である『創造』（一九一九年二月〜一九二一年五月）に発表された作品である。『創造』は直ぐ後を追って出た『廃墟』（一九二〇年七月〜一九二一年一月）、『白潮』（一九二二年一月〜一九二三年九月）などと共に韓国近代文学の礎のような役割を果たした。

「白痴？　天才？」は、白痴のように見えながらも、天才的な発明の気質を持っている「七星《チルソン》」という少年が、世間が自分を理解してくれないので、自由で広い世界を求めて故郷を離れるが、結局凍死してしまうという話を、同情に溢れる筆致で描いた作品である。作者は後に、〈それと似た寡婦を知っていたし、それと似たような子供が身内にいたために、私はその作品を書きながらも泣きに泣いたものであった〉（「涙と愛情の遍歴」一九六五年五月）と述懐している。この作品は早くから国木田独歩の「春の鳥」の翻案であるとの指摘があった。作者自身も後に、〈国木田独歩の小説を耽読した事も、私にさほど良くない影響を与えたようだ〉と述べている（「私の文学修業」一九五六年五月）。白痴のようではあっても歌が好きで上手に歌ったという点は両者が同一でも、七星の万年筆や時計に対する好奇心、及び漕がずに進む舟を発明したとか、そんな彼の探求心を妨害する故郷を離れて自由の世界を目指したが、凍死するに至るというところなどは六蔵の場合を換骨奪胎した話であることは確かだ。

しかし「春の鳥」の六蔵の数字観念が白紙状態である点、鳥が好きで鳥が空を飛ぶのをとても新奇に思い、最後は、鳥のように空を飛ぼうと城郭の上から飛び降りようとして死んだと推測される点などは、七星の場合とははっきり違う話である。「春の鳥」が独歩の心酔していたワーズワースの作品、白痴少年を題材にした〈The Idiot Boy〉、何よりも〈There was a Boy（童なりけり）〉という詩に触発されて書かれたものである事は既に指摘されている。これに対して、田栄沢の創作の意図を、それまで誰も関心を寄せなかった「白痴」を主人公にすることで、近代化の過程を歩む韓国が抱えている問題、「教育救国運動」に参加しようと試み、特に子供の個性と能力を伸ばす教育をしなければならないという強い意図の下に「白痴？　天才？」を書いたと見る既存の見解は、当時作者はそのようなはっきりした言及はしていないとは言っても、かなり説得力のある意見であろう。作者の児童教育に対する関心は、

「少年問題の一般的考察」（一九二四年五月）、「特殊児童教育問題」（一九四九年七月）などの文章にも表れているし、何よりも大成学校で作者が安昌浩《アンチャンホ》より受けた教育立国の精神を受け継いだものであろう。後に田栄沢は、一九四三年より解放まで朱泰益《チュテイク》と共に、みなし子のための「白合《ペカプ》保育園」を経営することになる。

朴英熙《パクヨンヒ》の**「猟犬」**（一九二五年四月）は、当時階級主義を指向していた新傾向派文学の代表作品の一つである。ところで、この作品では人間と動物との関係が主要プロットを成していて、寓話的性格を帯びもする。人間と動物との関係は主人公ジョンホの幻想の中でだけ処理されているだけである。そして小説技法的側面から言う叙事性が欠如している。

　けちん坊である金持ちジョンホは妾を五人も囲いながらも、寄付金や賛助金をもらいたいという、各種の依頼をほとんど聞いてやることはないために悪名が立っていて常に不安のうちに生きている。寄付金を頼んでくる人に銃で撃たれ死ぬとか、刃物で殺される幻想から逃れられないほどである。彼は大金六十ウォンをやり買ってきた猟犬だけを信ずるなど側には誰もいない。ジョンホが本妻の側に行き寝ようと黒いトゥルマギ（外套）を頭からかぶり、金庫を持って出かけようとしたところ、猟犬は泥棒だと思い攻撃し主人の命を絶ってしまう。実は猟犬もけちな主人に出会い、ろくに食べられず腹をすかせた状態であった。猟犬が意図的に攻撃したわけではないが、あまりにも腹をすかせていたため、主人に向かって攻撃衝動が爆発し、ブーメラン効果をもたらしたものと言えよう。

　この作品が制作された時期はプロレタリア文学を指向していた新傾向派の活動期であった。新傾向派小説の結末は主に殺人、放火、略奪などで処理された。この「猟犬」もこのような新傾向派小説の結末構成と同一の手法で処理されている。特に初期プロレタリア文学者たちは人間を立てるより動物を押し立て作品制作を行った。これは日帝の検閲を通過するための方便として使用されたものである。このような系列の作品には、李箕永《イギヨン》の「ねずみの話」（一九二六年）、崔承一《チェスンイル》の「斑犬」（一九二六年）などがある。ところでこの作品はプロットがあまりに図式的で蓋然性さえ不足している。主人をかみ殺した犬がどこかに去ってしまうかだけで、どうして階級意識を云々出来ようか。もしそれに象徴的な意味があるとすれば、金庫を持ってゆくとか、主人に対する恨みの為に主人をかみ殺したものとしてプロットを組み立てねばなるまい。もちろん作品末尾の主人をかみ殺した後で、犬が自由を満喫するという部分や空腹を心行くまで満たすであろうという一節により、作家の意図が何であったかがわからないわけではない。しかし、それが作品において充分に表れないことには、我々は作家の意図を作品の内容であるとすることは出来ない。かつて、金基鎭《キムギジン》は朴英熙の作品を例にあげて垂木も柱もなく赤い塗装だけをした作品だと辛辣に批判を加えた事がある。朴英熙は階級思想と階級的実践という問題に度を超えて執着したあまり、小説が持つべき最小限の芸術性と形式美さえ無視したのである。この作品の主題は無産階級として象徴される猟犬が地主であるジョンホを殺してしまう結末部分に鮮明に表われている。当時、朴英熙はプロレタリア文学派を主導した。プロレタリア文学派は階級意識の鼓吹を主要な使命とした。この作品はこのような階級意識を高揚する主題意識下に創作されたものである。

朱耀燮《チュヨソプ》の**「人力車夫」**（一九二五年四月）は中国上海を背景にしたもので、人力車夫アッチンが過労病にかかり、無料病院に行って医者を待つが、医者は来ずに、イエスを信じれば天国にいくであろうと大きな声で説教する太った紳士だけが現れて消えてしまう。アッチンは過ぐる八年の間の人力車夫生活を顧みている途中、急死してしまう。公部局から来た巡査と医者は検屍していて過労死と記録しながら、人力車夫たちは大抵八年から十年の間に過労死するという言葉を付け加えた。アッチンは死ぬ直前にキリスト教を宣伝する紳士の言葉を聞きながら〈「この世ではこのように苦しくても、死んだあとは天国へ行き、金のハープを奏で……」死んだあと金のハープを弾くためには、どうして生きているあいだは苦労しなきゃならないのか？　死んでから天使の群れと歌うためには、どうして生きているあいだは日々汗水垂らして肥った人を乗せねばならず、足蹴にされて巡査のこん棒で撲《なぐ》られなきゃならないのか？　死んだあと生命の樹の実を腹いっぱい食べるためには、どうして生きているあいだ、みんなが食べてる朝がゆにすらありつけず焼餅で辛抱しなきゃならないのか？　アッチンはついぞそれを理解できないのであった。〉のように疑問を抱く。朱耀燮は貧民たちには貧富と不平等はとうてい理解出来ないことをさらけ出すことによって労働者や貧民に対する同情をはっきりと表した。

　一九二〇年代の他の新傾向派作品と同様階級的・階層的対立が如実に現れている。主人公アッチンは下層階級として人間的な侮蔑を一番多く受ける人力車夫であり、彼が乗せて行き来する人は金の指輪をはめ人力車や自動車に乗って往来する上層階級である。これにより作者は階級意識を明確にすることに成功するが、一方その主人公の反抗意識の成長過程を描くことにもある程度成功を収めた。しかし貧窮の原因や解決策がはっきりと明らかにされているわけではない。八年余にわたる人力車夫生活を回想する場面は、階級的・階層的対立が如実に現れた部分である。ほとんど同時期に書かれた「殺人」（一九二五年六月）はやはり犯罪事件が多発する上海を舞台に、そこでは食べる為に春をひさぎ、あらゆる人間的な屈辱を甘受している売春婦を登場させ、殺人事件という悲劇を展開させ、不当な被害にもとづく反抗意識を描いたことなどが、プロレタリア文学として注目をひいた主要な条件であった。

　崔曙海《チェソヘ》の**「朴乭《バクトル》の死」**（一九二五年五月）は間島移住民の貧窮な生と階級間の葛藤を描いた作品である。十二歳になった朴乭は貧しさのあまり、学校にも通えない暮らし向きで、ある日空腹のあまりゴミ箱に捨ててある腐ったサバを食べて食中毒を起こす。息子朴乭を助けたい一心の母は、後でも必ず治療費を返すと約束をして取りすがったが、漢方医金初試《チョシ》は治療費を受け取るのは難しいだろうという思いに至ると、最初から診療も薬の処方も拒絶する。結局、薬一包み使うことも出来ず、朴乭が死ぬと朴乭の母親は金初試が朴乭を燃え盛る火の中に投げ込む幻影に襲われる。ついに朴乭の母親は金初試の胸に馬乗りになり金初試の頭と体を乱打し、顔をひどく食いちぎり残忍に復讐する。

否定的な人間像として描かれた漢医院は富者の階級として見られるが、彼らが貧者を苦しめるのでは決してない。彼らはただ貧者に助けを施さないけち臭い人間であるだけだ。また、貧者の復讐で終わる作品は「朴乭の死」ともう一つ「飢餓と殺戮」（一九二五年六月）一編だけである。「飢餓と殺戮」は母親と妻、娘を連れて北満洲に移住して暮らすチャンスという青年が妻は病に苦しみ、老母が中国人の犬に噛みちぎられ、後に精神錯乱を起こし、家族たちを殺害し、自身も銃に撃たれ悲惨な最期を遂げるという話である。それも、「飢餓と殺戮」は富者に対する復讐ではなく、愛する自身の家族と何のかかわりもない道行く人だけを殺す非選択的な行為である。だから貧窮に対する反抗や挫折を単純なプロレタリア文学的な階級意識で判断するのは無理があると思う。それよりは、植民地時代の間島移住民の過酷な生活環境を描いたものであると考えられる。崔曙海の小説は主人公が殺人と放火を犯す場面のみを見る時は残酷で残忍ではあるが、前後の文脈を明らかにすれば、主人公がそうせずにはいられなかったのだと読者が認めることになる。正当性の問題とは別に貧しさと飢え、病に苦しむ行き詰まった状況に置かれた人間がむごたらしい犯罪の加害者になり得るという事実に一旦は納得できるのである。

玄鎮健《ヒョンジンゴン》の**「B舎監とラブレター」**（一九二五年）は、作品序盤部では作家がB舎監を全知的な立場から観察し叙述しているが、作品後半部に来ると状況が違ってくる。作家は作品の裏に隠されてしまい三人の女子学生がB舎監を観察する。反語的な対立と転換を通して一人の人間が持っている人格の二重性ないし偽善の問題を喜劇的に解釈した心理小説と言えよう。この作品は推理小説のような進行法で展開され読者を誘引してゆく。B舎監は〈男など信じるに値しない、自分たち女性を食いものにする魔物だ、恋愛は自由だとか神聖なものだとかいうのも全て悪魔のつくり話だ〉などと確信する男性忌避症患者で、ラブレターと面会に来る男を極度に嫌がり、すでに題名が暗示するように事件の主人公として予定されている。そうこうするうちに全く異質的なある奇怪な事件が起きる。夜一時頃に〈突然どこからともなく、からから笑う声やひそひそつぶやく声が聞こえてくること〉が起こったのである。この時、作品は戯画化されながら緊張感が高潮され始める。そうしたある日一つの部屋で寝ていた三人の女子学生が同時に眠りから覚め、声のする方に這って行くが、そこで驚くなかれB舎監がラブレターを読みながら一人で男の声を出し手紙を抱きしめもし、また女の声で応酬し演劇を熱演している姿を盗み見することになる。三人の女子学生は初めは疑いと好奇心で一杯になりのぞき見を始めたが、この奇怪な舎監の行動に対して決して嘲笑はしない。B舎監の行動を哀れに思い同情と憐憫の思いで眺める。即ち、彼らは人間の二重的な不幸な心理、抑圧された人間本然の心理を理解したために、彼女にむしろ同情したのである。この作品は一人の人間の極大化され誇張された二律背反的な心理を人間本然の立場から温かい目で扱っていると見られる。これはまさにこの作品が喜劇的性格を持ったというより、生の本質的な悲劇性を諧謔的に克明にさらけ出している証拠でもある。主人公のB舎監の鮮明な容貌は苛酷なほどの筆致で描写されている。容貌ばかりか作者はその偽善の衣装の下に隠されている更に醜く憐れむべき心のうちを、より一層苛酷なメスで解剖し暴露した。この単一構想は劇的興味を最高に高潮させたあげく一挙に葛藤を解消させる近代短編小説の技法を効果的に生かした作品である。玄鎮健の短編を代表するのみならず、一九二〇年代の一つの収穫として評価される作品である。

廉想渉の**「南忠緒《ナムチュンソ》」**（一九二七年）は、京城でも三本の指に入る富豪であり若い頃は革命家であったが、現在は親日分子である南相哲《ナムサンチョル》と三番目の妾である日本女性美佐緒の間に生まれた、最初の息子南忠緒が父親の思いのままに貞姫《チョンヒ》という朝鮮の女性と結婚したために、生母に苦しめられることを中心事件として設定された作品である。

作品はどんな理由からか、母親の美佐緒が家出して部屋を借りて暮らしている所へ息子の南忠緒が訪ねて行き、本家に戻って来るように懇請する部分から始まっている。その理由は息子との口論を通して詳細に展開される。母子間の口喧嘩を通して南氏の家の絡み合う事情、そして血筋を超えた様々な家庭問題が三人称全知的作家視点により語られる。廉想渉の作品はどれも人間心理の内密の部分が家族関係を通してあらわになるので、この視点が多用される。それゆえ要約することは困難である。美佐緒が家出した理由は南忠緒が自分の嫁に迎え入れようとした八重子と結婚せずに父親が考えていた朝鮮人女性貞姫と結婚したからであった。美佐緒はもともと日本の芸者であったが、若くして日本に亡命していた頃の南相哲と結婚し、彼の妾となり、息子の南忠緒と娘の孝子を生んだのであった。しかし、本妻が忠熙《チュンヒ》兄妹を生み、事情が違ってきて、本妻が死んだので美佐緒が本宅の主婦部屋（居間）を占めることになった。しかし結局は、夫の南相哲が死んだ本妻の妹（忠熙の叔母）と結婚するかも知れないということで、それが本妻の残した遺言であるということと、美佐緒が自身の位置を固める為に嫁候補として自分の実家と関係のある八重子を選びたがったが、それが失敗したわけである。美佐緒は南相哲の戸籍に入り、南忠緒の母親として堂々と相続権を行使したかったのである。南忠緒はこれまで矢野《やの》でも南《みなみ》でもないという意識に押さえつけられて過ごしてきた。そして父親の南相哲はと言えば、この作品で生の顔を見せたことは一度もない。しかし作品全体を最初から最後まで徹底的に支配していることは厳然としている。まるで神のような存在としてこの家に君臨しているのである。忠緒の名前を付けることにもすきなく関与していたことは、〈「南忠緒」という名前も、日本読みで「ミナミ・タダオ」と呼べば日本人の名前のようだという点も考え合わせて付けたのだ〉と後から父親に聞かされたのであった。そうして彼は二十七歳になり、〈今では「シヤ・チュンソ」でも「ミナミ・タダオ」でもない、「ナム・チュンソ」であり、Ｐ・Ｐ団の有力な頭《かしら》——というよりも、その運動費を一手に賄う、貴重な拾い子〉になったのである。南忠緒は幼い時からＰ・Ｐ団の一員として活動するまでは劣等感と無所属感に浸っていた。父親は親日派で母親は日本女性なので、Ｐ・Ｐ団の財政を負担するのも同志たちの警戒心を買うことになった。〈忠緒がＰ・Ｐ団に力を注ぐのは、朝鮮人という意識や観念、民族に対する情熱という点ではほかの生粋の朝鮮人青年に及ばないところがあるかもしれないにしても、自分の一貫した信念から出発したのであり〉作品中には何の説明もないが、ｐ・ｐ団とはブルジョア階級に敵対するある反社会的な若者の秘密結社であることはところどころで暗示されている。Ｐ・Ｐ団とは無産階級プロレタリアート（Proletariat）の頭文字を取った団体である。

ある研究者は、南忠緒のこのような立ち位置を作者が価値中立的（心理的緩衝地帯）な立場にいる人間として描いたと指摘している。また南忠緒を、特に左翼運動などに直接参加はしないが、背後で心情的物質的に援助するシンパサイザー（Sympathizer）として説明し、それが作家廉想渉の基本態度であると述べている。

混血児の心の中の葛藤を描いた作品と言えば金史良《キムサリャン》の「光の中に」（一九三九年一〇月）を思い浮かべる人も多いであろう。恐らく初めて在日朝鮮人の生活の一端を描いた小説である。東京帝大の学生である「私」は、帝大生が中心になって江東の貧民街に建てられた「帝大セツルメント」に属し、昼間は働いている若者たちを夜学で教えていた。その夜学には小学生部もあり、クラスでの嫌われ者山田春雄が通っていた。彼は常に「私」に付きまとい、露骨に嫌がらせを繰り返していた。夜学では「南《ミナミ》先生」と呼ばれている「私」が「南《ナム》」であることを嗅ぎ出し、〈そうれ先生は朝鮮人だぞう！〉と囃し立てたのも山田であった。しかし自分の素性は決して明かさなかった。一方、「南先生」と呼ばれることに甘んずる「私」をタクシーの助手で夜学生の「李君」は、南が民族的プライドを捨てたと決めつけ責め立てた。ある日セツルメントの医療部に顔に深手を負った朝鮮人女性が運び込まれたことから少年の素性が割れた。山田少年は彼女の息子で、その父親つまり彼女を傷つけた夫も、かつて「私」と二カ月余りも留置所に寝起きしていた「半兵衛」と呼ばれた、やはり朝鮮人との混血児だったのである。この事件がきっかけで、それまで「母のもの」つまり朝鮮を頑なに拒んできた少年と「私」の交流が始まるという話である。

　朝鮮人大学生である「私」南先生は、みなみ先生と呼ばれたかったがそうはならなかった。「南（ナム）」先生に過ぎなかった。それを隠そうとするための偽善者意識は混血児少年の山田を通して暴露されねばならなかった。これに対して「南忠緒」の場合は、母の美佐緒が忠緒に指摘したように〈お前は朝鮮の血が流れてるから言うまでもない！〉との言葉通り〈伝統というものより恐ろしいものはない。観念や意識として民族の自覚がない場合でも、その民族の伝統という重荷を誰しも背負っているのだから仕方がないのだ。……重荷というより、血のなかに要約されて流れるものなのだ。あらゆる真理が覆るとしても、それだけは永遠の秘密であり、また誰も騙《かた》ることのできない事実なのだ〉という結論に達するのである。要するに、南忠緒の血筋は単純な血縁ではなく、父系の家長権に基づいて家族員を支配、服従させる家父長制による血肉であるということである。

　金東仁の**「K博士の研究」**（一九二九年）は韓国最初の創作SF小説として有力な作品である。一人称である「私」が観察者の立場に退き主人公の話を叙述する、一人称観察者視点を取り、「私」がK博士という科学者の下で助手として働くCに会ってエピソードを伝え聞く形の話が展開する。K博士という科学者が人類の食糧問題を解決しようという遠大な意志を抱き、野心に燃えて人間の大便でもって食糧を開発したが、皆がその食糧の正体を知ったとたん嘔吐し騒ぎを起こす、というユーモラスな内容の作品である。

　日本では一九〇〇年に押川春浪が書いた「海島冒険奇譚　海底軍艦」、中国では一九〇四年に発表された作者未詳の「脱植民地譚」が各々最初のSFとして確認される。韓国で最初に紹介されたSF小説はジュール・ヴェルヌの作品である。一九〇七年在日留学生パク・ヨンヒが「海底二万里」（一八七〇年）を「海底旅行奇譚」という題名で「太極学報」に翻案したが中断し、一九〇八年新小説作家李海朝が「インド王妃の遺産」（一八七九年）を「鉄世界」

という題名で翻案した。

それでは実際に人間の排泄物から人工肉を作り出すことに成功したであろうか。驚いたことに、この時K博士が研究したことを現実にそっくりそのまま再現した事例がある。ほかならぬ日本でも実際に糞で食料を作り出したのである。この料理を開発した人は株式会社環境アセスメントセンター西日本事業部の代表取締役でもあり科学者でもある岡山研究所の池田満之氏である。彼の研究によれば、人の糞に六段階の特殊な科学処理工程を経て蛋白質を抜き取り、そこに豆とステーキ・ソースを混ぜて作った食べ物だという。本人の説明によれば原料である人糞にはバクテリアのおかげで蛋白質が豊富であり、人間の排泄物で作ったものなので、処理する工程で必要な化学物質などの搬入問題のみを除けば宇宙食として開発できる可能性も高いという。この肉の味は牛肉と似ているという。他ではないまさに作った本人が直接ハンバーガーに作り食べる様子を見せた。生産費用は既存の肉の十～二十倍であるが、大量生産システムを作れば単価が非常に下がるであろうと、またとても親環境的食物であり、地球の環境保護と世界の飢餓問題にも大きな利益を担うことであろうという。また衛生的にも全く欠点のない清潔な食品であることを強調した。栄養学的にも蛋白質六十二%、炭水化物二十五%、脂質三%、ミネラル九%で、とても優れていて完全食品の列に加わりそうである。唯一の問題点は、やはり元々が人間の排泄物であるという点で、この抵抗感を払拭することが出来るかどうかであるという。

韓国におけるSF小説を考える場合、二〇一〇年代に入って戯曲「人造人間」（一九二〇年）を書いたチェコの作家カレル・チャペックがしばしば取り上げられている。韓国では一九二五年五月に朴英熙によって最初に翻案されて、それ以降は言及されなかったが、二〇一〇年代に入り、再びチャペックの翻訳が出て論議もなされるようになった。それらの論者が皆日本に留学したり旅行して接したという点は、韓国国内のチャペック受容が日本においての受容様相と密接な関連を持っていることがわかる。それによると、日本ではチャペックがサンガー女史を訪問した時期が日本での産児制限運動の展開と共に妙に重なり広がっていったという点と関連している点が注目され、それが金東仁の「K博士の研究」に影響を与えたという。「K博士の研究」に登場するマルサスの「人口論」もサンガー女史の産児制限運動も一九二〇年代韓国内の創作SFでは表れなかった突拍子もなく異例的な事であったからである。

羅稲香《ナドヒャン》の**「啞の三龍《サムニョン》」**（一九二五年）は虐待される命を宿命として受け止めていた啞の三龍が世の中と自身を認識する過程を描いた作品である。南大門から見渡される蓮花峰に人情厚く尊敬を受けていた呉《オ》生員《センウォン》の家に作男に雇われていた三龍がいた。彼はとても不細工な醜男であり、背が低く太っちょでヒキガエルのような顔つきをしていたが、心根が優しく仕事に忠実であった。生涯人の顔色を窺うように暮らしてきたが、しくじることは殆どなく、困難なことも一手に引き受けてやり遂げた。また、主人の家の息子のあらゆる横暴を受けながらも、恨むことなく丁重に主人として仕える忠実な下男であった。しかし、その家に新婦が入ってくると新しい変化が起きた。新婦は没落した両班の家の娘であったが一人娘で美しい女であった。三龍は新妻が主人の息子に毎日のようにいじめられ、鞭で打たれるのをあまりにも不憫で哀れに思った。〈あれほど美しく、あれほどおしとやかでおとなしい、啞の目には触れることすらためらわれる仙女そのものの花嫁を殴るだなんて、自分にはとうてい理解のできないことだった。

目にもうっとり、触れるのもおこがましいほど気高いお方にあんな仕打ちをするなど、決してあってはならないことだった。自分がご主人様である新郎に犬や豚のように殴られるのは至極当然のことではあるが、仙女と獣ほども違う花嫁と自分が同じように殴られるとは、空恐ろしいことである〉。主人新婦の温かい心が三龍に伝わり、三龍の厚意が主人新郎に曲解されることが重なるごとに、三龍の疑問は主人新婦に対する疑問と同情、恋慕に発展し、ついには新郎に追い出された時、彼は初めて自分が信じ従ってきた全てのものが自分の仇であることを悟り、主人の家に火を放つ。その夜呉生員の家に火が出ると、三龍は死を覚悟して家に飛び込み、主人を助け、また新婦を捜して火の中に飛び込んでいった。彼は左腕が折れるのも気づかず、新婦を捜すため火の中をさまよい布団をかぶり、横になっている新婦を抱いて、出るところがないので屋根に登った。彼は自身の体が自由でないことを知りながら今まで感じることのなかった楽しい快感を覚えた。ところで、死んだ三龍の〈口許には穏やかで幸せそうな笑みだけがうっすらと浮かんでいた〉のは何を意味するのであろうか。それはもちろん愛の喜悦を意味するものであるし、同時に新しい生への再生を意味するものでもあろう。ここでの死は新しい局面に接することになる、人間的葛藤と桎梏の昇華として現代小説において重要視されてきた。しかし、この作品が発表された当時の韓国文壇の流行は暴力的な死が圧倒的であった。プロレタリア文学の世界では死の結末を通して無産階級の抵抗を鼓吹させた。その場合の死は自我の救援や神の恩寵は言うまでもなく、生の完成とは意味のないものである。そのような脈絡から見る時「唖の三龍」は我々の伝統的な死、即ち肉体性を無視し精神的昇華を意味する。この死は全てのものとの和解である。この立場からは現実生活から引き起こされるすべての葛藤は無化してしまう。死を通しての人間の完成とは、一回的な人間の生を永遠の生に転化させる。暴力的な死とはそれだけで終わってしまうが、三龍の死のような類型は自身のみならず、我々全てを救援してくれる死である。優れた小説とは人間の葛藤を様々な次元からはっきりと表し示すのみならず、それが結局どのように昇華され解決されるかにかかっている。言い換えれば人間対人間、主動者とその精神との葛藤、情緒的、そして道徳的葛藤などの全ての問題に及び、この葛藤関係が調和を保たねばならない。「唖の三龍」の葛藤は単純な方である。しかし、これはこの作品が単一な印象と効果を表す短編小説であるために、むしろそれは長所になることでもある。そのような単純さは死への昇華によって鮮明な主題を浮き彫りにしてくれる。この作品で、自分自身との内的葛藤を通して三龍の性格は複合性を持つことになり、ディレンマに直面させる。死を通して自身の昇華に辿り着くまでの彼の一連の行為は結局彼の個性をさらけ出すことになった。作家羅稲香は三龍の安らかな死を通して現実世界の葛藤と桎梏を和解させている。それは永遠な生であると同時に我々の伝統的な調和の世界を意味するものでもある。それは単に三龍自身だけの救援のみならず、我々皆の救援を意味するものでもある。死は全てのものの終わりではなく、永遠の始まりであり、また完成でもある。

芹川哲世（せりかわ・てつよ）

一九四五年生まれ、二松学舎大卒。ソウル大学大学院修了（文学博士）。世宗大、仁荷大教員を経て一九八九年、二松学舎大教授。この間、ソウル大、仁荷大、韓国総神大の講師及び客員研究員を歴任。主な論著に、「ヌルボム田栄沢の文学世界」（『崇実大韓国基督教博物館誌第三号、ソウル、二〇〇八年』）、『新羅の再発見』（国際言語文学会、ソウル、二〇一三年）共著。『三・一独立運動と植民地支配体制』（韓国知識産業社、二〇一九年）共著。翻訳書に、黄順元著『動く城』（日本基督教団出版局、二〇一〇年）、竹森満佐一著『満洲基督教史話』（韓国語訳、韓国基督教歴史研究所、二〇一九年）、『日本の作家たちの目に映った三・一独立運動』（韓国語訳、韓国知識産業社、二〇二〇年）など。

文学史年表

	韓国（朝鮮）文学	日本文学	韓国（朝鮮）と日本のおもな出来事
一九〇六	「血の涙」（李人稙　イ・インジク）	「破戒」（島崎藤村） 「坊ちゃん」（夏目漱石）	南満州鉄道株式会社設立
一九〇七		「婦系図」（泉鏡花） 「蒲団」（田山花袋）	第3次日韓協約
一九〇八	「海から少年へ」（崔南善　チェ・ナムソン、新体詩） 『禽獣会議録』（安國善　アン・グクソン）	「三四郎」（夏目漱石）	日米紳士協定締結
一九〇九		「ヰタ・セクスアリス」（森鷗外）	伊藤博文暗殺
一九一〇	『自由鐘』（李海朝　イ・ヘジョ）	「網走まで」（志賀直哉） 「刺青」（谷崎潤一郎）	日韓併合、朝鮮総督府設置
一九一二	『秋月色』（崔昌植　チェ・チャンシク）		大正天皇即位、中華民国設立
一九一三	『長恨夢』（趙重桓　チョ・ジュンファン）	「銀の匙」（中勘助） 「夜叉ケ池」（泉鏡花）	岡倉天心死去
一九一四		「こころ」（夏目漱石）	シーメンス事件
一九一五		「羅生門」（芥川龍之介）	中華民国に文学革命始まる。
一九一六		「高瀬舟」（森鷗外） 「明暗」（夏目漱石）	袁世凱、夏目漱石死去

一九一七	『無情』（李光洙　イ・グァンス）	「田園の憂鬱」（佐藤春夫） 「蜘蛛の糸」（芥川龍之介）	シベリア出兵、米騒動
一九一八	**「瓊姫」（羅蕙錫　ナ・ヘソク）**		
一九一九	「創造」（金東仁　キム・ドンインら、初の文芸同人誌） **「白痴？　天才？」（田栄沢　チョン・ヨンテク）**	「恩讐の彼方に」（菊池寛） 「或る女」（有島武郎）	三・一独立運動
一九二〇		「杜子春」（芥川龍之介）	
一九二一	「標本室のアマガエル」（廉想渉　ヨム・サンソプ） 「貧妻」（玄鎮健　ヒョン・ジンゴン）	「暗夜行路」（志賀直哉）	日英同盟破棄
一九二二			森鷗外死去
一九二三		「幽閉（山椒魚）」（井伏鱒二）	関東大震災
一九二四	『万歳前』（廉想渉　ヨム・サンソプ） 「運のいい日」（玄鎮健　ヒョン・ジンゴン）	「注文の多い料理店」（宮澤賢治）	黒田清輝死去
一九二五	『つつじの花』（金素月　キム・ソウォル、詩） 「甘藷」（金東仁　キム・ドンイン） 「水車」**「啞の三龍」（羅稲香　ナ・ドヒャン）** **「猟犬」（朴英熙　パク・ヨンヒ）** **「人力車夫」（朱輝燮　チュ・ヨソプ）** 「脱出記」**「朴乭の死」（崔曙海　チェ・ソヘ）** **「B舎監とラブレター」（玄鎮健　ヒョン・ジンゴン）**	「檸檬」（梶井基次郎）	治安維持法、普通選挙法施行 孫文死去 昭和天皇即位

一九二六		「伊豆の踊子」（川端康成）	
一九二七	「郷愁」（鄭芝溶　チョン・ジヨン） 「紅焔」（崔曙海　チェ・ソヘ） **「南忠緒」（廉相渉　ヨム・サンソプ）**	「或る阿呆の一生」（芥川龍之介）	金融恐慌 芥川龍之介自殺
一九二八	「都市と幽霊」（李孝石　イ・ヒョソク）	「蓼食う虫」（谷崎潤一郎）	張作霖爆死事件
一九二九	「過渡期」（韓雪野　ハン・ソリャ） **「K博士の研究」（金東仁　キム・ドンイン）** 「五月の求職者」（兪鎮午　ユ・ジノ）	「太陽のない街」（徳永直） 「蟹工船」（小林多喜二） 「夜明け前」（島崎藤村）	
一九三一	『三代』（廉想渉　ヨム・サンソプ）		満州事変起る
一九三二	「土」（李光洙　イ・グァンス　〜三三） 『白花』**「下水道工事」（朴花城　パク・ファソン）** **「オリオンと林檎」（李孝石　イ・ヒョソク）**		上海事変 リットン調査団来日 五・一五事件
一九三三	**「山あいの旅人」（金裕貞　キム・ユジョン）** **「鼠火」（李箕永　イ・ギヨン）** 「水」（金南天　キム・ナムチョン）	「銀河鉄道の夜」（宮澤賢治） 「春琴抄」（谷崎潤一郎）	国際連盟脱退
一九三四	「小説家仇甫氏の一日」（朴泰遠　パク・テウォン） 『故郷』（李箕永　イ・ギヨン） 「洪水前後」（朴花城　パク・ファソン） 『三曲線』（張赫宙　チャン・ヒョクチュ　〜三五）	「よだかの星」（宮澤賢治）	満州国帝政実施 ワシントン・ロンドン条約破棄

	「鳥瞰図」（李箱　イ・サン、詩） 「レディメイド人生」（蔡萬植　チェ・マンシク） **「模範耕作生」（朴栄濬　パク・ヨンジュン）**		
一九三五	「客間のお客と母」（朱耀燮　チュ・ヨソプ） 『常緑樹』（沈熏　シム・フン） 「金講師とT教授」（兪鎮午　ユ・ジノ） 「白痴アダダ」（桂鎔黙　ケ・ヨンムク）	「故旧忘れ得べき」（高見順） 「道化の華」（太宰治） 「雪国」（川端康成） 「蒼氓」（石川達三）	湯川秀樹中間子理論
一九三六	「つばさ」（李箱　イ・サン） 『川辺の風景』（朴泰遠　パク・テウォン　～三七） 「そばの花咲く頃」（李孝石　イ・ヒョソク） 「椿の花」（金裕貞　キム・ユジョン） 「巫女図」（金東里　キム・ドンニ） 「雨の降る日」（崔明翊　チェ・ミョンイク） **「芳蘭荘の主」（朴泰遠　パク・テウォン）**		二・二六事件
一九三七	『濁流』（蔡萬植　チェ・マンシク　～三八）	「濹東綺譚」（永井荷風）	盧溝橋事件。日華事変始まる。 日独伊防共協定
一九三八	「故郷」「私とナターシャと白いロバ」（白石　ペク・ソク、詩） **「草亀」（玄徳　ヒョン・ドク）** **「浿江冷」（李泰俊　イ・テジュン）** 「太平天下」（蔡萬植　チェ・マンシク）		国家総動員法発令

一九三九	「白鹿潭」（鄭芝溶　チョン・ジョン、詩） 「無明」（李光洙　イ・グァンス） 「心紋」（崔明翊　チェ・ミョンイク） 「泥濘」（韓雪野　ハン・ソリャ） 『大河』（金南天　キム・ナムチョン） **「失花」（李箱　イ・サン）** 「第1課第1章」（李無影　イ・ムヨン） 「花粉」（李孝石　イ・ヒョソク）	「富嶽百景」（太宰治）	ノモンハン事件
一九四〇	「夜道」（李泰俊　イ・テジュン） 「決別」（池河蓮　チ・ハリョン） 『塔』（韓雪野　ハン・ソリャ　～四二） **「経営」（金南天　キム・ナムチョン）** **「土の奴隷」（李無影　イ・ムヨン）** **「ハルビン」（李孝石　イ・ヒョソク）** **「冷凍魚」（蔡萬植　チェ・マンシク）**	「夫婦善哉」（織田作之助） 「走れメロス」（太宰治）	日独伊三国軍事同盟
一九四一	「序詞」（尹東柱　ユン・ドンジュ、詩） 『春』（李箕永　イ・ギヨン） 「麦」（金南天　キム・ナムチョン） 「習作室で」（許浚　ホ・ジュン） 『大同江』（韓雪野　ハン・ソリャ　～四二） 『大首陽』（金東仁　キム・ドンイン） **「秋」（池河蓮　チ・ハリョン）**	「青果の市」（芝木好子）	日ソ不可侵条約 真珠湾攻撃、太平洋戦争始まる。

一九四二	「青瓦の家」（李無影　イ・ムヨン　～四三） 『美しき夜明け』（蔡萬植　チェ・マンシク）	「古潭」（中島敦）	ミッドウェー海戦
一九四三	『北原』（安寿吉　アン・スギル） 「石橋」（李泰俊　イ・テジュン）	「細雪」（谷崎潤一郎　～四八）	
一九四四	「女人戦記」（蔡萬植　チェ・マンシク） 『情熱の書』（李無影　イ・ムヨン）		米軍、サイパン上陸
一九四五			原爆、広島、長崎に投下 太平洋戦争終結

羅恵錫（ナ・ヘソク）

一八九六〜一九四八　京畿道水原（キョンギド・スウォン）生まれ。画家、文筆家。五人兄妹の三番目に生まれ、一九一〇年の日韓併合前後、父が官僚を務め裕福な家庭に育つ。進明（チンミョン）女子高等普通学校卒業後、兄の勧めで日本に留学し、私立女子美術学校（現 女子美術大学）西洋画部に進学し油絵を専攻。韓国初の女性西洋画家となる。在学中に東京の女学生たちの自由な雰囲気に触れて女性解放のための運動に参加し、韓国初の新女性とも言われる。一時は独立運動にも傾倒するが、後に結果としては現実と妥協する道を選ぶことになり、一九二〇年四月、六年間求愛され続けたという日本外交官となる親日派の留学生と結婚する。結婚後、夫とともに三年に及ぶヨーロッパ周遊に出るが、その途中に出会った夫の友人と道ならぬ恋に落ちて夫に離縁される。離婚後、画家としての才能を開花させ、朝鮮美術展覧会、日本の帝国美術院展覧会でも入選する。波乱万丈な人生を送るが、晩年は一時養老院にも身を寄せ、五十二歳の若さで病死する。「瓊姫」は女学生時代の一九一八年に発表した自伝的小説であり、他に小説では「閨怨」（二一）「玄淑」（三六）などの短編、詩では「人形の家」（一九二一年四月三日「毎日申報」）などの作品がある。

田栄沢（チョン・ヨンテク）

一八九四〜一九六八　平安南道江西（カンソ）に生まれる。一九一〇年、平壌大成（テソン）中学を三年生で中退。一九一八年に青山学院文学部を卒業。一九二一年三月同校の神学部に再入学する。一九一九年一月金東仁（キム・ドンイン）、朱耀翰（チュ・ヨハン）、金煥（キム・ファン）らと文芸誌「創造」の同人となり、東京で学生独立運動にも参加。一九二三年、青山学院神学部を卒業後、監理教会所属の協成神学校と協成女子神学校の教員を経て、一九二三年七月、「新生命」主幹。一九二四年十月、義弟方仁根（パン・イングン）が「朝鮮文壇」創刊にあたり背後より指導。一九二八年十月監理教阿峴（アヒョン）教会で牧師。一九二九年「子供生活」主幹。一九三〇年一月には米国イリノイ州エバンストン市ギャレット神学校に入学。四月朝鮮留学生総会機関誌「ウラキ」編集長に選出。九月には米カリフォルニア州パシフィック神学校に転学する傍らシカゴにある興士団（安昌浩［アン・チャンホ］が設立した民族運動団体）にも加入する。一九三一年一月に帰国し、六月に黄海道鳳山（ファンヘド・ポンサン）監理教会に赴任。一九三五年一月、朝鮮イエス教会に転任。朴啓周（パク・ケジュ）主幹の機関誌「イエス」編集を助ける。一九三七年ソウル塩里（ヨムニ）洞福音社発行で、個人雑誌「新人間」創刊。「新人間」は一九四六年、一九五五年にも断続的に発行。一九三八年七月「基督新聞」編集人就任。一九三九年一月に平壌ヨハン学校教授就任。一九四〇年三月女子高等聖経学校に教頭として転任。一九四二年に平壌新理教会で牧師、一九四五年十一月越南。一九四七年国立盲唖学校長就任。一九四八年に中央神学校教授などを務めた。一方で文教部編修局編修官（四六）、在日本東京韓国福音新聞主幹（五二）、大韓基督教文書出版協会、基督宣教会編集局長（五二）など学界・言論界にも従事しながら、一九六一年には韓国文人協会初代理事長を務める。一九六三年、大韓民国文化褒章大統領章を受ける。短編「恵善の死」（一九）、「白痴？ 天才？」（一九）などの作品からは、彼がどうすれば自然体の小説を書けるかと試みていたことがわかる。一方で「生命の春」（二〇）、「毒薬を飲む女人」（二一）などは、己未獨立運動をめぐる彼自身の実生活と緊密な関係にある作品である。また、「ファスブン」（二五）など死を扱う作品が多いのは、死を通してこそ命と人生の意味、その価値を理解できるという著者の認識ゆえだ。彼の文学世界は基督教的な信仰に基づいており、作為的な虚構性を排除し、人道主義と人間愛を目指している。一九五〇年に発表した「牛」でも、分断の悲劇による南北相互間の憎しみと敵対関係が深まっていく過程を人道主義で解決しようという試みが見られる。作品集に『生命の春』（二六）、『空を見つめる女人』（五八）などがある。

朴英熙（パク・ヨンヒ）

一九〇一～？ ソウル生まれ。一九一六年、培材（ペジェ）高等普通学校に入学し、在学中に羅稲香（ナ・ドヒャン）、金基鎮（キム・ギジン）、金復鎮（キム・ボクジン）らと親交を結び、一九一九年三月五日、三・一運動に参加する。一九二〇年、培材高等普通学校を修了して日本に渡り正則英語学校に入学、一九二一年に帰国し総合教養誌「新青年」、韓国初の詩専門誌「薔薇村」の同人として活動した。一九二二年、浪漫主義と象徴主義の文学を紹介する雑誌「白潮」の同人として活動し、創刊号に「微笑の虚華詩」などの詩と、オスカー・ワイルドの戯曲「サロメ」の翻訳が掲載される。一九二四年には開闢社で学芸部長を務め、同年、新傾向派文学団体パスキュラを結成。一九二五年、ＫＡＰＦ（朝鮮プロレタリア芸術同盟）結成に参加し、教養部の責任者を務める。一九三一年、第一次ＫＡＰＦ検挙事件を機に拘束され、翌年不起訴処分となる。一九三四年、一月二日付けの「東亜日報」に「最近文芸理論の新展開とその傾向」を発表し、ＫＡＰＦ脱退と転向を宣言。一九三七年、詩集『懐月詩抄』を発刊。一九三六年一二月に公布された「朝鮮思想犯保護観察令」により朝鮮思想犯観察所に収容される。一九三八年六月、転向者を国民精神総動員に参加させるための時局対応全国委員会に朝鮮人代表委員として参加。同月、時局対応全鮮思想報国連盟結成の準備委員として選出され、彼が脚色した防諜映画『軍用列車』が公開された。同年七月、思想報国連盟の京城支部幹事、常任幹事、厚生部部長などを歴任し、九月には朝鮮防共協会の評議員となった。一九三九年三月、皇軍慰問作家団の実行委員に選ばれ、一九四〇年五月、国民精神総動員朝鮮連盟の嘱託で機関誌「総動員」編集に関与する。一九四一年一月、国民総力朝鮮連盟文化部文化委員となり、同年三月、彼の原作で志願兵宣伝映画『志願兵』が公開された。その後も活発な親日活動を続け、文筆においても親日関連の文章を多数残した。朝鮮解放後は大学講師を務め、一九五〇年、朝鮮戦争勃発後、北へ渡る。著書に小説と評論をまとめた『小説・評論集』（三〇）、評論集「文学の理論と実際」（四七）などがある。

朱耀燮（チュ・ヨソプ）

一九〇二〜一九七二　平安南道平壌（ピョンアンナムド・ピョンアン）生まれの小説家、ジャーナリスト、独立運動家、英文学者。プロテスタント牧師であった朱孔三の次男として生まれ、「ヨソプ（ジョセフ）」という名前を受けた。号は餘心（ヨシム）など。兄は朝鮮を代表する近代詩人の朱耀翰（チュ・ヨハン）。崇徳（スンドク）小学校、崇実（スンシル）中学校を経て一九一八年に渡日し、青山学院中学部三年に編入。一九一九年に三・一独立運動を受けて帰国し、謄写版の地下新聞を発刊した廉で十ヵ月間投獄される。その後、中国に渡り、一九二七年に上海の滬江大学を卒業。翌年に渡米し、スタンフォード大学で教育学を学び、修士の学位を受けた。一九二九年に帰国した後は、一九三一年に東亜日報社に入社し、『新東亜』の主幹を務めた。一九三四年、中国北京の輔仁大学教授に就任。一九四三年に帰国し、解放後は、『コリアタイムズ』主筆、慶熙（キョンヒ）大学教授、国際ペンクラブ韓国本部委員長などを歴任した。作家としては、一九二一年に雑誌「開闢」に発表した短編小説「寒い夜」で文壇デビュー。「人力車夫」（二五）を含む初期の作品では、上海を背景に下層階級の人々の悲惨な生活を描き、ヒューマニズムの色彩が強く現れるため、新傾向派の作家と呼ばれる。一九三〇年代に発表された中期の作品では、人間の内面世界を追究し、女性心理の描写に長けた代表作「間借り客と母」（三五）で大衆的に世に知られた。解放後は、社会的な現実認識が強く反映された作品を多く発表。一九七二年に心筋梗塞により死去。

崔曙海（チェ・ソヘ）

一九〇一〜一九三二　咸鏡北道城津（ハムギョンブクド・ソンジン）に生まれる。本名は崔鶴松（チェ・ハクソン）、号は曙海など。極貧家庭に育ち、普通学校（小学校）を三年で中退した。一八年に間島（現在の中国吉林省延辺）に移住し、日雇い労働をしながら文学の習作を始める。作家になることを決意すると二四年に老母と妻子を置いて帰国し、上京。「朝鮮文壇」誌に短編「故国」を発表した。二五年には「脱出記」「飢餓と殺戮」「朴乭の死」など次々に短編を発表し、新傾向派文学の旗手として注目を浴びた。同年、ＫＡＰＦ（朝鮮プロレタリア芸術同盟）の設立に参加したが、二九年に脱退。

三一年、朝鮮総督府機関紙の「毎日申報」に学芸部長として入社し、同年小説集「紅焔」を刊行するも胃病と阿片中毒に苦しみ、翌年入院先の病院で亡くなった。崔曙海の作品は自身の間島での放浪生活を描いたものや故郷である咸鏡道を背景に労働者や雑役夫の生活苦を取り上げたもの、周囲の文学者の貧しい暮らしを描いたものが主であり、新傾向派が陥りがちなイデオロギー過剰の観念的傾向とは異なる自身の経験に基づくものとして、近代リアリズム小説の一つの転換点を生み出したといえる。その他の代表作に「洪水の後」（二五）、「白琴」（二六）、「日の出」（二六）、「底流」（二六）などがある。

玄鎮健（ヒョン・ジンゴン）

一九〇〇〜一九四三　大邱（テグ）生まれ。書堂で漢文を学び、一九一七年、日本の成城中学に編入、一八年に中退する。一九一九年、李相和（イ・サンファ）、白基萬（ペク・ギマン）、李相佰（イ・サンベク）らと同人誌「炬火」を発刊。一九一八年、上海にいた次兄を頼って滬江（フージャン）大学に入学した。一九二一年、朝鮮日報社入社をきっかけに「東明」、「時代日報」、「東亜日報」の記者として活動した。一九二〇年、「開闢」に短編「犠牲花」を発表して酷評されるが、翌年、自伝的小説「貧妻」を発表して文壇の注目を集めた。同年、「白潮」の同人としても活動する。その後、上海で共産主義者として活動していた三兄の逮捕と死に衝撃を受けるが、自身も一九三六年、東亜日報社社会部長だった当時、日章旗抹消事件で一年間投獄される。一九三七年、東亜日報社を辞めて小説創作に専念するようになり、貧しさに耐えながらも親日文学に流されないまま、一九四三年に腸結核で亡くなる。彼の小説は大きく三段階に分かれる。第一段階は「貧妻」(二一)、「酒を勧める社会」(二一)、「堕落者」(二二)などの一人称小説で、著者の自伝的要素が濃い作品。第二段階は現実告発小説として都市に生きる下層民の運命を追った「運のよい日」(二四)、未熟な性意識と労役に苦しむ農村女性を描いた「火」(二五)、土地を失い労働者として渡り歩く離農民を描いた「故郷」(二六)などで、これらは一九二〇年代の短編文学の一頂点を示している。第三段階では歴史小説「赤道」(三三~三四)、「無影塔」(三八~三九)などを通じて民族の魂を表現しようとした。

廉想渉 (ヨム・サンソプ)

一八九七~一九六三　漢城(現・ソウル)生まれの小説家、言論人。本名は廉尚燮(ヨム・サンソプ)、号は横歩(フェンボ)または霽月(ジェウォル)。一九〇七年、官立師範附属普通学校に入学するが中退。普成小学校・中学校を経て、一九一二年に渡日。麻布中学校、聖学院中学校への編入を経て、一九一八年に京都府立第二中学校卒業。同年、慶應義塾大学文科予科に入学するも、半年で自退。翌年、大阪にて三・一独立運動に参加し、投獄される。一九二〇年に帰国し、『東亜日報』を振り出しに各紙で記者生活を送り、三〇年代後半には満州にも滞在した。新聞・雑誌の編集人を務める傍ら、小説・評論を発表。一九二〇年、文芸同人誌『廃墟』を金億らと発刊。一九二一年に実質的デビュー作「標本室の青蛙」を『開闢』誌に発表し、朝鮮の自然主義文学の祖となった。初期の作品は自然主義の傾向が強かったが、のちには社会の現実を描くリアリズム文学を確立。代表作は日本の植民地下という暗い現実を直視した『万歳前』(一九二四年)、『三代』(一九三一年)など。解放後も精力的に作品を書き続け、芸術院功労賞(一九五七年)、大韓民国文化勲章(一九六二年)など、数々の賞を受けた。李光洙と並び称される二大文豪の一人とされる。一九六三年にソウル市の自宅にて直腸ガンで死去。

金東仁 (キム・ドンイン)

一九〇〇~一九五一　平壌(ピョンヤン)に生まれる。号は琴童(クムドン)など。一九一四年に日本に渡り、東京学院中学部に入学したが、学校が閉鎖されたため翌年に明治学院中学部二年に編入。一八年には川端画学校に入学した。一九年二月、田栄沢(チョン・ヨンテク)、朱耀翰(チュ・ヨハン)らとともに初の純文学同人誌「創造」を発刊。創刊号に初の短編小説「弱き者の悲しみ」を発表した。同年三月に帰国するが、弟の頼みで三・一独立運動の檄文を起草した疑いで拘束、投獄された。釈放後、「命」(二一)、「馬鈴薯」（二五）、「狂炎ソナタ」（三〇）などの短編を発表し、李光洙（イ・グァンス）の啓蒙主義文学と対比される簡潔で洗練された文体が評価された。また「朝鮮近代小説考」（二九）や「春園研究」（三八）で李光洙を批判したことでも知られる。三〇年から翌年まで初の長編小説『若い彼ら』を「東亜日報」に連載。三三年には「朝鮮日報」に学芸部長として入社したが、ほどなく辞職した。月刊誌「野談」を発刊、「狂画師」（三五）などの作品を発表する。三八年、「毎日申報」に内鮮一体や皇民化政策をたたえる内容の散文「国旗」を寄稿し、日本の帝国主義に協力する姿勢を示した。翌年には北支皇軍慰問作家団で活動し、同年に朝鮮総督府の外郭団体である朝鮮文人協会に発起人として参加した。植民地支配からの解放後、四六年に全朝鮮文筆家協会の結成を主導し、李光洙をはじめとする作家の植民地時代の親日行為を批判する「反逆者」（四六）、「亡国人記」（四七）などの短編を発表した。四九年に中風で倒れ、五一年に朝鮮戦争の戦火の中、ソウルの自宅で亡くなった。

羅稲香（ナ・ドヒャン）

一九〇二〜一九二六　ソウル生まれ。小説家。本名は羅慶孫（ナ・ギョンソン）、筆名は彬（ビン）。稲香は号である。祖父は漢方医で父も医者であったため、一九一九年に培材（ペジェ）高等普通学校を卒業すると、同年に父と同じ京城医学専門学校に入学する。だが文学を志し、家族に内緒で日本に渡る。しかし学費が工面できず留学を断念して帰国することに。その後、一時、慶尚北道安東（キョンサンプクド・アンドン）の普通学校で教鞭をとる。一九二一年頃から創作活動を始め、一九二二年には洪思容、玄鎮健、李相和、朴英熙、朴鍾和、盧子泳らとともに文芸同人誌『白潮』を創刊する。創刊号に「若者の時節」を発表して小説家となる。同年、東亜日報で長編小説「幻戯」の連載を始める。「かつての夢は蒼白だ」（二二）「十七円五十銭」（二三）など、初期は浪漫主義的作品が続いたが、後に不条理な社会を客観的に描き写実主義的小説に変貌したと評価される。その代表的な作品が「唖の三龍」（一五）である。一九二五年に再渡日するものの、生活に困窮して志半ばにして一九二六年に帰国し、その直後に病死する。二四歳の若さだった。若き天才文士ともいわれ、代表作には「水車」（二五）「桑」（二五）などの短編小説があり、死後の一九三九年には長編『母』が刊行された。短期間で比較的多くの作品を残した作家である。

オ・ファスン（呉華順）

青山学院大学法学部卒業後、韓国の慶熙大学大学院国語国文科修士課程修了。フリーライター、翻訳者。第一回新韓流文化コンテンツ翻訳コンテスト（ウェブコミック日本語部門）優秀賞受賞。著書『なぜなにコリア』（共同通信社）。訳書に『旅立ち』（俳優ソン・スンホン著）、『朱蒙（チュモン）』（TOKIMEKIパブリッシング）ほか韓国ドラマ公式ガイドブック多数、『つかめ！理科ダマン』シリーズ（マガジンハウス）、『準備していた心を使い果たしたので、今日はこのへんで』（扶桑社）などがある。

岡裕美（おか・ひろみ）

同志社大学文学部卒業、延世大学校国語国文学科修士課程修了。第十一回韓国文学翻訳院翻訳新人賞を受賞。訳書にキム・スム『ひとり』（三一書房）、イ・ジン『ギター・ブギー・シャッフル』、キム・スム『さすらう地』（共に新泉社）、李箱ほか『韓国文学の源流短編選3　失花』、李孝石ほか『韓国文学の源流短編選2　オリオンと林檎』（共に書肆侃侃房、共訳）、『韓国・朝鮮の美を読む』（野間秀樹、白永瑞編、クオン、共訳）などがある。

カン・バンファ（姜芳華）

岡山県倉敷市生まれ。岡山商科大学法律学科、梨花女子大学通訳翻訳大学院卒、高麗大学文芸創作科博士課程修了。梨花女子大学通訳翻訳大学院、韓国文学翻訳院翻訳アカデミー日本語科、同院翻訳アトリエ日本語科などで教える。韓国文学翻訳院翻訳新人賞受賞。日訳書にチョン・ユジョン『七年の夜』、ピョン・ヘヨン『ホール』、ペク・スリン『惨憺たる光』『夏のヴィラ』（共に書肆侃侃房）、チョン・ユジョン『種の起源』、チョン・ソンラン『千個の青』（共に早川書房）、チョン・ミジン『みんな知ってる、みんな知らない』（U-NEXT）など。韓訳書

に柳美里『JR上野駅公園口』、三島由紀夫『文章読本』（共訳）、児童書多数。共著に『일본어 번역 스킬（日本語翻訳スキル）』（넥서스JAPANESE）がある。

ユン・ジヨン（尹志映）

韓国ソウル生まれ。延世大学校英語英文学科、日本学連繫専攻卒。東京大学大学院総合文化研究科超域文化科学専攻修士・博士号取得。韓国文学翻訳院日本語特別課程ならびに同アトリエ課程修了。訳書にキム・チョヨプ『わたしたちが光の速さで進めないなら』（早川書房、共訳）。

韓国文学の源流　短編選1　1918-1929

B舎監とラブレター

2022年7月14日　第1版第1刷発行

著者　羅恵錫　田栄沢　朴英熙　朱耀燮　崔曙海
　　　玄鎮健　廉想渉　金東仁　羅稲香

翻訳者　呉華順　岡裕美　姜芳華　尹志映

発行者　田島安江

発行所　株式会社 書肆侃侃房（しょしかんかんぼう）
〒810-0041　福岡市中央区大名2-8-18-501
TEL　092-735-2802
FAX　092-735-2792
http://www.kankanbou.com　info@kankanbou.com

編集　田島安江／池田雪
DTP　黒木留実
印刷・製本　モリモト印刷株式会社

ISBN978-4-86385-524-3 C0097

韓国文学の源流

短編選

古典的作品から現代まで、その時代を代表する短編の名作をセレクトし、韓国文学の源流を俯瞰できるシリーズです。韓国文学に親しみ始めた読者が、遡って古い時代の文学も読めるようにしたいと考えています。各巻は6～10編の各時代の主要作品を網羅し、小説が書かれた時代がわかるような解説とその時代の地図、文学史年表が入ります。よりいっそう、韓国文学に親しんでいただければ幸いです。

2　『オリオンと林檎』 1930–1938

朴花城	下水道工事	1932
李孝石	オリオンと林檎	1932
金裕貞	山あいの旅人	1933
李箕永	鼠火	1933
朴栄濬	模範耕作生	1934
朴泰遠	芳蘭荘の主	1936
玄徳	草亀	1938
李泰俊	涓江冷	1938

3　『失花』 1939–1945

李箱	失花	1939
李孝石	ハルビン　哈爾濱	1940
蔡萬植	冷凍魚	1940
金南天	経営	1940
李無影	土の奴隷 続「第1課第1章」	1940
池河蓮	秋	1941

4　1946–1959

5　1960–1969

6　1970–1979

長編

『驟雨』廉想渉　白川豊 訳

四六、上製、432ページ　定価：本体2,800円＋税　ISBN978-4-86385-368-3

『月光色のチマ』韓勝源　井手俊作 訳

四六、上製、216ページ　定価：本体2,200円＋税　ISBN978-4-86385-393-5

『父の時代 ―息子の記憶―』金源一　遠藤淳子　金永昊　金鉉哲 訳

四六、上製、368ページ　定価：本体2,700円＋税　ISBN978-4-86385-471-0

『木々、坂に立つ』黄順元　白川豊 訳

四六、上製、288ページ　定価：本体2,400円＋税　ISBN978-4-86385-526-7